기숙 학교 아이들

기숙학교 아이들

브리기테 블로벨 지음 | 전은경 옮김

라임

차례

일러두기

독일의 초등학교 '그룬트슐레'는 4년 과정이다. 4년간 초등 교육을 받은 뒤에는 각자의 진로에 따라 중등 교육 기관으로 진학한다. 이 작품의 배경이 되고 있는 '김나지움'은 대학 진학을 목적으로 하는 교육 기관으로, 우리나라의 중·고등학교에 해당한다. '김나지움'은 보통 5학년부터 13학년까지 총 9년간의 교육 과정으로 이루어져 있다. (총 교육 기간은 주에 따라 조금씩 차이가 있다.)

20XX년 6월 28일

철로에서 일어난 기적

스스로 목숨을 끊으려고 했던 15세 소녀가 기적과도 같은 우연으로 새 삶을 살게 되었다.

에를렌호프 김나지움에 재학 중인 스베트라나 올가 아이트마토바는 어제 낮 12시 30분경 죄룹 역과 쥐더브라룹 역 사이의 철로에 반듯이 누워 있었다. 삼십 분 간격으로 이 단선 철로를 지나다니는 완행열차는 12시 42분에 이곳을 통과할 예정이었다. 설령 기관사가 이 여학생을 발견한다 해도 제동 거리가 너무 짧아 목숨을 잃을 수밖에 없는 상황이었다.

다행히 아슬란 위츠퀼이라는 터키 남자가 철둑에서 아들의 책가방을 찾다가 이 여학생을 발견했다. 그는 열차가 다다르기 직전에 여학생을 철로 밖으로 끌어냈다.

아슬란 위츠퀼 씨는 당시의 충격에서 헤어 나오지 못한 표정으로 "사람의 목숨을 구할 기회를 주신 알라신께 감사한다."며, "매력적인 여학생이 왜 죽으려고 했는지 모르겠다. 하지만 곧 고통을 이겨 내고, 자기 앞에 놓인 미래를 기쁘게 맞이하리라고 확신한다."고 말했다.

삼 년 전에 부모님과 함께 우크라이나에서 독일로 이주해 온 스베트라나는 자신의 삶을 비관한 나머지 극단적인 선택을 하려 한 것으로 보인다. 그 밖의 자세한 이유는 아직 알려지지 않고 있다.

스베트라나는 안정을 찾는 대로 경찰의 조사를 받을 예정이다.

기차에서 태어난 아이

내 이름은 스베트라나 올가 아이트마토바. 열다섯 살이다. 아주 먼 곳, 시베리아와 우크라이나를 오가는 기차 안에서 태어났다. 엄마 말로는, 그때 폭설이 내리는 바람에 기차가 이틀 동안이나 꼼짝을 못 했다고 한다. 그래서 병원에 가지 못하고 기차에서 나를 낳았다. 엄마와 같은 칸에 타고 있던 여자 둘이 출산을 도왔다. 그리고 연세 지긋한 할아버지가 바로 앞 역에서 보온병에 받아 두었던 뜨거운 물을 건네주었다.

출산을 도와준 여자들의 이름이 스베트라나와 올가였다. 내 이름은 그렇게 지어졌다. 재키나 매기였더라면 더 좋았을 텐데. 인생에는 자신이 직접 선택할 수 없는 일들이 많다. 우리 엄마는 원래 나에게 '카탸'나 '마리' 같은 독일식 이름을 붙이려고 했다. '러시아에 사는 독일인' 자격으로 국외 이주 허가를 받고 싶었기 때문이다.

내 키는 173센티미터이고, 혈액형은 O형이며, 그리 밝지 않은 금발에 눈동자는 회청색이다. 어렸을 때 누구나 걸리는 자잘한 병을 빼고는 맹장염만 앓았다. 나는 원래 지극히 건강했다, 원래는……. 그리고 얼마 전부터 다시 건강해지기 시작했다. 기분도 많이 나아졌다. 지금은 아마 8월 초일 것이다.

무더위로 잠을 설칠 때마다 머릿속에 학교를 그려 보곤 한다. 여름 방학이라 학교에는 지금 아무도 없다. 아이들이 떠들어 대는 소리는 물론, 달음박질 소리나 비웃음 소리도 없다. 당연히 누군가가 무서워서 화장실로 달려가 숨는 아이도 없다.

우리 반 교실 칠판은 깨끗하게 닦여 있다. 두려움을 느낄 만한 글귀는 한 줄도 적혀 있지 않다. 내 자리에도 얼굴을 붉어지게 만들거나 분노의 눈물을 쏟게 하는 쪽지가 없다. 계단 밑에 숨어서 나를 기다리는 아이도 없고.

내 상상 속의 우리 반 교실은 창문이 모두 열려 있다. 까마귀 떼가 무시로 드나든다. 책상 위에 여기저기 제멋대로 똥을 싸기도 하고, 의자 팔걸이에 웅크리고 앉아 이리저리 두리번거리기도 한다. 새들은 아마 이곳이 아름답고 평화롭다고 여기겠지. 어쩌면 내년에는 이곳에다 둥지를 틀까, 하고 곰곰이 생각할는지도 모른다. 지도 보관함 위에 놓인 지구본 뒤편이나 아침 햇살이 내려앉는 창턱 쪽에.

동물들은 인간이 서로에게 얼마나 잔인한지 알지 못한다. 까마귀는 다른 까마귀의 눈을 파내지 않는다. 어쩌면 까마귀가 사람보다 나을지도 모르겠다.

나는 볼스토르프라는 작은 마을의 방울새 거리 9번지 이층에서 부모님과 함께 살고 있다. (지금은 킬 병원 정신과 병동에 머물고 있지만……) 엄마 이름은 안나다. 안나 레시코바. 아빠 이름이 올레그 레시코바이기 때문이다. 우리는 삼 년 전에 동(東)우크라이나의 작은 도시 도브로제에서 독일로 이주해 왔다.

독일 혈통인 엄마는 내가 어렸을 때 독일 말로 자장가를 불러 주었지만, 우리하고는 늘 러시아어로 이야기를 주고받았다. 다섯 살 때쯤인가, "데어 몬트 이스트 아우프게강엔, 디 골데넨 슈테른라인 프랑엔……." 어쩌고 하는 엄마의 말을 무작정 따라 했던 기억이 난다. 하지만 그게 무슨 뜻인지는 몰랐다.

지금 함께 사는 아빠는 친아빠가 아니다. 그렇지만 참 좋은 분이다. 아빠는 엄마와 나를 사랑하기 때문에 우리와 함께 독일로 건너왔다. 엄마는 가끔 아빠의 영혼은 우크라이나에 그대로 머물러 있다고 말하곤 했다.

나는 이 병원에 있는 게 참 좋다. 의사와 간호사 모두 무척 친절하다. 갑자기 문이 열려도 전혀 무섭지 않다. 여기는 모든 병실의 문이 잠겨 있어서 간호사와 의사들이 늘 커다란 열쇠 뭉치를 들고 다닌다. 이곳에는 아무나 들어올 수 없다. 나를 상대로 못된 장난을 쳤던 우리 반 아이들도…….

이곳은 소아 청소년 정신과이다. 나는 그중에서도 외부인의 출입이 제한되는 병동에 있다. 여기에 온 뒤로 병원 담장 너머로 나가 본 적이 없다. 하지만 괜찮다. 우리 병동에는 잔디밭과 벤치가 있는 정원이 있으니까.

정원을 둘러싸고 있는 높은 담장은 매우 멋지다. 붉은 벽돌로 쌓은 담장이다. 정원 한가운데에는 커다란 밤나무가 서 있다. 밤나무 가지 중 하나는 아주 길게 뻗어 있다. 가지가 굵어서 그네를 매달아도 끄떡없을 것 같다. 나는 가끔 그네를 타고 새들이 날아다니는 하늘까지 닿을 만큼 높이높이 나는 모습을 상상한다.

어제 말테와 정원에서 체스를 두었다. 말테는 자기가 무척 훌륭한 체스 선수인 줄 안다. 머릿속으로 늘 체스 경기의 오프닝을 상상하고 있는 듯하다. 말테는 체스에 관한 책이란 책은 모조리 다 읽었을 뿐 아니라, 세계 체스 챔피언이었던 카스파로프에 대해서도 꽤 많은 걸 알고 있다. 말테는 볼 때마다 휴대용 체스판 위에 몸을 숙이고 있다. 휴게실이나 정원에서는 물론, 병원 복도에서 진료를 기다릴 때도.

"나는 언제나 이겨. 아무도 날 이기지 못하거든."

말테는 자기 자신과 경기를 하면서 늘 이렇게 중얼거린다. 내 귀에는 어쩐지 그런 승리가 그 애 인생에서 유일한 것이라고 말하는 듯이 들린다. 그러니까 체스 이외의 일에서는 수없이 패배를 맛보았다는 말처럼.

나도 체스를 좋아한다고 하자, 말테는 곧바로 한판 두자고 말했다. 나는 흔쾌히 받아들였다. 어차피 시간은 많았으니까.

흰색 퀸을 가진 말테가 먼저 시작했다. 그 애가 폰을 움직이자, 나도 그렇게 했다. 말테가 내 폰을 공격했다. 나는 비숍을 움직였다. 에스파냐식 체스 경기의 기본 형태였다. 그런데 말테의 움직임이 심상치 않았다. 도대체 뭘 하는 거지? 말을 어떻게 움직이는 거야?

말테의 수는 아주 쉽게 읽혔다. 나는 세 차례나 앞서 읽었다. 심지어 잠시 뒤에는 모든 것을 예측할 수도 있었다! 하품. 여덟 수 뒤에는 체크메이트(왕이 말들에게 포위되어 도망갈 수 없는 상황)를 할 수도 있었다. 하지만 나는 말을 둘 때마다 일부러 엄청나게 신중을 기하는 것처럼 행동했다. 내가 쉽게 이길 수 있다는 사실을 알아챈다면, 말테는 보나마나 나하고 더 이상 시합을 하지 않으려 들 테니까.

집에서 엄마와 아빠가 카드놀이를 하면 늘 엄마가 졌다. 그러면 아빠는 승리를 자축하기 위해 호두과자를 꺼내 왔다. 가끔씩 엄마는 "사내들은 늘 이기려 든단 말이야. 그러니 이기게 둬야지, 뭐." 하고 투덜거렸다. 물론 아빠에게 정말로 화가 나서 하는 말 같지는 않았다.

엄마는 학창 시절에 지역 대표로 체스 대회에 출전하여 청소년 부문의 챔피언이 된 적이 있었다. 나는 엄마한테서 체스를 배웠다. 내가 청소년 체스 대회에 나갈 정도의 실력을 갖춘 것은 모두 엄마 덕분이었다. 엄마는 매사에 열정과 패기가 넘쳤다.

하지만 나는 의학 쪽에 관심이 더 많았다. 지금도 기억나는데, 아홉 살 때 의사가 되고 싶어서 엄마에게 생일 선물로 현미경을 사 달라고 졸랐다. 현미경이 생기자 발에서 각질을 조금 떼어 내 재물대 위에 올려놓은 다음 어떻게 변하는지 날마다 관찰했다. 머리카락과 손톱은 물론, 코딱지까지 관찰한 적도 있었다.

그 시절에 내가 도브로제 시립 도서관에서 즐겨 찾은 책은 언제나 의학서들이었다. 어린이 책은 지루해서 한 권도 읽지 않았다. 우리 몸에서 혈액이 어떻게 순환하는지, 상처 난 부위에 고름은 왜 생기는지—내가 무릎을 다쳤을 때였다.—등 온갖 정보를 책에서 흡수했다. 정말로 흥미진진했다.

나는 말테가 무엇 때문에 여기로 왔는지 전혀 모른다. 그건 별로 중요하지 않다. 나는 말테의 나이조차 모르니까. 아마 나보다 한두 살 많은 것 같다.

말테는 손톱을 심하게 물어뜯어 손가락 끝에서 자주 피가 난다. 그럴 때면 얇은 면장갑을 끼고 손목을 끈으로 꽉 묶어 둔다. 나는 사람이 어떻게 피가 날 정도로 손가락을 물어뜯을 수 있는지 도무지 이해가 가지 않는다. 손가락 끝에는 신경 말단이 있어서 물어뜯을 때마다 엄청 아플 텐데.

지금 갑자기 든 생각인데, 어쩌면 그건 아직 살아 있다는 것을 느끼기 위한 하나의 방법이 아닐까? 말테가 왜 스스로에게 고통을 가하는지 어렴풋이 알 것도 같다.

비데만 선생님은 아무나 우리 병동으로 들어오지 못한다고 말했다. 방문객은 누구나 의사의 허락을 받아야 할뿐더러, 그렇게 하더라도 건물 앞쪽에 있는 공동 구역까지만 들어올 수 있다고. 이곳의 병실 문에는 손잡이가 없다. 그래서 열쇠가 없으면 문을 열 수조차 없다.

이런 곳이 있다는 게 무척 기쁘다. 이곳에서는 보호를 받을 수 있기 때문이다. 다른 곳은 그 어디든 안전하지 않다. 이곳에는 휴대전화나 컴퓨터가 없다. 내가 먼저 하지 않는 이상 그 누구도 나에게 연락할 수 없다.

창밖에 있는 창살을 보면 마음이 놓인다. 창문을 열고 자도 괜찮다. 창살이 없다면 누군가 기어 올라올까 봐 무서울 것 같다. 설령 누군가 창에 얼굴을 대고 찡그린다거나 혀만 쑥 내민다고 하더라도.

사실 창살은 환자가 창문 너머로 뛰어내리는 것을 막기 위해 설치된 것이다. 내가 누워 있는 곳은 삼층이다. 이곳에서 뛰어내린다고 정말로 죽을까? 아무것도 장담할 수 없다. 그러니 다 부질없는 짓이다.

이런 병원이 있다는 것을 미리 알았더라면 일찌감치 여기로 오는 건데……. 그 누구도 내게 못된 장난을 칠 수 없는 이곳으로.

꿈의 낙원,
에를렌호프 김나지움

"엄마! 엄마!"

나는 허겁지겁 슈퍼마켓 안을 가로질러 뛰어갔다. 아슬아슬하게 곡선을 그리며 샐러드 바를 스쳐 지나친 다음, 음료수 상자와 맥주 상자가 층층이 쌓여 있는 모퉁이를 돌았다. 눈앞에 아무것도 보이지 않았다. 엄마와 함께 일하는 모니카 아줌마도 못 본 척했다. 아줌마는 완두콩 통조림을 피라미드 모양으로 쌓고 있었다.

"엄마야!"

그 순간 귀가 먹먹해질 만큼 커다란 소리를 내며 완두콩 통조림으로 만든 피라미드가 우르르 무너졌다. 깡통들이 타일 바닥으로 마구 흩어졌다. 정말로 끔찍한 상황이었지만 그때는 미처 깨닫지 못했다. 모니카 아줌마가 쓰고 있던 '말괄량이 삐삐' 가발이 벗겨지는 바람에 슬픈

어릿광대처럼 보였다는 것밖에는…….

나는 깡통 무더기를 껑충 뛰어넘어 아줌마 품으로 뛰어들었다.

"모니카 아줌마, 죄송해요. 금방 와서 정리해 놓을게요. 정말이에요. 지금 당장 엄마께 드릴 말씀이 있어서요. 아주 중요한 일이거든요!"

그러고는 다시 달려갔다.

"아이고, 스베트라나! 그렇게 뛰지 마라!"

비시네브스키 아저씨였다. 냉장고가 있는 모퉁이를 돌다가 하마터면 부딪칠 뻔했다.

"여기는 운동장이 아니야."

"저도 알아요, 아저씨. 하지만 지금 너무 급해요!"

나는 헐떡거리며 말했다. 너무 흥분해서 숨이 막힐 지경이었지만, 일단 멈춰 서서 환하게 미소를 지어 보였다.

비시네브스키 아저씨는 이 슈퍼마켓의 사장이었다. 엄마는 되도록 사장과 잘 지내야 했다. 특별한 이유 없이도 엄마를 해고할 수 있으니까. 여기에는 노조도 없었고, 최저 임금 기준도 없었다. 그래도 엄마는 고용 지원 센터의 중개를 거치지 않고 일자리를 구해서 기쁘다고 했다.

사장은 한마디로 구역질 나는 인간이었다. 틈만 나면 여직원들의 엉덩이를 쓰다듬거나 가슴을 만졌다. 이야기할 게 있다며 여직원을 사무실로 불러들여 이보다 더 노골적인 행동을 하기도 했다. 나는 이런 인간들이 정말 싫다. 여자만 보면 음탕한 눈길을 보내고, 더듬고 싶어 안

달하는 남자들……. 절대로 가만히 놔둬서는 안 된다고 생각한다.

그날 사장은 붉은색 제복에 금빛 수가 놓인 모자를 쓰고 있었다. 뺨은 빨갛게 달아올라 사과처럼 번들거렸고, 코 밑에는 수염이 시커멓게 자라나 있었다. 그 콧수염은 그가 실제로 얼마나 느물느물한 인간인지를 고스란히 드러내 보이는 듯했다.

그날은 사육제(사순절에 앞서서 사흘 또는 일주일 동안 즐기는 명절) 마지막 날이었다. 슐레스비히홀슈타인주에서는 이날 대부분 잔치를 크게 열지 않았다. 하지만 쾰른에서는 미친 듯이 잔치를 즐겼다. 예전에 쾰른의 대형 슈퍼마켓에서 일했던 사장은 그 당시의 잔치 분위기가 꽤나 즐거웠던 모양이다. 사육제 기간이 다가오자 직원들에게 두건과 고깔, 가발, 수염 같은 소품을 나눠 주고는 한껏 잔치 분위기를 내라고 지시했다나. 아무튼 뒤셀도르프나 마인츠, 쾰른 같은 도시에서 진행되는 사육제 관련 방송을 계속해서 틀어 놓았다.

빵빠라 방! 빵빠라 방! 빵빠라 방!

엄마가 일하는 가공육 코너는 슈퍼마켓의 뒤편, 그러니까 정육점 옆에 있었다. 정육점은 토마스 아저씨 담당이었다. 아저씨는 언제나 소매를 팔꿈치까지 걷어올리고 있어서 팔뚝에 새긴 문신이 또렷하게 보였다. 아저씨의 손은 곰의 앞발처럼 넓적했고, 앞치마에는 늘 피가 묻어 있었다. 험상궂은 인상과는 달리 매우 싹싹한 성격이었다.

가공육 코너와 정육점 사이의 뒤편에는 냉장실과 창고로 들어가는 두 짝짜리 문이 있었다. 엄마는 손님이 없을 때면 창고를 지나 바깥으로 나가서 잠깐씩 쉬곤 했다. 하지만 그날은 너무 바빠 쉴 틈이 없었다.

참 이상하다. 마치 영화를 보듯 이 모든 것이 눈앞에 선명하게 떠오른다. 엄마는 해적으로 변장해 있었다. 오른쪽 눈에 검은색 눈가리개를 하고 흰색 가발을 썼다. 코에 주근깨를 잔뜩 그려 넣은 채 빨간색과 흰색 갈고리가 그려진 티셔츠를 입었다. 그런 엄마의 모습이 무척 우스꽝스럽게 보였다.

내가 그곳에 갔을 때, 엄마는 모르타델라(이탈리아식 대형 소시지)를 손에 들고, 어느 정도의 두께로 썰지 손님에게 묻고 있었다. 손님은 집게손가락으로 두께를 가늠해 보이며 말했다.

"칵테일 안주로 쓰려고 해요. 반으로 자른 포도랑 사각으로 썬 치즈랑 같이 이쑤시개에 끼워서."

그런 안주는 2세기 전에나 유행하지 않았나? 하지만 엄마는 눈도 깜짝하지 않고 절단 기계를 작동시켰다. 잔뜩 상기된 얼굴로 판매대 앞에 서 있는 나는 안중에도 없는 듯이 보였다. 엄마가 왜 나를 본체만체하는지 모르는 것은 아니었다.

"무슨 일이 있어도 손님이 우선이야. 설령 우리 집에 불이 났다고 해도 말이야."

엄마가 평소에 늘 강조했던 말이다. 하지만 그날만큼은 그런 말도 소용이 없었다. 나는 참다못해 소리를 빽 질렀다.

"엄마! 방금 무슨 일이 있었는지 아세요? 아마 믿지 못하실 거예요!"

엄마는 절단 기계에서 썰려 나온 소시지 한 장을 들어 올렸다. 그걸 본 손님이 고개를 끄덕였다.

"로또에 당첨되기라도 했니?"

다른 손님이 묻자, 주위 사람들이 웃음을 터뜨렸다.

나는 화가 났다.

"전 로또 같은 거 안 해요!"

"그럼 부자가 될 수 없겠구나."

좀 전에 물었던 손님이 즐거운 표정으로 대꾸했다.

사람들이 또 웃었다.

"될 수 있을지도 모르죠!"

나는 뾰로통한 목소리로 대꾸하고는 다시금 소리를 질렀다.

"엄마! 저, 김나지움으로 전학 가도 된대요!"

그 순간 엄마가 손놀림을 멈추었다. 손님들은 약속이나 한 듯이 동시에 나를 바라보았다. 피부가 희고 얼굴이 둥근 사람, 립스틱을 바른 사람, 안경을 쓴 사람 들이 내게 시선을 집중했다.

나는 숨을 깊이 들이마셨다. 관심의 중심에 서 있다는 것은 정말 대단한 느낌이었다. 분명 자주 있는 일은 아니었다. 시간을 끌면서 이 순간을 좀 더 즐기고 싶었다.

"더 좋은 일은 뭔지 아세요?"

나는 또 소리를 질렀다.

"에를렌호프 김나지움이에요. 장학금을 받으며 통학생으로 다닐 수 있어요. 지금처럼 집에서 계속 생활할 수 있다고요!"

엄마 손에서 소시지가 미끄러졌다. 다행스럽게도 바닥이 아니라 판매대로 떨어졌다. 엄마는 천천히 비닐장갑을 벗고 눈가리개도 벗었다. 눈가리개 안쪽에 땀이 차서 마스카라가 번져 있었다. 마치 누가 한 대 때리기라도 한 것처럼 눈두덩이 퍼랬다.

"에를렌호프? 랑에 호수 옆에 있는 학교 말이니?"

손님 중 한 명이 물었다. 감탄과 존경이 스민 말투였다.

"정말이야? 혹시 사육제라서 농담하는 거 아냐?"

엄마는 믿을 수 없다는 표정을 지었다.

나는 웃음을 터뜨리며 고개를 끄덕였다가 다시 가로저었다.

"농담 아니에요. 전부 진짜예요!"

나는 침을 꿀꺽 삼키고 나서 기침을 하고 또다시 웃었다.

"페더젠 교장 선생님이 엄마 아빠와 함께 면담하러 오라고 하셨어요. 내일 바로 가시는 게 좋겠어요! 엄마 아빠만 허락하시면 곧장 전학 갈 수 있어요! 열심히 공부한 보람이 있죠?"

요사이 들어 우울한 표정을 자주 짓던 엄마 얼굴에 금세 미소가 번졌다. 벌어진 입 사이로 하얗고 커다란 치아가 보였다. 엄마가 얼마나 아름다운지 새삼스레 깨달았다. 뿐만 아니라 엄마가 손님들과 대화를 나눌 때 간간이 섞여 나오는 러시아 방언—엄마는 아마 백 년이 지나도 이 언어를 포기하지 않을 것이다.—도 굉장히 멋지다는 생각이 들었다.

"내가 항상 말했잖니? 신이 우리를 보살펴 주고 있다고. 이제 그 말이 무슨 뜻인지 알겠지?"

엄마는 손님들을 둘러보며 환하게 웃고는 눈가리개를 썼다. 그러고는 비닐장갑을 손에 끼고 커다란 모르타델라를 썰기 시작했다.

다음 날 아침, 엄마는 미용실에 갔다. 오래전부터 가려 했지만 돈이 아깝다며 미루고 있던 참이었다. 엄마는 하얗게 센 머리카락을 염색하고, 앞머리를 비스듬히 잘라 이마를 가렸다. 아빠는 아주 가끔씩 열리는 회사 축제와 성탄절에만 입는 양복을 꺼내 입었다. 빨간색과 흰색이 어우러진 줄무늬 넥타이도 맸다. 정말로 품위 있어 보였다.

면담은 오후 5시에 교장 선생님 집에서 하기로 했다. 선생님은 집 주소를 미리 적어 주었다. 교장 선생님 집은 루트비히 거리에 있었다. 오래된 전원주택, 자동문이 달린 주차장, 앞마당을 갖춘 현대식 목조 건물 들이 늘어서 있는 아름다운 거리였다. 우리와는 다른 사람들이 사는 곳이었다. 돈이 있는 사람들…….

나는 이 거리를 전부터 알고 있었다. 엄마와 차를 타고 고속도로에서 빠져나올 때 자주 지나쳤기 때문이다. 집으로 가자면 멀리 돌아서 가는 셈이었지만, 엄마는 고풍스러우면서도 아름다운 가로등과 커다란 나무들이 줄지어 서 있는 이 거리를 무척 좋아했다. 엄마는 우크라이나에 있을 때, 독일의 이런 거리를 꿈꾼 듯했다. 고급 주택들, 그리고 아이들이 그네를 타고 공중으로 날아오르는 공원이 있는 거리…….

잿빛 머리카락을 짧게 자른 교장 선생님은 쉰 살 정도 돼 보였다. 목에는 늘 머플러를 두르고 있었는데, 학교에 독감이 유행할 때면 머플러 끝으로 입을 막은 채 복도를 지나다녔다. 기침을 하거나 콧물을 흘리는 사람은 교장 선생님과 이 미터 이상의 안전거리를 유지해야 했다. 이렇게 유별난 성격인데도 불구하고, 나는 교장 선생님이 참 좋았다. 왠지 모르게 모성애를 풍기기 때문이었다. 선생님은 걱정거리가 있는 학생이라면 누구든 품에 꽉 안아 주었다.

교장 선생님의 집은 매우 고풍스러웠다. 그 동네에서 가장 소박해 보였지만, 집 전체가 담쟁이넝쿨로 덮여 있어서 꽤나 멋스러웠다. 겨울인데도 담쟁이 잎들은 온통 초록빛을 띠었다. 마침 그날 오후에 비가 내린 까닭에 외벽 전체가 담쟁이 잎에 맺힌 물방울로 반짝였다.

"삼층이야!"

교장 선생님이 인터폰으로 외쳤다. 지잉, 소리가 나면서 출입문이 열렸다. 집 안은 모두 흰색 페인트로 칠해져 있었다. 칠한 지 얼마 안 되었는지 페인트 냄새가 진하게 풍겼다. 하얀 계단 위에는 붉은색 양탄자가 깔려 있었다. 실내가 무척 고급스럽고 우아해 보였다.

현관문을 열어 놓고 기다리던 교장 선생님은 마치 오래전부터 알고 지낸 사이처럼 엄마 아빠를 친근하게 맞이했다. 그리고 친한 친구를 만난 듯이 나를 꽉 껴안았다. 잠시 후 선생님이 차와 커피를 내왔다. 과자가 담긴 접시도 있었다.

엄마는 내내 미소를 짓고 있었다. 그러다 이따금 호기심이 가득한 눈길로 거실을 둘러보았다. 그 순간 엄마가 무슨 생각을 하는지 알 것 같았다. 분명 이런 곳에서 살고 싶다는 생각을 했겠지.

교장 선생님이 엄마 아빠에게로 몸을 돌렸다.

"그거 아세요? 따님 스베트라나는 굉장히 똑똑한 아이랍니다!"

아빠가 몸을 똑바로 세우고 배를 안으로 밀어 넣은 다음, 어깨를 쫙 펴고 물었다.

"그래요?"

"그렇고말고요. 이제 우리는 이 아이가 재능을 마음껏 계발해 나가도록 도와주기만 하면 됩니다."

"스베트라나는 어릴 때부터 학교 가는 걸 좋아했답니다. 공부하는 것도 좋아하고요. 독일어도 저희보다 훨씬 더 빨리 배운걸요."

엄마가 대꾸했다.

"저는 독일어를 아주 조금만……. 남자들은 게을러서. 여자들보다……."

아빠 얼굴이 살짝 붉어졌다.

"올레그, 당신은 게으르지 않아요. 외국어에 흥미가 없을 뿐이지. 스베트라나는 흥미가 많고……."

엄마가 반박했다.

교장 선생님은 인자한 표정으로 웃고는, 아빠에게 어떤 일을 하는지 물어보았다.

"화물 트럭 운전사, 항상 벨라루스로 운전, 집에는 가끔."

아빠가 짧게 대답하고는 엄마를 보며 미소를 지었다.

'아, 아빠! 문장을 끝까지 제대로 말씀하세요. 절 생각해서 이번 한 번만. 오늘은 교장 선생님 댁에 왔잖아요.'

나는 속이 타서 어쩔 줄 몰라 했다. 그러나 희망은 보이지 않았다.

엄마는 딱딱한 러시아어 억양이 조금 섞여 들긴 했지만 아빠보다는 독일어를 훨씬 잘했다. 내가 어떻게 러시아어 억양을 깨끗이 지우고 독일어를 모국어처럼 구사할 수 있게 되었는지는 잘 모르겠다. 그냥 운이 좋았던 걸까?

엄마는 교장 선생님에게 슈퍼마켓에서 가공육을 판매하는 직원이라고 자신을 소개했다. 참 괜찮은 직업이라는 말도 덧붙였다. 나는 속으로 깜짝 놀랐다. 평소에는 그 일을 끔찍하다고 여기면서 왜 굳이 그런 말을 하는지 이해할 수 없었다. 벌써 몇 달 전부터 우리 집 식탁에는 햄과 소시지 반찬이 올라오지 않았다. 엄마가 집에서까지 그 냄새를 맡고 싶지 않다고 했기 때문이다. 엄마는 늘 소시지가 엄청난 혐오

식품인 것처럼 얘기했다.

"거기에 뭐가 들어 있는지 알면 두 번 다시 먹고 싶지 않을 거야. 도살한 돼지의 온갖 찌꺼기들이 다 들어가. 돼지 눈까지 말이야."

그랬으면서 지금은 귀부인처럼 커피를 마시며 슈퍼마켓에서 가공육 파는 일이 좋다니! 정말이지 더 이상 들어 줄 수가 없었다. 나는 화가 나서 소리쳤다.

"엄마! 엄마가 예전에 선생님이었다는 말씀은 왜 안 하세요? 삼 년 전, 독일로 오기 전에는 학생들을 가르치셨잖아요!"

엄마는 얼굴이 새빨개지더니 매서운 눈초리로 나를 보며 말했다.

"그건 별로 중요하지 않아."

나는 다시 소리를 질렀다.

"아니, 중요해요! 괜히 보잘것없는 사람인 양 말씀하지 마세요!"

엄마는 여전히 얼굴을 붉힌 채 아무 말이 없었다. 보다 못한 내가 교장 선생님에게, 엄마는 우크라이나에 있을 때 초등학교 선생님이었다고 말했다. 청소년 체스 대회에서 지역 챔피언을 했다는 것과 독일에 와서도 아이들을 가르치고 싶어 했다는 것도 덧붙였다.

하지만 엄마가 다시 선생님이 되는 건 불가능했다. 엄마는 이른바 흑해 독일인(18세기~19세기에 독일을 떠나, 지금의 남부 러시아 흑해 연안에 정착한 독일인)이었다. 이들은 스탈린이 시베리아로 추방했던 사람들로, 1970년대에 들어와서야 우크라이나나 벨라루스로 갈 수 있었다.

그런데 사람들은 우크라이나와 벨라루스를 떠나 독일로 오고 싶어 했다. 공산주의가 지겨웠던 것이다.

엄마는 시베리아에서 굉장히 힘든 시절을 보냈다. 한 번도 그 시절에 대해 이야기하지 않는 걸 보면 매우 끔찍했던 모양이다. 나는 엄마가 그날 교장 선생님 앞에서 뭔가 말해 주기를 바랐다. 그래서 우리 가족—그러니까 나를 포함해서!—이 좀 더 돋보였으면 했다.

"그건 별로 중요하지 않아. 그리고 난 독일에서 가공육 판매원으로 일하는 게 우크라이나에서 교사로 일하는 것보다 더 좋아. 그때는 수입이 너무 적어서 겨울 외투조차 제대로 살 수가 없었거든."

바로 그때 전화벨이 울렸다. 교장 선생님은 통화를 끝내고 난 뒤, 유감스럽게도 이야기를 나눌 시간이 많지 않다고 말했다. 그러고는 교무회의에서 모든 선생님이—정말 모두!—내가 전학하는 것에 찬성했다고 이야기했다. 내 안에 '많은 가능성이 잠재'해 있으므로 다양한 기회를 주어야 한다는 게 그 이유였다고.

"넌 언제나 학구열에 불타고 있잖아. 다른 학생들도 그래 주면 좋으련만."

선생님들은 나를 한 학년 월반시킬지, 아니면 전학을 권할지 깊게 고민했다고 한다. 대학에서 공부할 기회를 주는 것이 마땅하지만, 실업 학교 졸업장으로는 내가 모든 과목에서 최고 점수를 받는다 해도 대학 입학이 불가능하기 때문이었다.

엄마는 내가 어휘력을 늘리기 위해 밤늦도록 독일어 책을 읽었으며, 복잡한 관용구나 문법은 포스트잇에 적어서 늘 화장실 벽에 붙여 두었다고 말했다.

교장 선생님은 미소 띤 얼굴로 나를 꼭 끌어안으며, 문제가 생기면 언제든지 찾아오라고 했다. 하지만 다른 학교에 가더라도 아무 문제가 없을 거라고 자신 있게 말했다. 여름 방학 때까지 기다리는 것보다 곧장 김나지움으로 전학을 가는 게 나을 거라고도 했다.

"엄청난 학습량을 따라잡아야 하니까. 알고 있지?"

나는 고개를 끄덕였다. 그건 전혀 두렵지 않다고, 오히려 새로운 것을 배우게 되어서 기쁘다고 말하려고 했지만, 흥분한 탓인지 목구멍에 걸려서 말이 나오지 않았다.

선생님은 계속 말을 이었다.

"에를렌호프 김나지움은 기숙 학교야. 그들만의 독특한 분위기가 있지. 서로를 가족처럼 여기기 때문에 학생들끼리 무척 친해. 하긴 진짜 가족은 한 달에 한 번이나 방학 때만 만나니까……."

선생님은 학창 시절에 그런 기숙 학교에 다니고 싶었지만 부모님이 반대해서 뜻을 이루지 못했다고 했다.

"네가 부럽구나. 나중에 어른이 되면 이 시기를 네 인생에서 가장 아름다웠던 때로 기억하게 될 거야. 그래도 혹시 걱정거리가 생기면 나를 꼭 찾아와. 이곳 문은 항상 열려 있어. 언제든 대환영이야."

선생님은 내 뺨에 입을 맞추었다. 샐비어 냄새가 났다.

"난 네가 훌륭한 사람이 되길 바란다. 넌 특별한 재능이 있어. 부모님의 자랑이 될 거야. 부모님께 독일로 오길 잘했다는 확신을 드리도록 해."

나는 무척 들떴다. 머리에 불이 붙은 것만 같았다. 오래전부터 김나지움에 가고 싶었기 때문이다. 무슨 일이 있어도 대학 입학 자격 시험을 꼭 치르고 싶었다.

병원에 입원해 있는 지금도 공부를 하고 싶은 마음은 여전히 간절하다. 나는 원래 이렇다. 페더젠 교장 선생님과 다른 선생님들은 그런 나를 알아보고 도와주려 했다. 굉장한 느낌이었다. 하도 고마워서 다리가 떨리고 눈물이 나올 지경이었다.

그날은 우리 가족이 독일에 온 이래 최고로 기쁜 날이었다.

교장 선생님 집에서 나온 뒤 아름다운 정원을 지나 대문으로 향했다. 걸음을 내딛을 때마다 발밑에서 바스락거리는 자갈돌 소리를 들으며, 처음으로 내가 독일인이라는 느낌을 받았다. 우리 가족은 독일 여권을 가지고 있었지만, 소속감을 전혀 느끼지 못하고 있었다. 사람들은 말투 때문에 우리가—정확하게 말하면 우리 부모님이—이방인이라는 걸 금방 알아차렸다. 그래서 대뜸 이렇게 묻곤 했다.

"어디 출신인가요?"

독일인이라고 대답해도 계속해서 물었다.

“어느 나라에서 왔냐고요. 러시아? 아니면 유고슬라비아?”

그럴 때마다 장벽이 생겼다. 다른 사람들 눈에는 보이지 않지만 나에게는 너무나 높다란 장벽이었다. 부딪히면 상처가 나 금세라도 피가 흐를 것 같은 장벽.

그날 오후에는 이 장벽이 갑자기 사라져 버렸다. 아예 처음부터 존재하지도 않았던 것처럼, 그저 내 상상에 불과했던 것처럼…….

언젠가 버스에서, 앞 좌석에 앉아 있던 여자 두 명이 주고받는 말을 들은 적이 있다. 러시아에서 이주해 온 사람들에 대한 이야기였다.

“우리 세금으로 그 기생충들을 먹여 살리는 건 정말이지 말도 안 돼요. 그 사람들은 건달들의 천국인 이곳에 와서 뭐든지 악착같이 얻어내는데, 우리는 그저 죽어라고 일만 해야 하잖아요.”

그 말에 다른 여자도 분통을 터뜨렸다.

“모두 자기네 나라로 돌아가야 해요! 우린 그 사람들 필요 없잖아요. 터키인이든 러시아인이든, 외국인은 한 명도 쓸모가 없다고요.”

나중에 의사가 돼서 그 여자들 앞에 서 있는 내 모습을 상상해 보았다. 둘 다 중상을 입었는데, 그들을 치료할 수 있는 사람이 오직 나뿐이라면……. 그들을 수술실로 옮기기 전에 꼭 이렇게 말할 것이다.

“거봐요, 우리가 필요하잖아요.”

자동차에 올라타기 전에 나는 엄마 아빠에게 차례로 입을 맞췄다.

“네가 웬일이니?”

엄마가 깜짝 놀라 물었다. 우리는 입을 자주 맞추는 편이 아니었다. 엄마 아빠와 입을 맞추고 껴안으며 좋아할 나이는 이미 지났으니까. 벌써 열다섯 살이 아닌가. 엄마 아빠보다는 멋진 남자 친구에게 키스하기를 꿈꾼다. 남자 친구에게서 키스를 받을 수 있다면 더더욱 좋고.

"우리 딸은 지금 마냥 행복한 거야."

아빠가 말했다.

오, 아빠……. 친아빠가 아니긴 하지만, 그 누구보다도 나를 잘 아는 우리 아빠.

그랬다. 나는 이루 말할 수 없이 행복했다. 너무 기뻐서 조바심이 날 지경이었다. 그래서 엄마 아빠에게 전학 갈 학교에 들렀다 가자고 졸라 댔다. 이른바 내가 새롭게 '꿈을 펼칠 장소'를 미리 둘러보고 싶었다. 김나지움 학생이 되어 대학 입학 자격 시험을 준비하고, 또 대학에 다닐 생각을 하자 벌써부터 몸이 달았다. 학생들 대부분이 공부를 싫어하지만, 나는 늘 공부가 쉽고 재미있었다. 그리고 운도 따랐다.

하지만 엄마는 갑자기 두통이 오는 데다 온몸이 찌뿌듯하다며 얼른 집에 가고 싶어 했다. 게다가 발이 얼음장처럼 차다고 했다. 엄마는 나를 품에 안으며 이렇게 말했다.

"오늘은 그냥 집에 가서 편하게 있자."

지금 생각해 보면 엄마는 그때 벌써 뭔가 불길한 예감이 들었던 것 같다. 일종의 육감으로 나에게 무슨 일이 생기리라는 것을 미리 느꼈을지도 모른다.

에를렌호프 김나지움 홈페이지에 들어가 보면 성처럼 거대한 건물 사진이 제일 먼저 나타난다. 널찍한 옥외 계단, 그리고 그 앞에 펼쳐진 잔디밭과 자갈길……. 그렇게 인상적인 풍경 위로 자막이 지나간다.

랑에 호숫가의 에를렌호프 김나지움을 소개합니다. 5학년부터 입학할 수 있으며, 국가가 인정하는 중등 교육과 대학 입학 자격 시험 준비를 아우르는 기숙 학교입니다.

홈페이지 배경 음악은 유행가 곡조였는데, 노랫말에는 김나지움에서의 생활이 세세하게 담겨 있었다. 화면에 남자 기숙사와 여자 기숙사, 체육 시설 등 부속 건물이 차례로 지나갔다. 그리고 학생들이 신나게 자전거를 타는 모습, 커다란 나무 아래에 선생님과 둘러앉아 공부하는 모습, 연극 공연을 앞두고 분장하는 모습, 수증기를 피우고 쉿소리를 내며 화학 약품으로 실험하는 모습 등이 보였다. 이어서 다시 자막이 흘렀다.

열정적인 교사들로 꾸려진 에를렌호프 김나지움은 중·고등 교육을 위한 기본적인 학습뿐 아니라 인성을 매우 소중하게 생각합니다. 학생들은 지식을 쌓는 일도 중요하지만 영혼을 살찌우는 일에도 정성을 기울여야 합니다. 에를렌호프 김나지움은 약 오십 년 전부터 국가가 인정하는 기숙 학교를 운영해 왔습니다. 우리 학교가 국내외 교육 평가 기관에서 꾸준히 우수한 성적을 거두는 것은 학교의 발전을 중요하게 생각하는 후원자와 졸업생들 덕분입니다……."

대규모 식당과 강당, 극장, 실험실, 실내 체육관, 실외 운동 시설 사진도 잇달아 보였다.

홈페이지 속의 학교는 정말 굉장했다. 마지막으로 들어가 본 게시판에는 정원에서 열린 여름 축제 사진들이 올라와 있었다. 교내 밴드부의 연주도 영상과 함께 올려져 있었다. 색색의 등불이 그네를 타듯 나무 꼭대기에서 흔들렸다. 우아! 나는 넋이 나간 사람처럼 화면에서 눈을 뗄 수가 없었다.

그날 밤, 나는 세계 챔피언이나 된 듯 한껏 우쭐해하는 꿈을 꾸었다. 나는 다른 성층권을 떠다니고 있었다. 그곳은 감정이 섬세한 사람들과 학구열에 불타는 학생들을 위한, 그러니까 나에게 딱 맞는 꿈의 낙원이었다.

혹독한 신고식

에를렌호프 김나지움은 내가 사는 볼스토르프 마을에서 약간 떨어져 있었다. 안내판에서 봤을 때는 두 지역 간의 거리가 6.5킬로미터쯤 되었다. 오후에만 다니는 버스를 제외하고는 학교까지 바로 가는 대중교통은 없었다.

나는 주말에 자전거를 타고 학교에 다녀왔다. 엄마는 바빠서 나를 학교에 데려다줄 수 없었다. 아주 이른 아침부터 슈퍼마켓에 나가 가공육을 팔아야 했으니까…….

나는 랑에 호숫가에 있는 학교 본관과 기숙사 건물을 단번에 알아보았다. 푸른 벌판 한가운데에 키 큰 나무들로 빙 둘러싸인 학교는 주변과의 경계가 뚜렷해서 마치 영주의 장원 같았다. 대지는 사람들이 지구를 서서히 회전하는 판이라고 착각할 만큼 아주 편평했다. 널찍한 옥외 계단이 있는 본관만 다른 건물들보다 약간 높았다.

북쪽 지역 대부분이 그렇듯이, 여기도 바다와 가까워서 끊임없이 바람이 불었다. 또 바다 주변에서 흔히 볼 수 있는 갈매기가 많았다. 난 갈매기 소리가 좋았다. 까옥거리는 까마귀의 쉰 목소리보다 백배는 나으니까.

봄과 가을에는 기러기 떼가 긴 여행을 하느라 우리 마을 위로 지나갔다. 나는 어렸을 때 기러기 날갯짓 소리가 들리면 재빨리 바깥으로 달려 나가곤 했다. 행렬을 바꾸며 하늘을 수놓는 기러기 떼를 보기 위해서였다. 기러기가 날아가는 모양으로 미래를 점쳤던 고대 그리스인들의 이야기는 언제나 상상력을 자극했다. 기분이 언짢을 때면 기러기 떼와 함께 날아가는 상상을 하곤 했다.

목가적인 풍경을 깨는 유일한 훼방꾼은 근처 군용 비행장에서 비행 연습을 하는 전투기의 소음이었다. 전투기들은 번쩍이는 군도처럼 날카롭게 공기를 가르며 쿵쿵거리는 소리를 냈다. 전투기들이 가까이 다가올수록 그 소리는 점점 커지다 나중에는 거의 울부짖음처럼 변했다.

예전 학교의 남자아이들은 전투기가 '화끈'해서 좋다고들 했지만 나는 사실 속으로 무서웠다. 전투기들은 지상 이백 미터 이상에서 비행해야 한다는 규정을 어기고 겨우 백 미터 상공에서 굉음을 내며 날아갔기 때문이다. 마을 사람들이 거리로 나와 시위를 벌이기도 했지만 아무런 변화도 일어나지 않았다.

랑에 호수는 고여 있는 물이라 이끼가 많았다. 여름에 모기 떼가 들끓었지만, 볼스토르프 사람들에게는 한여름의 낙원이었다. 호숫가의 흙은 색깔이 검어서, 밝은 색 수건을 깔고 앉으려고 펼치면 금방 까매졌다. 날씨가 덥고 건조한 날이면 바람이 조금만 불어도 흙이 가루 커피처럼 공중으로 날렸다. 그러다 비가 오면 모든 것이 검은 진흙으로 변했다.

랑에 호수는 바나나처럼 생겼다 해서 '치키타 호수'라고도 불렸다. 호수로 곧바로 나갈 수 있는 길은 두세 곳밖에 없었다. 호수 주변에는 갈대가 빽빽하게 둘러서 있었는데, 그 갈대숲에는 여러 종류의 희귀한 물새들이 깃들어 살고 있었다. 그곳은 철조망으로 막혀 있어서 사람이 들어갈 수 없었다. 하지만 새들은 가끔 놀란 닭처럼 날아오르거나 무리를 지은 채 갈대를 헤집고 나와 탁 트인 호수로 날아가기도 했다. 그럴 때마다 꽥꽥거리는 소리가 들렸다.

우리 가족은 바다로 놀러 간 적이 한 번도 없었다. 엄마는 수영을 하지 못했다. 엄마가 예전에 살았던 시베리아에서는 수영을 배울 기회가 아예 없었고, 나중에는 아마도 자존심 때문에 수영을 할 줄 모른다고 말하지 못했던 것 같다. 아빠는 수영을 할 줄 아는지 모르는지 말한 적이 없었다. 그냥 물에는 관심이 없다고만 했다.

우리 가족은 랑에 호수에도 거의 가지 않았다. 나 역시 에를렌호프 김나지움과 맞닿아 있는 곳까지 헤엄쳐 갈 용기가 없었다. 볼스토르프 실업 학교 학생들은 누구나 그랬다.

에를렌호프 김나지움은 어딘지 모르게 낯설어서, 이 지역 소속인 것 같기도 하고 아닌 것 같기도 했다. 김나지움에 다니는 고학년 학생들은 여름에 이따금씩 우리 동네로 와서는, 멋있는 척 선글라스를 쓰고 카페 앞 테라스에 앉아 있곤 했다.

또 역 주변을 돌아다니는 학생들도 많았다. 정확하게 말하면 편의점 앞이었다. 학생들은 이가 망가진다는 이유로 김나지움 매점에서는 팔지 않는 (얼마 지나지 않아 내 눈으로도 직접 확인했다.) 간식거리와 여러 물품들을 여기서 샀다. 나는 남자아이들 가운데 한 명이—기껏해야 열세 살이나 열네 살 정도밖에 안 돼 보였다.—편의점에서 위스키를 사서 웃옷 속에 감추는 모습을 목격하기도 했다.

볼스토르프 실업 학교 학생들도 역 앞에서 기차를 기다리거나 딱히 하는 일 없이 어슬렁거릴 때가 있지만, 두 학교 학생들이 맞닥뜨리는 일은 거의 없었다. 에를렌호프 김나지움 학생들과 볼스토르프 실업 학교 학생들은 저마다 끼리끼리 모여 다녔다. 각자의 자존심이 있기라도 하다는 듯이.

에를렌호프 김나지움은 매년 단 한 명의 통학생에게만 장학금을 주었다. 사립 학교라 학비가 워낙 비쌌다. 엄마 아빠 월급으로는 꿈도 꿀 수 없었다. 어쩌다 내가 그 장학금을 받게 되었을까? 페더젠 교장 선생님은 그 이유를 말해 주지 않았고, 나도 물어볼 용기가 없었다. 짐작도 가지 않았다. 정말이었다. 어쩌면 에를렌호프 김나지움의 학칙에 일정 한 수의 이민자 자녀를 입학시켜야 한다는 규정이 있는지도 모르겠다. 교육 기관으로서 사회 참여 의지를 보여 주기 위해…….

선생님들은 내가 학교생활에 적응하려고 얼마나 노력했는지, 얼마나 열심히 공부했는지 분명히 알 것이다. 나는 꿈도 독일어로 꿀 만큼 독일어를 능숙하게 했을 뿐 아니라 성적도 항상 최상위였다.

드디어 3월 6일, 에를렌호프 김나지움으로 처음 등교하는 날이었다. 아침에 일어나 보니 엄마 아빠 모두 집에 없었다. 아빠는 화물 트럭을 타고 민스크로 출발했고, 엄마는 일찌감치 슈퍼마켓으로 출근했다. 슈퍼마켓이 7시 30분에 문을 열기 때문에 엄마는 한 시간 전에 가서 상품을 미리 진열해야 했다.

3월의 이른 아침은 아직 어둠침침했다. 지하실에서 자전거를 꺼냈다. 털모자를 깊숙이 눌러쓰고 집 열쇠를 파카 주머니에 넣은 다음 벙어리장갑을 끼었다. 나는 자전거 페달을 밟으면서 스스로 무척 강하다는 생각이 들었다. 눈이 내렸다. 아주 조금 내렸는데도 길은 이미 얼어서 미끄러웠다. 얼음처럼 차가운 바람이 정면에서 불어와 페달을 밟기가 힘들었다.

철도 건널목 앞에 다다랐을 때는 차단기가 내려져 있었다. 화물 열차가 다 통과하려면 시간이 꽤 걸릴 듯했다. 차량 수를 세어 보았더니 모두 쉰두 량이었다. 쉰두 번째 차량이 지나가고 나서도 차단기는 한참 동안 올라가지 않았다. 발가락이 서서히 얼어 갔다.

역시 아빠가 키예프에서 사 온 부츠를 신었어야 했다. 하지만 진짜 가죽 부츠가 아니어서 창피했다. 겉감과 안감 모두 합성 피혁이었다. '러시아 부츠'라고 하면 사람들이 머릿속에 곧바로 떠올리는 모양 그대로였다. 그래도 지금 신고 있는 구두보다는 훨씬 따뜻했겠지.

내가 등교 첫날 신으려고 골라 둔 옅은 갈색 가죽 구두는 내 신발 중에서 가장 고급스럽고 세련된 것이었다. 하지만 구두코가 뾰족해서 엄지발가락을 꽉 조이는 데다 금방이라도 동상에 걸릴 것처럼 발끝이 시렸다. 예뻐 보이려면 어쩔 수 없었다. 다행히 모자를 써서 조금은 따뜻했다. 그런데 숱이 많은 머리카락을 하나로 땋아 늘어뜨린 게 마음에 걸렸다. 모자 속에 레게 머리를 둘둘 말아 감춘 것처럼 보였다.

나는 담임인 시모니스 선생님과 미리 약속이 되어 있었다. 먼저 선생님 연구실로 가서 인사를 하고 함께 교실로 갈 예정이었다. 며칠 전에 학교를 처음 방문했을 때, 담임 선생님 연구실과 자전거 보관소가 있는 곳을 미리 알아 두었다. 잠이 오지 않을 때마다 마음속으로 이 길을 수없이 그려 보았다. 그러나 날씨가 이렇게 추울 줄은 미처 예상하지 못했다.

바람을 맞으며 가로수가 없는 국도를 달리는데 눈이 또 내리기 시작했다. 이번에는 세찬 눈보라였다. 굽이진 도로를 돌 때마다 몇 번이나 미끄러지다가 결국 도로 옆 구덩이에 빠지고 말았다.

나는 가까스로 일어나서 눈을 턴 다음, 자전거를 끌어내어 다시 페달을 밟았다. 맞은편에서 전조등을 켜고 달려오는 자동차들 때문에 눈이 부셨다. 눈송이가 계속해서 눈썹에 달라붙었다. 나는 지각하지 않으려고 안간힘을 썼지만, 이미 늦었다는 사실을 알고 있었다.

학교 진입로로 꺾어 들어갈 때, 수업 시작을 알리는 첫 번째 종이 울렸다. 털모자가 달린 파카를 입어 에스키모처럼 보이는 수위 아저씨가 계단에서 눈을 쓸고 있었다.

나는 자전거를 아무렇게나 팽개치고는 허겁지겁 계단을 뛰어 올라갔다. 수위 아저씨가 비질을 멈추고 나를 노려보았다.

"늦었군!"

아저씨가 길을 비켜 주며 툴툴거렸다.

"죄송해요. 도로가 너무 미끄러웠어요!"

나는 숨을 헐떡이며 수위 아저씨 옆을 지나쳤다.

"자전거는 어떡하려고? 여기다 계속 둘 생각은 아니지?"

아저씨 말을 못 들은 척하고 앞으로 내달렸다. 그러면서 모자를 벗어 눈을 털고는, 뻣뻣하게 언 손가락으로 파카의 지퍼를 내렸다.

나는 맞은편에서 밀려오는 학생들과 맞부딪쳤다. 출석부와 교과서를 옆구리에 끼고 가던 선생님들이 길을 비켜 주면서 놀란 눈으로 나를 바라보았다. 하지만 아무도 나에게 말을 걸지는 않았다. 내 얼굴은 붉게 달아올랐고, 심장은 미친 듯이 뛰었다.

나는 지각을 아주 싫어했다. 예전 학교에서는 한 번도 지각을 한 적이 없었다! 다른 학생들이 모두 제자리에 앉아 있는 교실에 혼자 들어서는 일은 상상만 해도 끔찍했다.

스물네 쌍의 눈동자가 나를 노려보는 가운데, 선생님은 수업을 하다 말고 나에게 무슨 일이냐고 묻겠지. 그러면 뭔가 핑계를 꾸며 내야 한다. 이럴 때, 선생님들의 반응은 한결같다. "늦잠 잤구나." 내 경우에는 "더 일찍 출발했어야지."가 될 터였다.

두 번째 종이 울렸다. 복도가 갑자기 조용해졌다. 발자국 소리와 교실 문 닫히는 소리가 이따금씩 들렸다. 나는 숨을 헐떡이며 담임 선생님 연구실 앞에 도착했다. 그런데 '부재 중' 표시가 되어 있었다! 이런, 젠장! 아니야, 어쩌면 선생님이 안에서 나를 기다릴지도 몰라. 나는 지푸라기라도 잡는 심정으로 문을 두드렸다.

무응답.

이번에는 더 크게 문을 두드렸다.

다시 무반응.

잠시 망설이다가 손잡이를 돌려 보았다. 문이 잠겨 있었다. 수업을 하러 교실로 간 것이 분명했다.

'이제 어쩌지? 교실이 어디인지도 모르는데.'

나는 어쩔 줄 몰라 하며 주위를 두리번거렸다.

그때 복도 끝에서 수위 아저씨가 빗자루를 들고 나타났다. 나를 보고 손짓을 하며 성큼성큼 걸어왔다.

나는 겁이 나서 한 걸음 뒤로 물러섰다.

"이봐! 내가 부르는 소리 못 들었어?"

아저씨가 고함을 지르자 나는 고개를 저었다. 목구멍에 뭐가 걸린 것 같았다.

"자전거를 똑바로 세워 둬야지! 아무 데나 그렇게 내팽개쳐 둘 게 아니라……."

수위 아저씨는 내 앞에 와서 멈추어 섰다. 빰은 실핏줄이 터져 불그스름한 데다 오랫동안 면도를 하지 않아 지저분했다.

나는 애원하듯 말했다.

"죄송해요. 오늘이 등교 첫날인데 지각을 했어요. 교실이 어디인지도 몰라요. 여기서 담임 선생님을 만나기로 했는데……. 안 계세요. 문이 잠겨 있어요."

나는 길을 잃은 어린아이처럼 문손잡이를 잡고 흔들었다. 눈물이 볼을 타고 흘러내렸다. 갑자기 나 자신이 너무나 한심하게 여겨졌다. 열다섯 살이나 되어선 선생님 연구실 앞에서 눈물을 질질 짜고 있으니……. 정말 끔찍하게 창피했다.

하지만 예상 외로 내 눈물이 아저씨의 마음을 누그러뜨린 듯했다. 갑자기 아빠처럼 목소리가 부드러워졌다.

"아, 왜 울고 그래?"

수위 아저씨는 내 어깨를 툭툭 치며 중얼거렸다.

"설마 널 자르기라도 할까 봐? 너, 통학생이지? 처음 보는 얼굴인데."

나는 말없이 고개를 끄덕이고는 눈물을 닦았다.

"집이 어디야?"

"볼스토르프예요."

아저씨가 미소를 지었다.

"나랑 같네. 네 담임 선생님이 누구지?"

"시모니스 선생님이에요."

"알았다. 행정실로 데려다주마. 예센 씨가 네 교실이 어디인지 알려 줄 거야."

"자전거는요?"

나는 짐짓 작은 목소리로 물었다.

"걱정 마! 내가 알아서 처리할 테니까. 내일부터는 일찍 일어나야 한다. 알겠지?"

나는 고개를 끄덕였다. 마음속으로도 이미 그렇게 결심하고 있었다.

우리 반 교실은 본관 뒤편 삼층에 있었다.

내가 교실에 도착했을 때, 시모니스 선생님은 팔짱을 낀 채 창턱에 기대서 있었고, 남자아이 한 명이 뭔가를 읽고 있었다. 자신이 쓴 글을 읽는지, 아니면 책을 읽는지는 정확히 알 수 없었다.

나는 노크를 하지 않고 조심스럽게 문을 열었다. 되도록 눈길을 받고 싶지 않았다. 문을 열고는 더 들어가지 않고 그 자리에 서 있었다. 남자아이는 나를 보지 못한 채 계속 읽어 내려갔다. '사이언톨로지'(1954년, 미국인 로널드 허바드가 창시한 신흥 종교)라는 단어가 여러 번 들렸다. 나는 그게 종파의 하나라는 사실 외에는 달리 아는 게 없었다.

시모니스 선생님은 마치 기다리고 있었다는 듯이 나를 바라보았다. 하지만 아무 말도 하지 않았다. 순간 머릿속에 여러 가지 생각이 스쳐 지나갔다.

'이제 어떻게 해야 하지? 인사를 해야 하나? 나가서 노크를 하고 다시 들어올까? 아니면 용감하게 쑥 들어갈까? 남자아이의 낭독이 끝날 때까지 기다릴까? 선생님은 왜 아무 말씀이 없지? 적어도 내게 미소를 짓거나, 뭔가 알아챌 수 있는 신호라도 주시면 좋을 텐데…….'

교실 안이 조금씩 소란스러워지기 시작했다. 몇몇 아이들이 나를 곁눈질하며 서로 속닥거렸다. 그 바람에 낭독을 하던 남자아이가 리듬을 잃고 말았다. 그때 제일 앞줄에 앉은 여자아이가 손을 번쩍 들었다. (그 아이는 빨강머리였고, 얼굴에 주근깨가 무척 많았다.)

"선생님, 누가 찾아왔어요!"

그제야 선생님이 반응을 보였다. 창틀에서 몸을 떼고 내 쪽으로 천천히 걸어왔다. 코듀로이 바지에 터틀넥 스웨터, 모직 재킷 차림에 갈색 가죽 구두를 신고 있었다. 아마 나는 선생님의 발만 바라보고 있었던 모양이다. 그렇지 않고서야 어떻게 그 가죽 구두를 이렇듯 또렷이 기억하고 있을까?

드디어 선생님이 입을 열었다.

"그래, 누군가 왔구나. 노크 소리를 듣지 못했는데도 말이지."

나는 얼굴이 새빨개졌다.

"유스티네, 말해 줘서 고맙다."

선생님은 유스티네에게 미소를 지어 보이고는 다시 내게로 걸어왔다. 나는 문간에 뿌리박힌 듯 서 있었다.

"안녕?"

선생님이 바로 내 앞에 서서 인사를 건넸다.

"안녕하세요?"

나는 자그마한 목소리로 말했다.

"뭐라고?"

선생님이 손을 귀에 대고 되물었다.

"안녕하세요!"

나는 목청껏 소리쳤다. 그제야 선생님은 만족스러운 듯이 고개를 끄덕였다.

"여기에 왜 들어왔는지 물어봐도 될까?"

"안 들어갔어요."

나는 다시 속삭였다.

"문간에 서서 기다렸어요. 들어가도 되는지 잘 몰라서……."

나는 너무 긴장한 나머지, 말하는 중간에 어디서 숨을 쉬어야 하는지조차 잊어버렸다. 교실 안은 쥐 죽은 듯 조용했다. 나는 아이들의 얼굴을 흘낏 살펴보았다.

'낯설지 않네. 분위기가 아주 좋아. 지극히 평범한 교실이야. 걱정할 필요 없어. 난 아무 짓도 하지 않았잖아. 겨우 십 분가량 지각을 했을 뿐이라고. 첫날이라서 좀 창피하긴 하지만, 수위 아저씨가 말했듯이 아무도 나를 자르지는 않을 거야.'

나는 스스로를 안심시키려 애썼다. 그러다가 불현듯 시모니스 선생님이 나를 벌주고 있는지도 모른다는 생각이 들었다. 약속 시간에 늦어서 선생님을 기다리게 했으니까. 분명히 화가 났을 것이다. 이런 결론에 도달했을 즈음에 선생님이 입을 열었다.

"그래, 무슨 일로 왔는지 그 이유나 한번 들어 보자."

나는 몸을 똑바로 세우고 숨을 훅 들이쉬었다. 그러고는 크고 또렷한 목소리로 대답했다.

"오늘부터 이 반에서 수업을 받기로 했어요. 첫날부터 늦어서 죄송합니다. 선생님 연구실에 먼저 갔더랬어요."

선생님은 눈도 깜짝하지 않았다. 나는 말을 이었다.

"집에서 자전거를 타고 왔는데, 눈이 내려서 길이 미끄러웠어요. 그래서 생각했던 것보다 시간이 많이 걸렸어요. 다시는 이런 일이 없을 거예요. 죄송합니다."

후유, 더 이상은 할 말이 없었다.

선생님은 갑자기 미소를 짓더니 나에게 손을 내밀었다.

"사과를 받아 주지. 자, 어서 안으로 들어오렴."

나는 그제야 한숨 돌렸다. 선생님은 교탁 앞으로 걸어가면서 아이들에게 잡담하듯이 천천히 말했다.

"정말 끔찍한 날씨야, 그렇지? 라디오에서 들었는데, 도로가 워낙 막혀서 교통사고가 여러 건 났다는구나."

선생님은 나를 손짓해 부르고는 내 어깨에 팔을 올려놓았다.

"우리 반에 전학생이 왔다."

선생님은 용기를 주려는 듯 나를 다정한 눈길로 바라보았다.

"네 소개를 직접 하겠니?"

나는 고개를 끄덕였다. 미리 준비를 해 두어서 자신이 있었다.

"스베트라나 올가 아이트마토바라고 해. 지난 이 년 동안 볼스토르프에 있는 실업 학교에 다녔어."

나는 거울 앞에서 수백 번 연습해 보았던 말을 줄줄 읊어 내려갔다. 아이들이 술렁이기 시작했다.

"아, 실업 학교에서 김나지움으로? 그것도 학기 중에 전학을 왔단 말이야? 어떻게 그럴 수가 있지?"

선생님은 이미 알고 있는 사실을 다시금 물었다. 아마도 아이들 앞에서 내 체면을 세워 주고 싶었던 모양이다.

“성적이 좋아서 그랬을 거예요.”

이 말이 아이들에게 자랑처럼 들렸는지, 아니면 자만처럼 들렸는지는 잘 모르겠다. 어쨌든 갑자기 분위기가 달라졌다. 아이들이 나를 더 자세히 관찰하려고 의자에서 몸을 똑바로 세우는 게 보였다. 나는 점점 초조해지기 시작했다. 기우인지도 모르지만, 이상한 기운이 감도는 듯했다. 아이들의 표정이 처음과는 분명 달라 보였다.

“실업 학교에 다니기 전에는 어디에 살았지?”

선생님이 물었다.

“우크라이나 도브로제에서 살았어요.”

다시 속닥속닥, 웅얼웅얼. 하지만 나는 신경 쓰고 싶지 않았다. 더 이상 불안해지기 싫었다.

“수업은 물론 러시아어로 했겠지? 그러니까 네 모국어는 러시아어로구나.”

선생님의 질문에 나는 고개를 끄덕였다.

“독일어는 어디서 배웠기에 실력이 그렇게 뛰어난 거지?”

“여기 독일에 와서요. 학교에서도 배우고, 책과 텔레비전을 보면서도 배웠어요.”

나는 어깨를 으쓱하며 대답했다. 선생님은 대단하다는 듯한 표정으로 미소를 짓고는 아이들을 둘러보았다.

"스베트라나는 정말 짧은 기간에 외국어를 아주 잘 배웠구나. 김나지움으로 전학 올 수 있을 만큼 말이지. 다들 어떻게 생각해?"

잠깐 동안 교실에 정적이 감돌았다. 그러다가 몇몇 아이들이 교실 바닥을 발로 긁기 시작했다. 다른 아이들도 조금 망설이는 듯하더니 똑같이 교실 바닥을 발로 긁었다. 선생님이 손짓을 하여 멈추게 할 때까지 바닥 긁기는 계속되었다.

"스베트라나, 넌 박수를 받은 거야. 에를렌호프 김나지움은 학생들의 열의와 노력을 존중할 줄 아는 곳이니까."

선생님은 창문 근처의 빈자리를 가리켰다.

"네 자리를 미리 마련해 두었단다. 저기 가서 앉겠니? 자, 그럼 이제 막시밀리안에게 발표문을 처음부터 다시 읽어 달라고 부탁하자."

파란색 양모 머플러를 목에 두른 금발의 남자아이가 눈을 흘기며 물었다.

"맨 처음부터 또 읽으라고요?"

선생님은 미소를 짓고는 내가 자리에 앉을 때까지 기다렸다가 활기찬 목소리로 대답했다.

"그럼. 스베트라나에게 네 발표문을 처음부터 들을 기회를 줘야 하지 않겠니?"

아이들이 또다시 소란스러워졌다. 선생님은 손을 들어 아이들을 제

지했다.

"자, 떠들지 말고 집중해. 나중에 막시밀리안의 발표문에 관해 토론할 거야. 그때 적극적으로 참여하기 바란다."

얼마 뒤 수업을 마칠 때, 선생님은 아이들에게 학칙을 잘 지키라고 당부했다.

"무슨 뜻인지 알겠지? 다들 스베트라나에게 신경 써 주라는 뜻이야. 아직 모르는 게 많을 테니까 잘 설명해 줘. 기꺼이 너희 사이에 끼워 주고."

순간 나는 얼굴이 빨개졌다. 기뻐서, 그리고 당황해서.

선생님은 곧 교실에서 나갔고, 나는 내 자리에 그대로 앉아 있었다. 무슨 일이 벌어질지 몰라서 심장을 두근거리며…….

몇 초 뒤, 아이들이 나를 둘러쌌다. 반 아이들 가운데 몇 명이 내 자리 쪽으로 책상을 밀어붙이고 그 위에 올라가 양반다리를 했다. 한 여자아이는 결가부좌를 틀고 앉았다. 의자 팔걸이에 올라앉아 균형을 잡거나 친구 어깨에 머리를 기댄 아이들도 많았다.

또 한 아이는 선생님처럼 팔짱을 끼고 창가에 기대서 있었다. 불안한 표정으로 담뱃갑을 만지작거리거나 휴대전화로 문자 메시지를 보내는 여자아이들도 보였다. 나는 일부러 휴대전화를 집에 두고 왔다. 며칠 전에 면담을 할 때 수업 시간에는 휴대전화를 절대로 사용할 수 없다는 말을 들었기 때문이다.

이렇게 많은 이방인을 한꺼번에 가까이에서 보다니, 기분이 무척 묘했다. 아이들은 밀고 당기며 서로 나에게 바짝 다가서려 애썼다. 나는 마치 동물원에서 막 태어난 북극곰 새끼가 된 것 같았다. 아주 강렬한 느낌이었다. 그래도 기분은 좋았다. 모두 나에게 진지하게 관심을 보이는 거니까.

'모두가 나를 알고 싶어 해. 이제 곧 서로 친구가 되겠지. 쉽게 깨지지 않을 멋진 우정을 쌓아 가야지.'

나는 김나지움 아이들이 어떻게 생활하는지 알지 못했다. 그 전에는 집과 부모님을 떠나 다른 곳에서 생활하는 것을 깊게 생각해 보지 않았다. 내 머릿속에는 수천 가지 생각이 떠올랐다. 그 아이들과 되도록 많이 비슷해지고 싶다고 생각했던가. 더 이상 기억나지 않는다. 앞으로 남은 학창 시절의 대부분을 그 아이들과 함께 지내게 되었다는 것만은 확실히 깨달았다.

나는 아이들을 똑바로 바라보지 못했다. 아이들의 눈이 모두 나를 향해 있었기 때문에 선뜻 용기가 나지 않았다. 문자 메시지를 보내던 여자아이도 휴대전화를 재킷 주머니에 넣고 나를 바라보았다.

아이들은 아무 말도 하지 않았다. 그저 나를 바라보기만 했다. 그리 퉁명스러운 표정은 아니었다. 아이들이 나에게서 뭘 바라는지 도무지 알 수가 없었다.

갑자기 콧속이 간질거리기 시작했다. 언젠가 코담배를 피우던 사람이 재채기를 세게 하는 바람에 콧물이 튀어나오는 걸 본 적이 있었다. 나도 그럴 것만 같았다. 그런데 휴지가 없었다. 이게 웬 운명의 장난? 평소에는 휴대용 휴지를 꼭 가지고 다녔는데, 하필이면 이런 날 잊어버릴 게 뭐람. 슬슬 눈물이 흐르기 시작했다.

나는 눈을 꾹 감고는 아이들에게 손을 뻗으며 중얼거렸다.

"미안하지만……, 누구 휴지 있어?"

한동안 조용했다. 아이들은 내가 쇼나 장난을 하는 거라고 생각했던 모양이다. 그러다가 어떤 남자아이가 소리쳤다.

"물론이지. 여기 있어!"

휴지가 손가락에 닿자마자 재채기가 터졌다. 너무 오래 억누르고 있었던 탓인지 말할 수 없이 시원했다. 하지만 너무 일찍 터지는 바람에 휴지로 입을 가리지 못했다. 아마 내 옆에 바짝 붙어 서 있던 아이들에게 이슬비가 내렸을 것이다. 나는 차마 눈을 뜰 수가 없었다.

"알레르기 같은 거 있어?"

누군가 묻는 소리가 들렸다. 목소리로 짐작하건대, 방금 전에 휴지를 준 남자아이였다. 나는 눈을 깜박거렸다. 안경을 쓴 아이가 휴지로 자기 소매를 문지르며 부드럽게 미소를 지었다. 나머지 아이들은 모두 일 미터쯤 뒤로 물러나 있었다. 나는 얼굴이 빨개진 채 고개를 저었다.

그때 누군가 새된 소리로 외쳤다.

"혹시 독감 아니야?"

나는 아이들을 안심시키기 위해 손을 마구 저었다.

"아니야, 정말 아니야. 난 아프지 않아. 아마 그럴 거야……."

나는 말끝을 흐렸다. 더 이상 뭐라고 말해야 할지 알 수가 없었다. 내가 바보처럼 느껴졌다.

다시 잠깐 조용해졌다. 휴대전화를 가지고 있던 여자아이는 또다시 문자 버튼을 눌러 댔다. 입가엔 미소가 떠나지 않았다. 그 아이의 머리는 헤어젤을 듬뿍 발라 사방으로 뻗쳐 있었다. 열 살짜리 남자아이들 사이에서나 유행하는 헤어스타일이었다. 어딘지 모르게 우스꽝스러워 보였다. 나는 그 아이를 계속 지켜보았다. 눈가에는 아이라인이 굵게 그려져 있었다.

'저 아이는 자기가 특별해 보이기를 바라는구나…….'

그때 내가 왜 그런 생각을 했는지는 모르겠다. 그리고 그다음에 든 생각.

'내가 방금 재채기를 했다는 내용을 문자 메시지로 전 세계에 전송하는 건가?'

몇 초 동안 침묵이 흘렀다. 그 시간이 나에게는 영원처럼 길게 느껴졌다. 결가부좌를 하고 있던 여자아이가 입을 열었다. 금발 고수머리에, 눈은 커다란 제비꽃 같았다. 정말 아름다운 눈이었다. 피부가 아주 매끈한 데다 코는 뾰족하면서도 곧게 뻗어 있었다. 내 코는 넓적하고 뭉툭했다. 그래서 이 여자아이처럼 섬세한 '작품'을 가진 사람들이 늘

부러웠다.

"자, 이제 자기소개를 해야 할 것 같다. 난 마르시아라고 해."

나는 마르시아를 향해 미소를 지었다. 어색한 침묵을 깨 주어서 고마웠다.

"안녕, 마르시아!"

귀가 괴상할 만큼 쫑긋 서 있는 남자아이가 마르시아 옆에 서더니, 축복 기도를 하는 성직자처럼 그 애의 머리에 손을 얹었다. 마르시아는 막대기라도 삼킨 것처럼 등을 곧게 펴고 앉아 있었다.

"마르시아는 결가부좌로 신기록을 세우려고 해. 다섯 시간을 앉아 있어도 다리에 쥐가 나지 않는대. 대단하지?"

그 남자아이가 말했다. 나는 미소를 지으며 고개를 끄덕거렸다. 마르시아는 여전히 꼼짝도 하지 않았다.

"게다가 우리 반 회장이야. 겨우 한 표 차이로 뽑혔지만. 나는 시몬이야."

시몬이 상냥하게 손을 내밀기에 나도 천천히 손을 뻗었다. 시몬은 내가 미처 뭔가 대꾸를 하기도 전에 내 손을 꽉 쥐었다. 손힘이 어찌나 센지 내 손이 으스러질 것만 같았다. 나는 너무 놀라 얼굴이 새빨개졌다. 아이들 몇몇이 웃음을 터뜨렸다. 이런 일이 벌어질 줄 미리 알았던 모양이다.

"아, 안녕……?"

나는 온 힘을 짜내어 말했다.

시몬이 드디어 내 손을 놓아주었다. 새하얘진 손에서는 아무런 감각도 느껴지지 않았다. 몇 초가 지나서야 피가 다시 도는지 손가락 끝에 찌릿한 느낌이 왔다. 시몬은 재미있다는 듯이 웃음을 터뜨렸다.

"아프지 않았어?"

"괜찮아."

나는 짐짓 씩씩하게 대답했다.

"나는 가라데(일본식 권법으로, 무기 없이 팔과 다리로 차거나 찌르거나 공격을 막으면서 싸우는 기술)를 배워. 그래서 가끔 세게 잡을 때가 있지. 일부러 그런 건 아니야."

"시몬은 맨손으로 벽돌을 격파할 수도 있어!"

아이들 뒤에 가려져 있던 누군가가 외쳤다.

"아, 그렇구나."

이렇게 많은 낯선 얼굴들에 둘러싸여 있으려니 기분이 정말 이상했다. 모두 뭔가 말하려고 하거나 나에게서 뭔가 듣고 싶어 했다.

휴대전화를 들고 있던 여자아이가 갑자기 내 얼굴을 찍었다. 나는 플래시가 번쩍 터지고 나서야 카메라에 찍혔다는 사실을 알아챘다.

"이봐, 나델! 그거 얼른 치워."

시몬이 화가 나서 소리쳤다.

"그러다 또 들키면 무슨 일이 생길지 잘 알잖아!"

저 아이를 나델('바늘'이라는 뜻의 독일어)이라고 부르는구나. 참 이상하네. 그럼 본래 이름은 뭘까?

나델은 휴대전화를 재킷 주머니에 얼른 집어넣었다. 토끼나 기니피그 같은 동물의 털로 안감을 댄 청재킷이었다. 부잣집 아이들 사이에 이런 옷이 유행한다는 기사를 어느 잡지에선가 읽은 적이 있었다.

"쉬는 시간은 몇 분이지?"

무슨 말이든 해야 할 것 같아서 내가 물었다.

"십 분이야."

다른 여자아이가 대답했다.

"다음 시간은 생명과학인데, 요즘 유전자 변형 식품의 위험성에 대해 배우고 있어. 이것보다 더 지루한 주제가 세상에 또 있을까? 그건 그렇고, 내 이름은 틸리야. 여기서 내 본명을 아는 사람은 아무도 없어."

그때 나델이 소리쳤다.

"내 이름은 나디네야! 별명이 정말 거지 같아! 하지만 내가 별명 때문에 화를 내면 좋아할 아이들이 여럿 있어서…… 그냥 참을래."

나는 생각에 잠겼다. 이게 무슨 소리지? 어떤 아이들 말이야? 하지만 다른 아이들이 모두 웃고 있어서 나도 따라 웃었다.

틸리가 내 뒤로 가서 서더니, 굵게 땋은 머리카락을 만지작거렸다.

"세상에, 너 머리숱 되게 많다! 이것도 유전자 변형 아닐까? 러시아에는 이런 사람이 많아?"

몇몇 아이들이 웃었지만 악의는 없어 보였다. 그저 재미있다는 표정들이었다.

"풀어 봐도 될까?"

틸리가 머리카락을 꽉 움켜쥐며 물었다.

"아니. 다시 땋으려면 너무 힘들어."

"틸리가 네 머리카락을 자를지도 몰라. 조심해!"

누군가 소리쳤다.

"틸리는 호르몬 변화 때문에 요즘 탈모에 시달리고 있거든."

아이들이 다시 웃음을 터뜨렸다.

"카스파르, 입 다물어! 넌 어떻고?"

틸리는 화가 나서 호들갑을 떨다가 내 귀에 대고 이렇게 속삭였다.

"카스파르는 인터넷으로 야한 동영상을 봐."

"이봐, 귓속말하지 마!"

누군가 고함을 질렀다.

"카스파르가 여자 엉덩이를 무진장 좋아한다는 말을 했을 뿐이야."

틸리 말에 아까보다 더 많은 아이들이 웃었다.

"틸리, 그러지 마. 바보 같잖아."

요가 소녀 마르시아가 말하자 틸리가 내 앞에 떡 버티고 서며 대꾸했다.

"알았어, 그만할게."

틸리의 헤어스타일은 상당히 기괴했다. 완전히 비대칭이었다. 한쪽 머리카락은 눈 위로 길게 드리웠고, 다른 한쪽은 눈썹 위로 아주 짧게 잘랐다. 몇 가닥만 붉게 염색을 했는데, 나머지는 옥수수처럼 진노랑이었다. 일부러 기괴해 보이려고 시도한 펑크스타일 같았다. 얌전한 옷차림새하고는 영 어울리지 않았다.

틸리가 갑자기 허리를 굽히더니, 나에게 입을 맞추었다. 왼쪽과 오른쪽 볼에, 그리고 입술에. 그러고는 히죽 웃으며 말했다.

"너희 러시아에서는 이렇게 하잖아, 그렇지? 정치인들도 만나면 서로 입부터 맞추더라."

나도 마주 보며 히죽 웃었다. 틸리의 입술에서 감초 냄새가 났다. 왠지 재미있었다.

"네가 온 그 촌구석 이름이 뭐라고 했지?"

"볼스토르프."

"아니, 러시아 말이야."

"나는 러시아가 아니라 우크라이나에서 왔어."

"그게 그거지, 뭐."

나는 그 말에 대꾸하지 않았다. 대꾸할 가치가 없었으니까.

"러시아어로 아무거나 말해 봐!"

누군가 소리쳤다.

"무슨 말?"

"뭐든지. 지금 머릿속에 떠오르는 거."

"몰라, 아무것도 떠오르지 않아."

아이들은 내 주위에 둘러서서 나를 빤히 바라보았다. 나는 방금 알게 된 아이들의 이름을 기억하기 편하도록 연결 고리를 지어 두었다. 가라테 시몬, 요가 마르시아, 펑크 틸리…….

그때 어떤 여자아이가 앞으로 밀치고 나왔다. 수업 시간 때부터 눈에 띄었던 아이였다. 대각선 방향으로 내 앞에 앉아 있었기 때문에 자세히 관찰할 수 있었다. 그 아이는 수업 시간 내내 스웨터 소매 끝을 책상에다 문질러 댔다. 처음에는 털실 한 올이 풀려 나왔다. 하지만 소매 끝을 계속 문지르며 훑어내리자 털실이 한 뭉치가 되었다. 털실 뭉치는 점점 커지고 소매 길이는 점점 짧아졌다.

시모니스 선생님이 자리에서 일어나 다가오자, 그 아이는 순식간에 이로 털실을 끊고는 실뭉치와 팔을 책상 아래로 감추었다. 그러다가 수업이 끝나 선생님이 교실에서 나가자, 스웨터를 벗어 소시지 모양으로 둘둘 말더니 허리에 질끈 묶었다. 엄청나게 말라서 몸통이 빨래판처럼 납작해 보이는 아이였다.

"우리를 어떻게 생각하는지 러시아어로 말해 봐."

그 아이가 입을 열었다.

"네가 무슨 말을 했는지 우리가 알아맞힐게."

틸리가 외쳤다.

스웨터를 갖고 장난을 치던 아이는 목이 아주 가늘고 길었다. 손가락과 다리도 가늘고 길었다.

“이름이 뭐야?”

내 물음에 그 아이가 대답했다.

“아니카.”

“알았어, 아니카. 한번 해 볼게.”

나는 잠깐 동안 생각한 뒤에 러시아어로 말했다.

“내가 새 학교로 전학 온 지 한 시간밖에 안 되었는데 벌써 여러 친구들을 알게 되었어. 시몬은 악수를 독특하게 하지. 회장 마르시아는 다섯 시간 동안이나 결가부좌를 틀 수 있어. 틸리는 헤어스타일이 재미있고, 아니카는 털실로 장난치기를 좋아해. 오늘 중에 다른 아이들도 알게 되면 좋겠어. 그리고 우리 반 모두 사이좋게 지냈으면 해.”

나는 숨을 깊이 들이마시고 미소를 지었다.

아이들은 잠깐 동안 아무 말도 하지 않았다.

“자, 말해 봐.”

마르시아가 말했다.

“뭘?”

“뭐라고 했는지 말해 보라고.”

“너희가 알아맞힌다고 하지 않았어?”

내 말에 시몬이 나섰다.

"내 이름이 들렸어. 나에 대해 무슨 말을 했는지 궁금해."

"나쁜 말은 아니었어."

"흠, 물론 그랬겠지."

시몬이 대꾸했다.

"나도 내 이름을 들었어, 아주 또렷이. 나에 대해서는 뭐라고 했어?"

아니카가 물었다.

"별말 아니었어. 그냥 방금 너와 마르시아, 시몬, 틸리의 이름을 알았다는 거지. 그리고 우리가 사이좋게 지내기를 바란다는 게 전부야."

그때 종이 울렸다. 마르시아가 결가부좌를 풀면서 말했다.

"오케이, 이 회전이다."

나는 그 말이 무슨 뜻인지 지금까지도 아리송하다. 둘째 시간이 시작되었다는 말인지, 아니면 우리 대화가 이 회전에서 계속된다는 말인지…….

시몬은 마르시아가 앉았던 책상을 원래 자리로 옮겨 놓았다. 다른 아이들도 의자를 머리 위로 들어 올리고는 분단과 분단 사이를 구불구불 돌아 제자리로 갔다.

장밋빛 얼굴에 진주 귀고리를 한 여자아이가 내 옆에 서더니, 내가 입은 스웨터를 슬쩍 잡아당겨 만져 보았다. 나는 그날 목이 드러나는 다홍빛 양모 스웨터를 입고 있었다. 감촉이 부드러운 데다 무척 따뜻해서 추운 날에 제일 즐겨 입는 옷이었다.

"이 옷 브랜드가 뭐야?"

그 아이가 물었다.

"몰라."

"이런 건 어디서 사지?"

질문에 악의가 담겨 있는 것 같지는 않았다. 나는 그 아이가 정말로 그 옷을 어디서 샀는지 궁금해한다고 생각했다. 성탄절 전에 겨울옷을 사려고 엄마 아빠랑 일부러 킬(독일 북동부 슐레스비히홀슈타인주의 주도이자 항구 도시)에 다녀왔던 일을 떠올리며 대답했다.

"킬에 있는 아울렛 매장에서."

그 여자아이는 환하게 미소를 짓다 말고 한숨을 내쉬었다.

"세상에, 아울렛 매장이라니. 아이고, 창피해라."

단 다섯 마디 말에 온갖 경멸이 다 담겨 있는 듯했다. 그 아이는 머리를 뒤로 획 젖히고는 의기양양하게 자기 자리로 걸어갔다. 나는 어이가 없어 멍하니 그 뒷모습을 바라보았다. 너무 화가 나서 몸을 떨었던 것 같기도 하다. 맹세코 창피해서가 아니었다. 정말이지 그건 아니었다.

그 아이는 체크무늬 미니스커트와 하얀 블라우스에 목둘레가 깊게 파인 스웨터를 걸치고 있었다. 목에는 특이한 모양으로 매듭을 지은 실크 스카프를 매고 있었는데, 스카프의 한쪽 끝이 뒷머리 아래로 나와 있었다. (며칠 뒤에 실크 스카프가 그 아이의 상징이라는 사실을 알게 되었다. 그 아이에게는 실크 스카프가 수없이 많았다. 실크 보자기에 한 장씩 따로 싸서 '에르메스' 로고가 새겨진 상자에 보관한다고 했다. 나는 에르메스가 전 세계에서 가장 비싼 브랜드 중 하나라는 걸 얼마 뒤에 알게 되었다.)

그 아이 이름은 펠리키타스 폰 베렌베르크였다. 우리 반 여자아이들은 모두 펠리키타스와 친하게 지내고 싶어 안달이었다. 주말마다 근사한 메르세데스 벤츠를 탄 운전사가 펠리키타스를 데리러 왔다.

펠리키타스는 김나지움 친구를 집에 데리고 갈 때도 있었다. 그 아이의 집은 함부르크 엘베강 옆에 있는 눈처럼 새하얀 전원주택인데, 거대한 유람선이 정원 바로 옆을 지나간다고 했다.

전학 간 첫날에 나는 펠리키타스와 절대로 친구가 될 수 없다는 걸 확실하게 깨달았다. 우리는 서로 다른 세상에 살았다. 그 아이는 진짜 진주 귀고리를 했고, 나는 고작 아울렛 매장에서 산 싸구려 스웨터나 입고 있었으니까.

내 장학금에는 학교 급식비도 포함되어 있었다. 엄마는 특히 이 부분을 좋아했다. 하루 종일 밖에서 일하는 엄마로서는 내 끼니를 챙겨줄 수 없는 게 꽤나 신경 쓰였던 모양이다. 내가 제대로 먹지 못한다고 늘 걱정했다.

엄마 말이 완전히 틀린 것은 아니었다. 나는 아무 생각 없이 음식을 먹었다. 어떤 때는 요구르트 세 병을 한꺼번에 먹었고, 또 어떤 때는 과

일만 먹기도 했다. 그런 다음 날이면 영양을 보충하기 위해 다진 고기를 얹은 바게트를 전자레인지에 데워 먹곤 했다. 점심 식사 대신 견과류가 들어 있는 초콜릿 한 판을 앉은자리에서 다 먹어 치울 때도 있었다. 그렇다. 건강에 나쁘다는 건 나도 잘 알고 있었다.

에를렌호프 김나지움으로 전학 갈 무렵에 내 몸무게는 오십 킬로그램이 조금 넘었다. 날씬하지는 않았지만 뚱뚱하지도 않았다. 나는 내 외모에 상당히 만족하는 편이어서 겉모습을 꾸미는 데 딱히 관심이 없었다.

그런데 여기 에를렌호프 김나지움에서는 체중이 몇 킬로그램인지, 허리둘레가 몇 센티미터인지, 다리는—무릎에서 발목까지, 또는 바짓부리에서 무릎까지—얼마나 긴지, 손목은 얼마큼 가는지, 귓바퀴는 어떤 모양인지가 아주 중요했다. 그런 외적인 조건이 많은 것들을 좌지우지할 만큼.

점심 식사는 동쪽에 있는 학생 식당에서 했는데, 마룻바닥이라 신발을 벗고 들어가야 했다. 아이들은 신발을 입구에 마련된 신발장에 넣어 두고 양말만 신은 채 식당으로 들어갔다. 그래서 발소리가 거의 나지 않았다. 물론 수백 명이 한꺼번에 식사를 하는 점심시간에는 엄청나게 시끄러웠지만.

반 아이들과 함께 점심을 먹으러 식당에 갔을 때, 커다란 두 짝짜리 여닫이문은 아직 닫혀 있었다. 여자아이들은 화장실로 우르르 몰려갔다. 달리 할 일이 없어서 나도 화장실로 따라갔다. 여자아이들은 곧장 거울 앞으로 달려들더니, 치마와 바지 주머니에서 마술을 부리듯 립스틱과 파우더와 마스카라를 꺼냈다.

나는 당혹스러운 마음을 애써 감추며 어정대다가, 여자아이들이 너나없이 분주하게 치장하는 모습을 물끄러미 바라보았다. 머리카락을 앞뒤로 흔들어 털면서 윤기가 날 때까지 빗질을 하는 아이, 입술에 립글로스를 몇 번이나 덧칠하는 아이, 스웨터를 걷어 올리고 비뚤어진 브래지어를 매만지는 아이……. 마치 클럽에 가려고 잔뜩 멋을 부리는 아이들 같았다.

지금 와서 생각해 보면, 아이들은 서로 잔혹한 경쟁을 벌이고 있었던 것 같다. 나는 왜 그때 그 사실을 알아차리지 못했을까? 내게는 아주 사소한 일이 그 아이들에게는 아주 큰 의미를 차지하고 있었다. 이를테면, 그 아이들에게는 립스틱이나 마스카라 따위가 없어서는 안 될 필수품이었다.

무엇보다도 옷……. 나는 서로 밀치며 거울 앞으로 다가가려는 아이들을 자세히 관찰했다. 하나같이 남들보다 더 비싼 옷을 입고 싶어 했다. 그렇게 계속 서로의 옷을 비교해 가면서, 옷에 목숨이라도 걸린 듯이 집착했다.

나는 그 아이들과 달라도 너무 달랐다. 가방 안에 립스틱 하나 없었다. 그런 게 이리도 중요한 줄 어찌 알았으랴. 나도 다음부터는 화장품 세트를 꼭 가지고 다녀야겠다고 마음먹었다. 그리고 누구든 화장실에서 먼저 나가기를 기다렸다. 틸리가 제일 먼저 나갔다.

식당 문은 여전히 닫혀 있었다. 그사이 문 앞에서 기다리는 아이들의 수는 오십 명가량으로 불어나서 엄청나게 시끄러웠다. 틸리는 그날 점심 메뉴가 거위 커틀릿이라며 한참 동안 불평을 늘어놓았다.

"아주 끔찍한 맛이야. 고기에 끈적끈적한 소스를 얹었는데, 곁들여 나오는 밥은 너무 질어서 숟가락조차 대기 싫을 정도야. 하지만 가끔 바나나나 파인애플 조각이 들어 있을 때도 있어."

그때 갑자기 식당 안쪽에서 문이 활짝 열렸다. 아이들이 물밀 듯이 들어갔다. 나도 얼떨결에 떠밀려 들어갔다. 그렇게 나는 그 널따란 식당에 처음으로 발을 들여놓았다. 양가죽 갓을 씌운 커다란 전등 두 개가 천장에 매달려 있었다. 그날은 날씨가 워낙 흐려서, 점심때인데도 형광등이 여기저기 켜져 있었다. 형광등의 차가운 빛 때문에 그렇지 않아도 창백한 아이들의 얼굴이 더욱 희어 보였다.

아이들은 곧장 식탁으로 달려갔다. 식탁에는 팔인 분의 식기가 놓여 있었다. 나는 식당에 어떤 규칙이 있는지 전혀 모르고 있었다. 점점 더 많은 아이들이 밀려 들어왔다. 저학년, 고학년……. 몇몇 아이들이 호기심 어린 시선으로 나를 바라보았다. 나는 긴장이 되어 표정이 굳어지는 걸 느꼈다. 그래서 싹싹한 척 억지로 웃음을 지었다. 틸리는 이미 어딘가로 사라졌고, 반 아이들의 얼굴은 하나도 보이지 않았다. 나는 식당 안을 계속 두리번거렸다.

그때 막 식탁 의자 등받이에 가방을 걸고 있는 펠리키타스가 보였다. 나는 다른 아이들도 분명히 함께 있을 거라고 생각하고 그쪽으로 걸어갔다. 하지만 펠리키타스는 나에게 팔을 마구 휘저으며 소리쳤다. 한 발자국도 더 가까이 오지 못하게 하려는 손짓 같았다.

"여긴 자리 없어!"

하기야 나도 펠리키타스와 함께 밥을 먹고 싶은 생각은 눈곱만치도 없었다. 그래서 어깨를 으쓱하며 발길을 돌렸다. 금세 다른 식탁에 앉아 있는 마르시아를 발견했다. 그 식탁에는 아직 빈자리가 남아 있었다. 시몬과 틸리도 거기에 있었다. 순간 마음이 놓였다.

내가 그쪽으로 걸어가는 동안 틸리는 내게서 시선을 떼지 않았다. 나는 그걸 어서 오라는 뜻으로 받아들였지만, 정작 틸리의 마음은 그게 아니었다.

"여기 앉아도 될까?"

내가 묻자, 틸리는 팔을 요란하게 휘두르며 되물었다.

"여기 물컵 있는 거 안 보여?"

나는 식탁을 뚫어지게 바라보았다. 무슨 말인지 알 수 없었다.

"엎어 두었던 물컵이 제대로 세워져 있으면 그 자리에 주인이 있다는 뜻이야."

시몬의 설명을 틸리가 받았다.

"다른 아이들이 곧 올 거야. 아직 화장실에 있어."

"아, 그렇구나."

나는 당황하여 다시 물었다.

"그러니까 빈자리가 하나도 없다고?"

"그래."

틸리가 말끝을 자르듯 재빨리 대답했다.

왜 이렇게 하나같이 쌀쌀맞지? 아까는 나를 좋아한다는 느낌을 받았는데……. 하지만 나는 아무렇지도 않은 척 행동했다. 나중에 집으로 돌아오고 나서야 내가 끓어오르는 증오를 억누르고 태연한 척 행동하느라 얼마나 힘들었는지 깨달았다.

"그러면 혹시 내가 어디에 앉아야 하는지 알아?"

나는 씩씩하게 물었다. 히죽 웃기까지 했다. 낯선 식당에 서서 내가 어디에 앉아야 할지 모르는 게 별일 아니라는 듯이. 삼백여 명의 아이들이 모두 나를 바라보고 있는 건 아니지만, 어쩔 줄 몰라 하며 어정쩡하게 서 있는 내 모습은 충분히 눈에 띌 만했다. 등에 화살처럼 내리꽂히는 시선들이 고스란히 느껴졌다.

마르시아는 자기 컵에 물을 채우고는 손으로 어딘가를 가리키며 느긋하게 말했다.

"처음에는 좀 살펴봐야 해. 어디에 자리가 비어 있는지, 또 누가 널 오라고 하는지 말이야. 우리도 다 똑같은 경험을 했어. 이곳에는 나름의 규칙이 있어. 그 규칙은 기숙사의 방 번호에 따라 정해지는 거야."

마르시아는 갑자기 미소를 지었다. 자못 유창하게 설명을 했다는 생각에 스스로 대견하게 여겨진 모양이었다.

"넌 좀 곤란할 수도 있겠구나. 통학생이니까. 하지만 넌 분명히 잘 해결할 수 있을 거야."

나는 고개를 끄덕이고는 발길을 돌렸다. 혹시 이게 일종의 신고식일까? 왜 다들 이렇게 불친절하지? 왜 아무도 내 손을 잡고, 저기 마이어 선생님이나 뮐러 선생님, 슐츠 선생님이 계시다고, 뭐든지 아는 선생님이니 한번 여쭤 보라고 말해 주지 않는 걸까?

아무도 자리에서 일어나지 않았다. 자기 식탁으로 오라고 손짓하는 아이도 없었다. 우리 반 아이들을 두 번이나 마주쳤지만, 그 아이들은 나를 완전히 무시하고 자석에 끌리듯 곧장 자기 식탁으로 가 버렸다.

이제 어떻게 해야 하나? 그때 조리실의 미닫이문이 열리더니 누군가 소리쳤다.

"음식 가져가라!"

조리사였다. 식탁마다 두 명씩 일어나더니 배식대로 가서 줄을 섰다. 먼저 음식을 받은 아이들이 식판을 들고 내 옆을 지나갔다. 바나나와 코코넛 우유 냄새가 살짝 풍겼다. 갑자기 허기가 느껴졌다.

얼굴이 빨갛게 달아올랐다. 나는 식판을 들고 가는 아이들에게 방해물이 되고 있었다. 몸을 돌리다가 어떤 아이의 음식을 쏟을 뻔하기까지 했다. 기껏해야 6학년쯤으로 보이는 남자아이였다.

"아이고, 조심해!"

그 아이는 쉿소리를 내더니, 내가 미처 미안하다고 말하기도 전에 사라졌다. 식탁마다 두 명이 나와서 음식을 나누어 주는 것으로 보아, 늘 이렇게 하는 모양이었다. 한 명은 밥을 나눠 주고, 다른 한 명은 고기를 나눠 준 다음 그 위에 소스를 한 국자씩 끼얹었다. 음식 냄새가 점점 더 많이 퍼졌다. 식기들이 달그락거리는 소리, 아이들이 웅얼거리는 소리……. 하지만 내가 앉을 자리는 여전히 없었다.

나는 하릴없이 식당 문 쪽으로 향했다. 막 문을 열려고 하는 순간, 뒤에서 누군가 부르는 소리가 들렸다.

"스베트라나!"

갑자기 식당 안이 조용해졌다. 나는 어깨를 폈다. 화살이 정확하게 척추를 관통하는 듯한 느낌이 들었다.

"스베트라나, 무슨 일이지?"

시모니스 선생님의 목소리였다. 나는 숨을 깊게 들이쉬고 몸을 돌렸다. 시모니스 선생님이 다른 여자 선생님과 함께 내 쪽으로 걸어왔다. 그 여자 선생님은 환하게 미소를 지으며 손을 내밀었다.

"우리 아가씨! 아무도 너에게 신경을 써 주지 않았구나?"

기숙사 사감인 베아테 클라우젠 선생님이었다. 나는 사감 선생님이 여학생들을 모두 '우리 아가씨'라고 부른다는 사실을 나중에 알게 되었다. 특이한 버릇이었다.

시모니스 선생님이 나를 간단하게 소개했다.

"스베트라나예요. 통학생이지요. 오늘 처음 등교했습니다."

"알고 있답니다! 우크라이나에서 왔지? 정말 대단하다!"

나는 벌써 삼 년째 독일에 살고 있고, 독일 여권도 가지고 있다고 말할까 하다가 그만두었다. 어쩐지 지금 말하는 건 좋지 않을 것 같았다.

사감 선생님은 엄마처럼 내 뺨을 톡톡 두드렸다. 나는 무척 쑥스러웠다. 아이들이 모두 나를 보고 있을 것 같았다.

"아무도 네 자리가 어디인지 말해 주지 않았어?"

시모니스 선생님이 물었다. 그러고는 이마를 찡그리며 주위를 둘러보았다. 나는 다른 아이들을 고자질하고 싶지 않아서 얼른 이렇게 대답했다.

"괜찮아요. 제가 물어보지 않은걸요. 어떻게 해야……."

시모니스 선생님이 나를 다시 바라보자, 무슨 말을 더 해야 할지 떠오르지가 않았다.

"문제가 뭔고 하니……."

사감 선생님은 식당을 이리저리 둘러보며 말을 꺼냈다.

"너희 반 학생 수는 어제까진 스물네 명이었어. 식탁 세 개가 정확하게 꽉 차는 숫자지. 그러니까 반 아이들이 일부러 너에게 자리를 안 내준 게 아니란다."

미소를 지어 보이는 사감 선생님에게 나도 미소로 답하며 말했다.

"예, 알아요."

하지만 조금 전까지만 해도 알지 못했다. 이렇게 친절히 설명해 주는 선생님에게 고마운 마음이 들었다. 그 덕분에 마음이 한결 놓였다.

"해결책을 찾을 때까지 우리와 함께 먹는 게 좋겠구나."

시모니스 선생님은 선생님들만 앉아 있는 긴 식탁을 가리켰다. 교사용 식탁이었다. 순식간에 내 몸이 뜨거워졌다.

"걱정 마. 아무도 널 해치지 않을 테니까."

시모니스 선생님이 말했다. 그러고는 나를 교사용 식탁으로 데리고 가서 친절하게 의자까지 빼 주었다. 내가 자리에 앉자 유리병에 든 물을 컵에 따라 준 다음, 다른 선생님들에게 나를 소개했다. 그러는 내내, 다른 아이들이 이 모습을 바라보고 있다는 느낌이 들었다.

'이 순간을 즐겨야 하나? 아이들이 나를 이해해 줄까? 아니면 특별대우를 받는다고 싫어할까?'

나는 조심스럽게 주변을 둘러보았다. 아무도 나에게 관심을 기울이지 않았다. 식탁마다 웃고 떠들며 부지런히 음식을 먹고 있었다. 모두 서로를 잘 알고 있었다. 즐거운 시간과 슬픈 시간을 함께 보낸 사이였으니까. 그런 아이들의 모습이 왠지 좋아 보였다. 언젠가는 나도 저기에 끼게 될 거라고, 모든 일에는 시간이 걸리는 법이라고 생각했다.

"오늘 메뉴는 밥을 곁들인 거위 커틀릿이야."

시모니스 선생님이 말했다.

"학생들은 이 요리를 무척 좋아해. 우리 학교 조리사는 요리 솜씨가 아주 뛰어나지. 그래서 우리 교사들 중 한 명이 결근을 하면 무척 기뻐하지만, 조리사가 아파서 못 나오면 경악을 한단다."

틸리가 아까 오늘의 메뉴에 대해 했던 말과는 맞지 않는 이야기였다. 하지만 그런 거야 아무래도 상관없었다.

선생님이 웃으며 말을 이었다.

"네 입맛에 맞았으면 좋겠구나. 맛있게 먹어."

그러고는 음식이 가득 담긴 접시를 내 앞에 놓았다.

그날 저녁, 엄마는 평소보다 일찍 집에 돌아왔다. 동료에게 돈을 주고 엄마 일을 대신 맡긴 모양이었다. 딸이 에를렌호프 김나지움으로 전학 간 첫날은 엄마에게 국경일이나 마찬가지였을 테니까 그냥 지나칠 수 없었을 것이다.

나는 해야 할 일이 무척이나 많았다. 과목별로 새 공책를 마련하고 숙제를 해야 했는데, 특히 '자연 속에서 벌어지는 생물의 화학 작용'에 대해 예습을 해야 했다. 이 내용은 실업 학교에서는 거의 다루지 않았던 것이다. 그런데도 나는 오후 내내 소파에서 뒹굴며 텔레비전 채널을 이리저리 돌려 댔다. 피곤에 절어서 아무것도 할 수가 없었다.

그러다 뮤직비디오를 보고 있을 때였다. 별안간 문간에 서 있는 엄마가 눈에 띄었다. 엄마는 외출할 때 모습 그대로였다. 외투와 머플러, 장갑조차 벗지 않았다. 추위 때문에 코가 빨갰다.

"무슨 일 있었어?"

엄마가 깜짝 놀라며 물었다.

"아니요, 왜요?"

나는 고개를 저으며 리모컨으로 채널을 계속 돌렸다.

"네가 이 시각에 바보상자 앞에 앉아 있었던 적은 없으니까 그렇지."

엄마는 나를 뚫어지게 바라보았다.

"지금쯤 뭔가 흥미진진한 일을 하고 있으리라고 생각했는데."

나는 어깨를 으쓱해 보였다.

엄마는 장갑을 벗고 외투의 단추를 풀고는 내 옆에 앉았다. 엄마 옷에서 냉기가 흘러나왔다. 나는 소파 가장자리로 옮겨 앉았다. 엄마가 손을 뻗어 내 손을 잡으려고 했다. 나는 다시 비켜나며 아무 말 없이 텔레비전을 끄고 자리에서 일어났다.

"이리 와서 이야기 좀 해 봐."

"무슨 이야기요?"

"뭐긴! 오늘 하루가 어땠는지 말이야. 새 학교에 간 첫날이잖아. 흥미진진했지, 안 그래?"

그래요, 흥미진진하기는 했죠.

엄마는 손에 든 장갑을 탁자 위에 던지고 외투를 벗었다.

"오늘 내가 어땠는 줄 아니?"

엄마는 즐거운 표정으로 말을 이었다.

"내가 아는 손님들에게 전부 자랑했단다. 값싼 소시지를 아주 조금 사러 온 손님들한테도 이야기했어. 내 딸 스베트라나가 이제부터 김나지움에 다닌다고 말이야."

엄마가 웃음을 터뜨렸다.

"그리고 방금 계단에서 노바츠키 부인을 만났어. 너한테 진심으로 축하한다고 전해 달래. 네가 어느 학교에 다니게 되었는지 듣고는 눈이 휘둥그레지더구나."

엄마는 눈동자를 이리저리 굴리며 노바츠키 부인을 흉내 내었다. 무척 들떠 보였다. (노바츠키 부인은 바로 위층, 그러니까 이 건물 꼭대기 층에 산다. 그 집에는 발코니가 없지만 전망이 제일 좋다. 그 집 식구들은 폴란드 출신이다.) 나는 별 대꾸 없이 어깨만 으쓱했다.

"지각은 안 했니? 오늘 아침에 도로가 유리처럼 미끄러웠잖아. 네가 지각할까 봐 걱정했어."

지각을 했다고 말할까? 하지만 엄마에게 쓸데없는 걱정을 끼치고 싶지 않았다.

"뭐든지 다 척척 맞아떨어졌어요. 최고였다니까요."

"그래, 다행이다. 정말 기쁘구나."

엄마는 마음이 놓인다는 표정으로 대답했다.

나는 내 방으로 가서 책상 앞에 앉았다. 잠시 뒤에 엄마 발자국 소리, 그릇 달그락거리는 소리, 주전자 물 끓는 소리, 엄마가 욕실에서 낮게 흥얼거리는 러시아 노랫소리가 들려왔다. 그 소리가 나에게 안정감과 평온함을 안겨 주었다. 복잡했던 생각들이 하나둘 사라지면서 제정신이 들었다. 나는 이제야 공부에 집중할 수 있을 것 같아서 컴퓨터를 켰다. 인터넷에서 '유전자 변형 식물'을 검색하고, 관련 자료들을 모조리 찾아 읽어 보았다.

다음 날에는 영어 수업이 있었다. 오래전부터 써 온 영어 단어장을 꺼내 처음부터 끝까지 모든 단어를 소리 내어 읽었다. 내 목소리가 어쩐지 녹슨 것처럼 들렸다. 그러다 내 영어 발음에서 러시아 억양이 들린다는 사실을 깨달았다. 나는 만족스러울 때까지 그 단어들을—예를 들어 혀가 꼬일 것 같은 '드리어리니스'(dreariness, 적적한)나 '리인슈런스'(reinsurance, 재보험)와 같은 단어—거의 스무 번씩 반복해 읽었다.

수학 선생님에게서 받은 수학 교과서도 한 장씩 넘겨 보았다. 다행스럽게도 이번 학년의 남은 수업 시간에는 대수(실제 수 대신에 문자를 사용해 방정식을 푸는 것) 단원만 배운다고 했다. 지금까지 대수 단원은 언제나 재미있었다. 교과서를 대충 훑어보기만 했는데도, 예전에 배운 것보다 훨씬 더 어렵고 복잡하다는 생각이 들었다.

수학 선생님 이름은 독일의 유명한 시인이자 소설가인 우베 욘존과 똑같았다. 그날 수학 수업이 끝났을 때, 욘존 선생님이 다가와서 한 가지 제안을 했다. 우리 반의 학습 진도를 얼른 따라갈 수 있도록 내가 배우지 못한 내용을 한번 훑어 주겠다는 것이었다.

"저희 부모님이 수업료를 내실 수 있을지 모르겠어요."

나는 약간 당황스러워했다. 다행히 교실에는 선생님과 나밖에 없었다. 선생님이 다정하게 말했다.

"수업료를 따로 낼 필요는 없어. 그건 이미 내 월급에 포함되어 있으니까. 게다가 너를 가르치는 일이 아주 재미있을 것 같아서 그래. 네가 수학 천재라고 들었거든."

"저는 그냥 보통 실력……."

"수학 성적이 꽤 훌륭하던데?"

"그거야 아주 쉬운 문제들이었으니까요."

욘존 선생님은 웃으며 내 어깨에 손을 얹었다.

"거봐, 그런 문제들을 쉽다고 얘기하는 걸 보면 보통내기가 아니야."

나는 욘존 선생님이 마음에 들었다. 선생님 덕분에 앞으로 수학 공부를 더 열심히 하게 될 것 같았다.

저녁밥을 먹으면서도 나는 여전히 생각에 잠겨 있었다. 궁금한 것이 많았던 엄마는 그야말로 나에게서 대답을 하나씩 쥐어짜 내려 하였다. 주로 선생님들 이름은 무엇이었는지, 각 교과 시간에 배운 내용은 어땠는지, 새 친구들 중에 누가 가장 마음에 들었는지 하는 것들이었다.

엄마에게는 미안했지만, 정말이지 나는 아무것도 말하고 싶지 않았다. 그날 일어난 일을 이제 겨우 반쯤만 '소화'한 상태였기 때문이다. 나를 위해서, 엄마를 위해서 말하기가 싫었다. 내가 무슨 일을 겪었는지 엄마가 모르길 바랐다. 엄마 마음을 아프게 하고 싶지 않았으니까.

나는 한숨을 쉬며 말했다.

"엄마, 이제 겨우 한나절을 같이 보냈을 뿐이에요! 어떻게 그 모든 걸 알겠어요?"

"아이들이 너에게 친절히 대해 줬어?"

"그럼요."

엄마는 그제야 마음을 놓고 환하게 웃었다.

"그렇지? 그럴 줄 알았어. 그 학교는 모든 면에서 훌륭하니까."

"예전 학교 아이들도 모두 친절했어요."

"그래애……."

엄마는 말꼬리를 길게 끌며 대답했다.

"하지만 그 학교엔 너하고 진짜로 친한 친구는 한 명도 없었잖아, 안 그래?"

나는 얼른 주제를 바꾸어 욘존 선생님이 제안한 보충 수업 이야기를 꺼냈다. 수업료를 더 내지 않아도 된다는 말도 전했다. 엄마는 무척 기뻐했다.

엄마도 우크라이나에 있을 때 보충 수업을 많이 했다. 물론 수업료를 따로 받았다. 월급이 너무 적어서 엄마와 내가 생활하기에 빠듯했다. 도브로제에서 아빠가 생활비를 보태 주지 않았더라면 엄마는 부업거리를 더 찾아야 했을지도 모른다. 그때는 엄마가 아빠와 결혼하기 전이었다.

엄마는 이제 다른 수업 시간에는 무엇을 배웠는지 캐물었다. 도덕 시간에 사이언톨로지를 다루었다고 하자, 엄마는 곧장 종파에 대한 이야기를 나누려고 했다. 엄마는 늘 이랬다. 괴상한 주제에도 언제나 열의를 보이며 이야기하려 했다.

이런 증세는 슈퍼마켓에서 일하면서 더욱 심해졌다. 간으로 만든 소시지나 굵은 소금을 얹은 브레첼 빵 이야기만 아니라면 무엇에 대해서든 열띤 토론을 하고 싶어 했다. 내 패기와 학구열은 엄마에게서 물려받은 모양이었다. 아마도 분명히 그럴 것이다.

엄마는 유전자 조작 옥수수에 관한 토론을 무척 흥미로워했다. 새 교과서를 과목별로 살펴보면서 대단하다고 연방 감탄했다. 특히 수학과 생명과학에 관심을 보이며 책장을 아주 천천히 넘겼다.

엄마 얼굴이 환하게 빛났다. 엄마 인생에 봄날이 와서 다시 꽃이 피는 것 같았다. 그 어느 때보다 아름다웠다. 책을 들고 식탁 주위를 맴도는 엄마의 발걸음은 마치 춤을 추듯 가벼웠다. 그런 엄마의 모습을 지켜보는 것이 마냥 좋지만은 않았다. 그날 실제로 내 기분이 어땠는지 말하지 않았기 때문이다. 엄마에게 모든 것을 사실대로 말할 수는 없었다.

“점심 식사는 어땠니?”

내가 지쳐 숨을 들이쉬고 있을 때 엄마가 또 물었다.

“말해 봐! 무슨 요리였어?”

“거위 커틀릿에 밥이 곁들여 나왔어요.”

나는 엄마가 누구와 함께 먹었는지는 제발 묻지 않기를 바랐다. 만약에 그걸 묻는다면 어떻게 둘러대야 할지 재빨리 생각했다. 다행히 엄마는 “분명히 맛있었겠지?”라고만 했다.

“상추 샐러드도 있었어요.”

“아, 그랬구나. 신선한 비타민이지. 후식은?”

“사과와 오렌지 중에 골라 먹도록 준비돼 있었어요.”

“우아! 정말 괜찮은 후식이구나!”

엄마가 목소리를 높였다. 내가 바닐라 푸딩이라고 대답했더라도 똑같은 반응이었을 것이다.

엄마는 내가 고기보다는 생선을 더 좋아하고, 물이 뚝뚝 떨어지는 상추를 아주 싫어한다는 걸 알면서도 그렇게 말했다. 내가 제일 즐겨 먹는 음식은 파스타인데, 그중에서도 스파게티 종류를 무척 좋아했다. 특히 보리새우 스파게티를 즐겨 먹는 편이었다. 엄마는 물론 이런 내 식성을 잘 알고 있었다.

엄마가 차를 끓이려고 자리에서 일어났다. 그릇이 달그락거리는 소리와 함께, 조금 전 엄마가 욕실에서 흥얼거렸던 노랫소리가 등 뒤에서 다시 들려왔다. 그런데 이번에는 왠지 자꾸만 신경에 거슬렸다.

"이 학교를 좋은 성적으로 잘 마칠 수 있다면, 앞으로 넌 어떤 일에서도 성공할 수 있을 거야."

엄마는 뜨거운 찻주전자를 든 채 뒤로 돌아 나에게 입을 맞추었다. 그날 저녁에만 벌써 다섯 번째쯤 되는 입맞춤이었다.

저녁을 먹은 뒤—전학을 축하하기 위해 엄마는 딜 소스를 얹은 연어 토막과 으깬 감자 요리를 했다.—엄마가 고급 빵집에서 특별히 사 온 사육제 쿠키를 먹었다. 속에는 달콤한 잼을 넣고 겉에는 설탕을 뿌린 과자였다. 우리는 일부러 냠냠 소리를 내며 과자를 먹었다. 손가락에 묻은 잼까지 쪽쪽 빨아먹고는 홍차로 입속을 헹구었다. 파티 기분에 흠뻑 취한 엄마는 아빠의 보드카를 가지고 와서 작은 잔에 따랐다.

그날 저녁에 엄마는 집안일도 전혀 하지 않았다. 다림질을 하거나 구멍 난 양말을 깁지도 않았다. 딸의 인생에서 가장 중요한 날을 그저 즐겁게 축하해 주려고만 했다. 엄마 눈동자가 반짝반짝 빛났다. 엄마는 연방 웃음을 크게 터뜨리거나 킥킥 웃다가, 아빠가 민스크에서 전화를 하자 수화기에 대고 "쪽!" 하고 입 맞추는 시늉을 했다.

나는 엄마를 보며 생각에 잠겼다.

'엄마를 위해서라도 잘해야 돼. 딸이 잘되기를 저렇게 바라시잖아.'

나는 밤이 깊도록 잠을 제대로 잘 수 없었다. 수천 번을 뒤척이다가 불을 켜고 자리에서 일어나, 책가방을 뒤적이다가 다시 잠자리에 누웠다. 하지만 불안감은 좀처럼 사그라들지 않았다. 아래층 어느 집에선가 음악 소리가 들려왔다. 터키 음악이었다.

우리 건물에 사는 가구 중 세 가구가 터키 출신이었다. 우크라이나 출신인 우리 가족과 폴란드 출신의 노바츠키 씨네 가족까지 함께 사니까 참으로 국제적인 건물인 셈이었다. 그것은 식사 시간 때 풍기는 냄새에서도 잘 드러났다. 계단에서 온갖 음식 냄새가 섞이니까…….

나는 알람 소리를 듣지 못해서 또 지각할까 봐, 가방에 책을 잘못 넣었을까 봐, 뭔가 빠뜨렸을까 봐 몹시 걱정스러웠다. 게다가 그 한밤중에, 다음 날 무슨 옷을 입을지 깊이 고민했다. 일기 예보에서는 다음 날도 아주 추울 거라고 했다. 다홍빛 터틀넥 스웨터는 더 이상 입을 수 없었다. 누군가 옷을 가지고 또 시비를 걸까 봐 신경이 쓰였다.

내 형편에 명품 옷을 사 입는 것은 꿈도 꿀 수 없었다. 결국 '양파 패션'으로 입기로 하고, 더 이상 겹칠 수 없을 때까지 계속 껴입을 옷들을 꺼내 두었다. 그러고는 다시 침대에 누워서 머리를 올릴까, 아니면 땋을까 고민했다. 예전에는 단 한 번도 이런 문제로 밤중에 깨서 고민한 적이 없었다. 아침에 일어나 생각나는 대로 머리를 손질했고, 옷장에서 가장 먼저 눈에 띄는 옷을 꺼내 입었다.

나는 잠자리에서 일어나자마자, 골라 둔 옷을 한 번 더 입어 보았다.

양파 패션이 과연 옳은 선택인지 갑자기 불안해졌다. 너무 뚱뚱해 보였다. 게다가 추위를 피하려고 온갖 옷들을 겹쳐 입는 것은 수백 년 전부터 내려오는 가난한 러시아 사람들의 패션이었다. 이른바 마트료시카 패션…….

나는 발소리를 죽이고 욕실로 들어가 거울에 몸을 이리저리 비춰 보았다. 이렇게 입고서는 도저히 학교에 갈 수 없어!

"아이고, 창피해라!"

순간 나는 흠칫 놀랐다. 그날 오전에 펠리키타스가 했던 말을 내 입으로 내뱉다니……. 다시 침대에 누워 생각에 잠겼다. 시간이 지날수록 정신이 더 말똥말똥해졌다. 내가 새 옷이 필요하다고 말할 때마다 엄마는 내 옷장에 옷이 가득하다고 말했다. 맞는 말이기는 했다.

"딱 한 번밖에 안 입은 옷도 많지 않니!"

그래요, 엄마. 맞아요. 하지만 왜 그런지 아세요? 아빠가 일을 마치고 돌아올 때 사 가지고 오신 거잖아요. 아빠에게 전해 주세요. 벨라루스에서 사 온 끔찍한 옷들, 외계인 같은 '볼가 취향'의 옷을 나에게 더 이상 강요하시지 말라고요. 차라리 돈으로 주면 내게 잘 어울리는 청바지와 티셔츠 몇 장을 살 수 있을 텐데. 하지만 엄마는 늘 아빠 편이에요. 아빠가 나를 친딸처럼 생각하고 자상하게 대해 주는 것에 번번이 감동하시잖아요. 아빠를 생각해서 그 옷들을 입으라고 하시는 거고.

혼잣말을 하다가 화가 치미는 순간, 엄마가 손수 털실로 떠 준 흰색 스웨터가 떠올랐다. 엉덩이가 살짝 덮일 정도로 길이가 짧아서 작년에 옷장 맨 위칸에 올려 둔 옷이었다. 청바지랑 그걸 입으면 어떨까?

나는 의자를 옷장 앞으로 끌고 가 그 위에 올라섰다. 그러고는 제일 위칸에서 스웨터를 꺼냈다. 몸에 달라붙기는 하지만 소매가 아주 길어서 손가락까지 덮는 데다, 긴 터틀넥을 펴면 모자로 쓸 수도 있었다. 하도 쉽게 때가 타서 오래전부터 입지 않던 옷이었다. 하얀색 앙고라라니, 내가 정신이 나간 게 아닐까? 하지만 에를렌호프 김나지움 아이들의 분위기하고는 잘 어울리는 듯했다.

다음 날 펠리키타스는 교실 앞에서 남자아이와 수다를 떨며 웃고 있었다. 남자아이는 뒤돌아서 있어서 얼굴을 볼 수가 없었다. 펠리키타스는 나를 보자 곧장 대화를 멈추고 남자아이를 밀쳐 냈다. 나를 기다린 모양이었다. 남자아이는 나를 잠깐 돌아보고는 펠리키타스에게 다시 뭔가를 이야기하는 듯했다.

나는 온몸이 촉수로 변한 듯 신경이 곤두섰다. 펠리키타스가 또 내 옷을 가지고서 모욕을 주지나 않을까 걱정하며 발걸음을 늦추던 일이 지금도 생생하게 기억난다.

내가 "안녕?" 하고 인사를 던지며 옆으로 지나치려는데, 펠리키타스가 나를 붙잡고 꿀처럼 달콤한 목소리로 말을 건넸다.

"스베트라나, 기다려. 잠깐만 서 봐!"

내가 달리 뭘 할 수 있으랴. 가던 길을 멈추고 그 아이를 멀거니 바라보는 수밖에…….

펠리키타스는 그날 짙은 청색 블라우스에 하늘색 실크 스카프를 두르고 있었다. 볼연지를 두드렸거나 마사지 수건으로 문질렀는지, 어린이 주스 광고에 나오는 사과처럼 두 볼이 반짝반짝 빛났다.

"왜 그래? 무슨 일이야?"

나는 마음을 단단히 먹고서 도전적으로 물었다.

하지만 예상과는 전혀 다른 일이 벌어졌다. 펠리키타스는 팔을 내 어깨에 두르고 자기 쪽으로 끌어당겼다. 향수 냄새가 풍겨 왔다. 부드러우면서도 진하지 않은 꽃향기였다. 나는 수업 준비로 향수를 뿌리는 학생은 처음 보았다. 분명히 값비싼 향수겠지.

"혹시 어제 일로 오해했다면 미안해."

펠리키타스가 내 귀에 대고 속삭였다.

"나중에 생각해 보니까, 네가 기분 나빴을 수도 있겠더라."

나는 헛기침을 했다. 왠지 조심스러웠다.

"무슨 말이야?"

나는 이렇게 물으며 펠리키타스의 팔을 어깨에서 내려놓았다.

"아, 어제 내가 했던 말……. 그 아울렛 매장에서 산 스웨터, 창피하다는 말……."

그 애가 나를 똑바로 바라보았다.

"너, 그때 진짜 기분 나빴지?"

나는 어깨를 으쓱하며, 아무렇지도 않은 척 자연스러운 표정을 지었다. 그런 표정은 자신 있었다. 펠리키타스가 말을 이었다.

"너나 네가 입은 옷과는 전혀 상관없는 얘기였어. 어제가 그거 시작하는 날이었는데 탐폰을 깜박한 게 생각났지 뭐야. 그래서 얼른 밖으로 나갔던 거야. 무슨 말인지 알겠지? 다른 애가 떠올라서 한 말이지 너하곤 전혀 상관없는 말이었다고!"

도대체 무슨 말을 하는 건지 혼란스럽기만 했다. 그러다가 곧 무슨 말인지 알아차렸다. 그저 핑계에 지나지 않았다. 하지만 그 말을 짐짓 믿는 척하기로 마음먹었다. 표현이 서툴긴 하지만, 어쨌든 화해의 손짓처럼 느껴졌으니까. 펠리키타스는 다시 나를 안고 내 볼에 살짝 입을 맞추는 듯했다. 그 애의 입술이 내 머리카락을 스쳤다.

"나한테 화난 건 아니지?"

"그럼. 화 안 났어."

내 대답에 펠리키타스는 웃음을 터뜨렸다. 마음이 놓인다는 표정이었다.

"밤새 한숨도 못 잤어. 계속 네 생각이 났거든. 네 기분이 어땠을까 싶었지……. 누군가 나에게 모욕적인 말을 했다고 생각하면 얼마나 기분이 나쁘겠니? 안 그래?"

"흠, 그렇지, 뭐."

"거봐! 그러니까 기분이 나쁘긴 했구나. 내 그럴 줄 알았어!"

펠리키타스는 긴 한숨을 내쉬었다. 지금 와서 생각해 보면, 그건 어딘지 모르게 교활한 한숨이었다.

"아휴, 불쌍해라! 문제투성이인 아이를 내가 더 힘들게 했으니!"

"문제투성이라니? 그게 무슨 뜻이지?"

나는 찜찜한 기분이 들어서 되물었다.

"아, 러시아에서 왔다는 게 자랑스럽게 내밀 명함은 아니잖아? 게다가 실업 학교에 다니다가 학기 중에 이곳으로 옮겼으니 찬물에 풍덩 빠진 꼴이고. 그러니 결과가 좋을 리 없지."

"좋을 수도 있어."

펠리키타스는 교묘하게 내 자존심을 건드렸다. 내가 스스로 노력한 일들의 결과가 나빴던 적은 거의 없었다. 실업 학교에 다닐 때도 성적은 늘 최상위였다. 체육 과목을 빼고는 모두 최고 점수를 받았다. 나는 이 말을 펠리키타스에게 할까 말까 망설이다가 그만두었다.

"어쨌든 오늘부터 우리 식탁에서 함께 점심을 먹자고 말하려던 참이었어."

펠리키타스가 말을 이었다.

"아홉 명이면 자리가 비좁긴 하지만, 클라우젠 사감 선생님이 그렇게 하라시니까, 뭐. 이제부터 나랑 시몬, 틸리, 크세니아, 율리우스, 바네사와 같은 식탁에 앉아서 점심을 먹게 돼. 그리고 또 누가 있더라?

뭐, 그건 별로 중요하지 않아. 어쨌든 네 마음에 들어서 이번에는 불평하는 일이 없었으면 좋겠구나."

나는 이마를 찡그리며 물었다.

"불평이라니? 내가 언제 불평을 했지?"

펠리키타스는 나를 빤히 바라보다가 팔을 활짝 벌렸다.

"에이, 그냥 잊어버려. 이제 우린 친구지?"

나는 숨이 멎는 것 같았다. 너무나 갑작스러웠다. "이제 우린 친구지?"라니, 이게 무슨 소리인가? 우정이란 서서히 싹트는 것이다. 서로를 위해 옆에 있어 주면서 믿음과 함께 천천히 자라는 거니까. "우리 이제부터 친구야."라고 한다고 해서 친구가 되는 것이 아니다. 유치원 때라면 또 모를까. 이 애는 도대체 우정을 뭐라고 생각하는 거지? 기분이 내키면 아무 때나 나무에서 딸 수 있는 과일쯤으로 아나?

하지만 나는 머릿속 생각하고는 반대로 일부러 미소를 지으며 고개를 끄덕였다.

"그래, 괜찮은 생각이네."

"정말 기쁘다!"

펠리키타스는 나를 교실로 먼저 밀어 넣으며 한쪽 팔을 내 어깨에 둘렀다. 이제부터 스베트라나는 공식적으로 우리의 일원이라는 듯이.

하지만 그건 내 짐작일 뿐, 지금 와서 생각해 보면 펠리키타스의 행동은 다른 의미일 수도 있었다. 그 학교에 다니는 아이들은 자기들만의 언어, 몸짓이나 시선으로 이루어진 독특한 암호로 의사소통을 하고 있었다. 여기에 휴대전화 문자와 인터넷이라는 매체가 더해졌다. 아이들은 각자의 매체를 통해 생각이나 의견을 교환하고, 내가 알지 못하는 게임 규칙을 정했다.

그러나 나는 그때 이런 사실을 전혀 알지 못했다.

전학 간 둘쨋날에는 모두 나에게 친절히 대했다. 단 한 명의 예외도 없었다. 내 미래는 아주 밝아 보였다. 그렇게 믿고 싶었다. 어쩌면 시모니스 선생님이 아이들에게 학칙을 잘 지키라고 진지하게 충고했는지도 몰랐다. 나를 그 애들 사이에 끼워 주라는 말도 했을 테지.

아이들은 정말 그렇게 했다. 점심시간은 유쾌하고 재미있었다. 아이들이 기숙사 생활에 대해 이야기했다. 여학생 기숙사와 남학생 기숙사 생활은 내가 상상했던 것과는 꽤 차이가 있었다. 그 밖에도 아이들은 각 과목 선생님들과 교장 선생님의 별명, 교직원들의 좋은 점과 나쁜 점 등 학교에서 일반적으로 나누는 이야기들을 들려주었다.

그날은 펠리키타스가 배식 당번이었다. 음식을 나누어 주다가 실크 스카프에 소스가 묻자 한바탕 소란을 떨었다. 그 일로 나는 펠리키타스가 소중하게 다루는 실크 스카프와 실크 보자기, 에르메스 상자에 대해 알게 되었다. 다른 아이들이 펠리키타스와 그녀의 값비싼 옷을 두고 빈정대는 듯한 느낌을 받았다. 왠지 모르게 마음이 놓였다.

그날 점심 메뉴는 볼로네이즈 소스를 얹은 스파게티였다. 클라우젠 사감 선생님이 우리 식탁으로 와서 내 어깨에 손을 얹고는 아이들을 둘러보며 물었다.

"다들 별일 없지?"

"물론이죠!"

아이들이 한목소리로 대답했다.

"너도 기분이 괜찮고?"

선생님이 나에게 물었다.

"네, 정말 좋아요. 모두가 무척 친절하네요. 스파게티도 맛있고요."

나는 환하게 미소를 지으며 대답했다.

그날 내가 점심 식사를 하면서 세 번이나 크게 웃었던 일이 지금도 기억난다. 그렇게 즐겁기는 참 오랜만이었다. 인생이 이렇게 아름답다니! 나는 그런 날이 끝없이 계속되기를 바랐다.

하지만 내게 찾아온 행복은 겨우 주말까지만 유효했다. 다음 주 월요일이 되자 학교 분위기가 싹 달라져 있었다. 다시 찬바람이 불어닥쳤다.

내가 교실로 들어서자 무진장 마른 아니카가 내 목소리를 흉내 내며 소리쳤다.

"모두가 무척 친절하네요. 스파게티도 맛있고요."

내가 들은 것은 딱 그 두 문장이었다. 그 문장은 마치 암호 같았다. 모두가 큰 소리로 웃음을 터뜨렸다. 나는 여기 소속이 아니라는 생각,

이 아이들에게는 내가 침입자로 보일 거라는 생각이 슬며시 고개를 들었다. 아니면 편하게 놀려도 되는 대상으로 보이든가…….

아이들은 주말에 성대한 파티를 연 모양이었다. 이미 오래전에 지난 사육제와는 다른 종류의 가장무도회였다. 때때로 쪽지들이 오가고, 쉬는 시간에는 나델의 휴대전화를 에워싸고 파티 사진을 들여다보며 떠들어 댔다. 반 전체가 일심동체가 되어 나에게 시위하듯 등을 돌리고 있었다. 나는 그 아이들에게 있으나 마나 한 존재였다.

아이들은 수업 중에도 바쁘게 눈길을 주고받았다. 선생님이 대수롭지 않게 던진 말에도 크게 웃고 대꾸하는 바람에 교실 안은 줄곧 떠들썩했다. 그날따라 선생님들도 이런 분위기를 잘 맞춰 주었다.

다만 욘존 선생님은 예외였다. 그 선생님은 아이들에게 벌을 내렸다. 아주 어려운 수학 문제를 칠판에 적고는, 십 분 안에 푸는 학생에게는 수행 평가에서 가산점을 주겠다고 하였다.

순식간에 교실이 조용해졌다. 나는 속으로 고소하다고 생각하며 곧장 문제 푸는 데 집중했다. 어떤 문제였는지 지금은 잘 기억나지 않는다. 선생님은 조금만 논리적으로 생각하면 금방 풀 수 있다고 말했다. 그 말에 오기가 발동했다.

문제를 푸는 데 정확하게 오 분 삼십 초가 걸렸다. 문제를 푼 종이를 제출하기 전에 식을 얼른 검산해 보았다. 실수는 없었다. 종이를 가지고 앞으로 나갔다. 이미 육 분을 넘겼을 때였다.

욘존 선생님이 깜짝 놀라 나에게 물었다.

"스베트라나, 질문할 게 있니?"

나는 고개를 저었다.

"그럼 무슨 일이지?"

나는 숨을 깊이 들이쉬고 종이를 교탁 위에 올려놓았다. 가슴이 벅차올랐다. 나는 아주 큰 목소리로 자랑스럽게 말했다. (나중에는 내 뺨을 후려치고 싶을 만큼 후회했다.)

"다 풀었어요."

여기저기서 한숨 소리가 터져 나왔다. 기분이 한층 더 좋아졌다. 그 정도로 자랑하고는 만족하지 못하겠다는 듯이, 나는 더 큰 목소리로 이렇게 덧붙였다.

"문제가 정말 쉬웠어요."

선생님은 나를 다정하게 바라보았다. 그러더니 내가 푼 것을 꼼꼼히 살펴보고는 교탁 위에 다시 내려놓았다.

"가서 자리에 앉으렴."

내가 자리로 돌아갈 때까지 아무도 고개를 들지 않았다.

혹시 문제를 잘못 푼 게 아닌지 불안해졌다. 어쩌면 생각했던 것보다 훨씬 복잡한 문제가 아니었을까? 나는 종이에 다시 한번 아주 빠르게 식을 써 내려갔다. 결과는 똑같았다.

십 분이 다 지나도록 종이를 가지고 앞으로 나가는 학생은 한 명도 없었다. 욘존 선생님은 내가 낸 종이를 번쩍 들어 올리며 말했다.

"실업 학교에서 전학 온 스베트라나가 오 분 안에 풀 수 있는 문제를 아무도 풀지 못하다니, 정말 창피하구나."

선생님은 나에게 앞으로 나와서 칠판에다 문제를 풀어 보라고 했다. 내가 문제를 푸는 동안 등 뒤에서는 얼음장 같은 침묵이 흘렀다.

문제를 다 풀자 선생님이 나에게 미소를 지었다.

"잘했다, 스베트라나."

그러고는 반 아이들에게로 몸을 돌리며 말했다.

"그동안 내가 너희를 너무 풀어 둔 것 같구나. 이제부터 더 열심히 해야겠어. 수업 시간을 시시덕거리며 대충 때우려고 생각한 학생은 곧 씁쓸한 맛을 보게 될 거다."

결국 나는 본의 아니게 우리 반 아이들에게 더 많은 숙제를 안겨 준 셈이 되었다. 진심으로 미안했다.

수업이 끝나자, 카스파르가 나에게 와서 으르렁거렸다.

"고맙다! 아주 잘했어."

나는 뭐라고 해명을 하려고 했지만, 카스파르는 벌써 몸을 돌린 뒤였다.

"난 너희가 비슷한 문제를 이미 풀었을 거라고 생각했어. 그냥 시간이 조금 더 걸리는 것뿐이라고……."

카스파르는 손을 내저었다. 나와 이야기할 가치도 없다는 듯한 몸짓이었다. 나는 옆에 있던 마르시아에게 물었다.

"마르시아, 내가 어떻게 행동했어야 하지?"

마르시아는 이마를 잔뜩 찡그린 채 나를 보며 곰곰이 생각에 잠겼다가 입을 열었다.

"네가 정말로 그렇게 생각했다면 적어도 다른 누군가가 문제를 풀 때까지 기다렸어야지. 이제 보니 너, 구역질 나게 기를 쓰고 공부하는 노력파구나. 자기 반 전체를 희생시키면서까지 선생님에게 깊은 인상을 주려는, 명예욕에 불타는 모범생 말이야. 구역질 나게 기를 쓰는 노력파를 러시아 말로는 뭐라고 하지?"

마르시아는 대놓고 적개심을 드러냈다. 나는 입을 떡 벌린 채 마르시아를 멍하니 바라보았다.

여자아이들은 점심을 먹기 전에 늘 그랬듯 화장실 거울 앞에서 단장을 하며 수다를 떨었다. 주로 옷과 고급 옷가게, 최신 유행, 멋진 옷차림에 대한 이야기였다. 나는 틸리에게 다가가 내 입장을 해명하려고 했다. 하지만 틸리는 수업 시간에 있었던 일은 이미 까맣게 잊은 듯했다. 그 애는 학교생활에 전혀 관심이 없었다. 나중에 듣자 하니, 수학 성적이 아주 형편없어서 낙제할 뻔했는데 아빠가 학교에 컴퓨터를 구비해 준 덕택에 간신히 면했다고 한다.

나는 주말에 있었다는 멋진 일이 뭔지 틸리에게 물었다.

"파티를 했지."

틸리는 진노랑 머리카락을 거만하게 털었다. 그러고는 몸을 돌려 화장실 반대쪽 끝까지 들리도록 크게 소리쳤다.

"아니카, 그렇지? 우리, 파티했지?"

아니카는 대답 대신 팔을 머리 위로 들어 올리고 춤을 추었다. 그렇게 한동안 삼바 비슷한 춤을 추며 화장실을 휘젓고 다니더니, 갑자기 옆에 있던 아이에게서 수건을 빼앗아 투우사 흉내를 냈다. 그러자 나델이 손가락으로 소처럼 머리에 뿔을 만들어 붉은 수건을 향해 달려들었다. 틸리는 미친 듯이 웃어 댔다.

나는 마지못해 조금만 웃었다. 원래 그렇다. 한 패거리가 즐겁게 노는데, 자기가 그 패거리에 속하지 않은 경우에는 소외감이 들 수밖에 없다.

어쩌면 나는 이런 상황을 대수롭지 않게 받아들여야 했는지도 모른다. 그러나 그렇게 하지 못했다. 나는 그 아이들 중 한 명이 되고 싶었으니까. 어쩌면 너무 조바심을 냈던 게 잘못이었는지도 모르겠다. 그렇다 해도 내가 당한 온갖 수모를 정당화할 수는 없다. 내가 지금 이 병원에 있어야 할 만큼 그 아이들에게 엄청난 잘못을 저질렀던가.

나는 식당 안으로 들어가려는 시몬을 붙잡고는, 주말에 기숙사에서 무슨 일이 있었는지 말해 달라고 했다. 진짜 궁금해서 물어본 것은 아니었다. 단지 아이들과 같은 경험을 공유하고 싶었을 뿐이다. 소외감을 느끼기가 싫었다. 시몬은 내가 마치 자기 사물함 비밀번호를 묻기라도 한 듯이 나를 흘겨보았다. 그러고는 나를 똑바로 보지도 않고 대답했다.

"그거 알아? 통학생한테는 하지 않는 말이 있는 법이야. 그리고 너는 절대로 해서는 안 될 질문이 있지."

"나는 절대로 해서는 안 되는 질문이라니?"

나는 깜짝 놀라 되물었다. 무슨 뜻인지 알 수가 없었다.

"미안해, 불쌍한 노력파."

시몬은 어깨를 으쓱하고는 혼잣말처럼 중얼거렸다. 그러고는 얼른 돌아서서 식당 안으로 들어갔다. 최대한 빨리 나에게서 멀찍이 떨어지고 싶은 것처럼. 많은 아이들이 내 옆을 스쳐 지나갔지만, 나는 그냥 그 자리에 서 있었다. 틸리나 마르시아가 화장실에서 나오기를 기다렸다. 지난 금요일처럼 아이들과 함께 식당에 들어가기 위해서였다.

하지만 두 아이는 팔짱을 낀 채로 내 옆을 바짝 스쳐 가면서도 눈길 한번 주지 않았다. 마치 내가 거기에 존재하지 않는 것처럼. 틸리는 마르시아의 귀에 대고 뭔가를 속삭였다. 무슨 재미있는 이야기를 나누는지 둘은 고개를 젖히고 말처럼 힝힝거리다가 곧장 손으로 입을 가렸다. 내가 "얘들아!" 하고 부르자 둘은 잠깐 내 쪽을 바라보았다. 하지만 못 본 척 그냥 지나쳐 버렸다.

기분이 정말 이상했다. 내가 투명인간이라도 된 것 같았다. 물론 내 상상일 뿐이라고 말할 수도 있다. 인생의 절반은 상상으로 이루어진다고들 하니까. 하지만 정말로 다른 사람들 눈에는 내가 보이지 않는 것 같은 느낌이 들었다. 엄마는 늘 내게 지나치게 예민한 성격을 고쳐야 한다고 충고했다. 얼굴이 조금은 두꺼워질 필요가 있다고도 했다. 하지만 도대체 어떻게 해야 얼굴이 두꺼워지는 거지?

간신히 식당 안으로 들어서자 갑자기 속이 메슥거렸다. 자리는 이미 거의 차 있었다. 발이 저절로 우리 반 아이들이 있는 탁자 쪽으로 향했다. 그러나 내가 앉을 자리는 없었다. 탁자에는 팔인분 식판이 놓여 있었다. 의자도 여덟 개뿐이었다. 컵은 모두 똑바로 세워져 있었고, 자리에 앉아 있는 아이들은 나를 전혀 의식하지 않았다.

낙천적인 성격의 사람들에게는 이런 상황이 그저 우습게 보일지도 모른다. 아마 아무렇지도 않게 흘려 버리겠지. 하지만 나는 그 순간 제정신이 아니었다. 내가 이미 극복했다고 믿었던 일이 또다시 벌어졌기 때문이다. 두 번은 겪고 싶지 않았다. 그래서 누군가 나를 바라봐 주기를 기다리며 서 있었다. 그러나 모두 뭔가에 열중해 있었다. 아무도 나를 바라보지 않았다.

그때 옆 탁자는 텅 비어 있었다. 나는 옆 탁자에서 의자를 하나 끌어다 '내 탁자'로 왔다. 아무도 입을 열지 않았다. 옆 탁자에 다시 한번 가서 포크와 나이프와 스푼을 올린 식판과 컵을 가지고 왔다.

탁자 모서리 쪽에 앉아 있는 틸리에게 말했다.

"옆으로 조금 가 줄래?"

"가 줄래, 라니?"

틸리가 나를 돌아보며 되물었다. 내 말이 마치 외국어처럼 들리는지 말뜻을 도통 못 알아듣겠다는 듯한 표정이었다.

"응, 내가 앉을 자리를 만들려고 그래."

"오늘 여기 네 자리는 없어."

틸리는 다시 시몬과 이야기를 계속했다.

나는 의자를 들고 반대쪽 모서리로 갔다. 그곳에는 펠리키타스가 창을 등지고 공주님처럼 우아하게 앉아 있었다.

"여기 앉아도 될까?"

내 물음에 펠리키타스가 으르렁거리며 대답했다.

"뭐? 오늘은 우리 차례가 아니야. 다른 아이들한테 가서 물어봐."

"다른 아이들?"

나는 무슨 말인지 도무지 이해할 수 없었다.

"아, 저쪽 말이야!"

펠리키타스는 두 줄 건너편에 있는 탁자를 가리켰다. 그곳에는 키가 이 미터쯤 되는 데다 데퉁스럽기 짝이 없는 루카스가 아니카와 함께 앉아 소란을 피우고 있었다.

"오늘은 저 아이들이 너를 돌봐줄 거야."

나는 그쪽 탁자를 살펴보았다. 그곳에도 식판은 팔인분밖에 없었다.

"돌봐주다니? 그럴 필요는 없는데."

"아이고, 그러셔? 혼자서도 뭐든지 잘해서 정말 좋겠네."

펠리키타스는 교활한 표정으로 웃었다. 그러고는 더 이상 나를 상대하지 않겠다는 듯 몸을 돌려 버렸다. 나는 전혀 예상치 못한 상황이라 무척 당황했다. 잠시 넋을 놓고 식당 안을 배회했다. 한 손에는 의자를 들고, 다른 손에는 식판을 든 내 모습이 얼마나 우스꽝스러웠을까.

그때였다. 키가 큰 남자아이가 갑자기 눈앞에 나타났다. 적어도 나보다 머리 하나쯤은 더 커 보였다. 어두운 올리브색 피부와 새까만 눈동자, 칠흑처럼 반짝이는 머리카락을 뒤로 묶고 있었다. 바깥에서 산책할 때, 독특한 외모 때문에 여러 번 눈에 띄었던 아이였다.

"음, 그거 내 의자인 것 같은데?"

그 아이가 싹싹한 목소리로 말했다.

"그래? 네 의자야?"

나는 얼른 의자를 내려놓았다. 얼굴이 화끈거렸다.

"난 언제나 저기 앉거든."

그 아이가 탁자 하나를 손가락으로 가리켰다. 그곳에는 의자가 일곱 개밖에 없었다.

"미안해."

나는 식판을 내밀었다.

"넌 왜 자리가 없어?"

그 아이가 식판을 받아 들며 물었다. 나는 어깨를 으쓱해 보였다.

"원래는 우리 반 아이들과 저쪽 자리에 앉아야 해. 그런데 뭔가 잘못 됐어. 그게 뭔지는 나도 모르겠어."

나는 속으로 생각했다.

'울면 안 돼! 그건 정말 끔찍한 일이야! 스베트라나, 넌 이제 어른이나 다름없어. 어른은 울지 않아!'

그 아이가 말했다.

"잠깐만 여기서 기다려. 금방 다녀올 테니까. 알았지?"

나는 의자 위에 식판을 내려놓고는 그 옆에 우두커니 서 있었다. 손에 냅킨만 들고 서 있는 꼴이 무척 바보스러울 것 같았지만 달리 방법이 없었다. 그러는 동안 아이들은 음식을 담은 식판을 자기 자리로 날랐다. 그날 메뉴는 케이퍼(지중해 연안에 널리 자라고 있는 식물. 다양한 샐러드에 쓰이며, 시큼하고 강한 맛이 특징이다.) 소스를 얹은 고기 완자와 감자 퓌레, 콩 샐러드였다. 케이퍼를 싫어하는 사람도 많지만 나는 무척 좋아했다. 그래서 그날 점심 식사 메뉴가 마음에 꼭 들었다.

그 아이가 의자와 식판을 들고 돌아왔다. 어딘가에 빈자리가 있었던 모양이다.

"나는 라비라고 해. 내가 앉는 탁자는 저쪽에 있어. 오늘은 우리 탁자에 자리가 하나 남아. 우리랑 같이 먹자. 다들 성격이 좋아서 괜찮을 거야."

그렇게 나는 라비와 함께 식사를 하게 되었다. 9학년들이 둘러앉은 탁자에서. 라비가 다른 친구들에게 나를 소개했다. 나는 이름을 말하고, 학기 중에 왜 여기로 전학 왔는지 최대한 겸손하게 설명했다. 실업학교를 다니다가 장학금을 받고 이곳으로 전학 오게 되었다고…….

"아, 바바라랑 똑같구나. 너희들, 그 아이 기억나니?"

남자아이 하나가 말을 꺼냈다. 그러자 아이들은 이 년 전에 장학금을 받고 이곳으로 전학 온 바바라라는 여자아이에 대해 이야기하기 시작했다.

"하지만 그 아이는 몇 달 뒤에 다시 가 버렸어."

그 남자아이가 계속 말을 이었다.

"왕따를 당한 거지."

이번에는 여자아이가 말했다.

"아주 메스꺼운 짓거리였지. 그러고 보니까, 바바라도 너희 반이었던 것 같은데."

여자아이가 말을 계속하려는데 라비가 얼른 끼어들었다.

"스베트라나는 잘 지낼 거야. 척 보면 알 수 있어."

라비는 나를 향해 컵을 들어 올렸다.

"어쨌든 우리는 대환영이야!"

나는 가끔씩 우리 반 아이들 쪽을 슬쩍 훔쳐보았다. 반 아이들은 나를 아예 모르는 척했다. 심지어 배식 차례가 되어 식판을 들고 내 옆으로 바짝 붙어 지나가던 시몬조차 말 한마디 건네지 않았다.

반면에 라비는 무엇이든 나에게 맞춰 주려고 애를 썼다. 내가 케이퍼를 좋아한다고 하자, 소스에서 초록색 케이퍼를 모두 건져 내어 내 식판에 올려 주었다. 또 후식으로 나온 과일 요구르트를 탁자 가운데 놓고 내가 가장 먼저 골라 먹을 수 있도록 배려해 주었다. 아무도 라비의 말에 토를 달지 않았다. 그런 모습이 무척 놀라웠다. 지금은 카밀라라는 11학년 여학생이 학생회장이지만, 작년에는 라비가 학생회장을 지냈다고 한다.

라비는 인도의 콜카타에서 태어났다. 아버지는 인도인이고, 엄마는 독일인이었다. 나는 콜카타를 지옥의 앞마당쯤으로 생각하고 있었다. 상상하기조차 힘든 가난과 거리에서 죽어 가는 사람들이 가장 먼저 떠올랐기 때문이다. 테레사 수녀가 가난한 사람들이 삶의 마지막을 보낼 수 있도록 집을 지어 주었는데도 내 생각은 바뀌지 않았다.

라비 아빠는 영화감독이었다. 내가 에를렌호프 김나지움으로 막 전학 왔을 때 할리우드 스튜디오에서 영화를 촬영하는 중이었다. 아빠가 유명인이기 때문에 라비는 아이들 사이에서 저절로 '유명 인사' 대접을 받았다. 그렇게 든든한 '배경'을 가진 학생은 라비뿐만이 아니었다. (펠리키타스 '공주'만 떠올려도 충분히 짐작할 수 있다.) 그저 번듯한 부모님을 만난 덕분에 별다른 노력을 기울이지 않고도 어디서든 멋진 삶을 누릴 수 있는 셈이었다.

라비는 나에게 '문제'가 해결될 때까지 자기네 탁자에서 식사하라고 말했다. 정말로 기뻤다. 적어도 점심시간에 더는 냉대를 받지 않아도 되니까.

그러나 내가 모르는 게 하나 있었다. 우리 반 아이들은 내가 또다른 피난처를 찾았다는 사실을 알고 질투심에 불타올랐다. 부러워했거나 분노했거나……. 물론 그 아이들의 심리를 정확하게 알 수는 없었다. 알고 싶지도 않았다. 어쨌든 라비 같은 애가 나를 자기 탁자로 데리고 갔으니 짜증스럽긴 했을 터였다.

나는 그런 상황을 즐겼다. 아이들이 이 일로 나에게 복수를 하리라고는 생각지도 못했다. 아이들은 자기들 마음에 들지 않는 일들로 사사건건 트집을 잡았다. 좋은 성적, 선생님의 칭찬…….

나중에 알게 된 사실이지만, 이 학교에는 눈동자가 이글거리는 라비에게 반한 여학생들이 꽤 많았다. 우리 반에도 네 명이나 있었다. 라비는 매일같이 연애편지와 갖가지 선물을 받았다. 솔직하게 고백할 용기가 없어서 익명으로 보내는 아이들도 많았다.

하지만 라비는 따로 사귀는 여자 친구가 없었다. 언젠가 인도 역사와 문화에 관한 책을 읽었는데, 인도에서는 부자 집안의 아이들끼리 어릴 때 미리 약혼을 하는 경우가 많다고 한다. 어쩌면 라비도 인도에 약혼녀가 있을지도 몰랐다. 물론 라비와 그런 이야기를 나눈 적은 없었다. 왠지 쑥스러워서 물어보지 못했다.

라비는 자기 이야기를 잘 하지 않았다. 에를렌호프 김나지움의 여자 아이에게 열광적인 사랑을 받는다는 것도 라비가 직접 한 말은 아니었다. 라비는 모든 면에서 겸손하고 신중했다. 라비에 대한 이야기는 대부분 그 애 주변의 친구들에게서 들었다.

선생님들은 처음 몇 주 동안 나를 많이 배려해 주었다. 내게 도움이 될 만한 책과 논문의 목록을 알려 주었다. 또 수업 시간에 이미 다루었던 발표문도 주어서 발표문의 형식과 얼개를 익히게 도와주었다.

김나지움의 수업 방식은 실업 학교와 많이 달랐기 때문에 나는 며칠 밤 동안 그 방식을 익히는 데 골몰했다. 그 뒤로는 선생님이 원하는 대로 발표문을 구성할 수 있었다. 다양한 발표문들을 읽어 둔 게 여러모로 도움이 되었다. 글의 구조를 잘 짜 두면 논점이 산만하게 흐트러지지 않았다.

어느 날 밤엔가 도덕 과목의 발표문을 준비한 적이 있었다. 그 과목은 로만 교장 선생님이 직접 가르쳤다. 교장 선생님은 학생들에게 삶의 가치와 도덕적 관점을 가르치는 것이야말로 자기 심장이 진정으로 바라는 일이라고 말했다. 그때부터 교장 선생님의 별명은 '작은 심장'이 되었다.

내 발표문의 주제는 '중앙아프리카에 기아가 발생하는 다양한 이유'였다. 으아악! 너무 어려운 주제였다. 하지만 한 가지 주제에 열중하면서 색다른 재미를 느끼기도 했다. 아이들도 내가 재미를 느낀다는 사실을 알아채고는, 며칠 뒤 교실에서 발표문을 낭독할 때 모두 딴짓을 해서 나를 당황시켰다. 아무도 내 발표에 귀를 기울이지 않았다!

야니크라는 남자아이는 원래 소극적인 성격인데, 그날은 풍선껌을 뻥 터뜨리고는 큰 목소리로 "죄송!" 하고 소리쳤다. 아니카는 손톱 다듬는 줄을 바닥에 떨어뜨리고는 찾지 못해 법석을 떨었다. 몇몇 아이들은 선생님 몰래 작은 고무공으로 축구를 했다.

언제나 정신을 바짝 차리고 수업을 듣는 로잔나는 하품을 했고, 시몬은 공책에 그림을 끼적거렸다. 펠리키타스는 눈을 반쯤 감고 음악을 들었다. 길게 늘어뜨린 머리카락으로 이어폰을 가려서 선생님이 감쪽같이 속을 수밖에 없었다.

곁눈질을 해 보니, 마르시아는 나델과 내내 속닥거리고 있었다. 둘이 키득대는 소리와 의자 다리로 바닥을 긁는 소리도 들려왔다. 마치 지옥의 소리 같았다. 구토를 일으키고 심장을 두근거리게 하는 소리. 나 스스로도 내 발표문이 지겨워서 견딜 수가 없었다. 거기 적혀 있는 모든 문장과 단어가 싫었다. 아이들이 지루해하고 답답해할 만하지. 이건 지저분한 쓰레기일 뿐이야! 나는 여러 번 읽기를 멈추었고, 그때마다 교장 선생님은 머리를 끄덕이며 계속하라고 말했다.

드디어 마지막 문장을 읽을 때, 내 몸은 온통 땀범벅이 되어 있었다. 교실은 다시 조용해졌다. 나는 자리로 돌아가 밀가루 포대처럼 의자에

털썩 주저앉았다. 교장 선생님이 아이들을 둘러보며 물었다.

"너희라면 이 발표문에 몇 점을 주겠니?"

아무도 대답하지 않았다. 선생님이 시몬에게 물었다.

"죄송해요. 자세히 듣지 못했어요. 파리가 계속 날아다녀서 말이죠."

저렇게 멍청한 핑계를 대다니, 시몬의 지적 수준이 의심스러웠다.

교장 선생님은 펠리키타스에게도 같은 질문을 던졌다. 펠리키타스는 이어폰을 얼른 책상 밑으로 감추고 대답했다.

"몰라요. 아프리카에는 관심이 별로 없거든요."

다른 몇몇 아이들은 히죽거리며 계속 속닥거렸다. 나는 등에도 눈과 귀가 달려 있었다. 모든 것을 보았고, 모든 것을 들었다.

이번에는 교장 선생님이 마르시아에게 의견을 물었다. 그 애는 나에게로 몸을 반쯤 돌리고 미소를 지으며 말했다.

"좋았어요. 그렇죠?"

마르시아, 고마워! 널 위해 기도할게. 적어도 너는 나를 미워하지 않는구나.

"그래, 완벽했어. 최고 점수를 줄 만하지."

교장 선생님이 말했다.

"모두 스베트라나를 본받도록 해. 발표문은 이래야 한단다. 호소력이 대단해. 표현력도 아주 좋고, 자료 조사도 철저히 했어."

나는 숨이 멎는 것 같았다. 그날은 아마 최악의 상황이었던 것 같다.

그동안 나는 성적이 꽤 좋았고, 선생님들은 틈틈이 나의 성실함과 패기를 치켜세워 주었다. 반 아이들은 그런 내가 죽도록 미웠겠지. 교장 선생님의 말에 펠리키타스는 거의 울음을 터뜨릴 것 같았고, 아니카는 냉소적인 목소리로 말했다.

"봤지? 그럴 줄 알았어."

누군가 소리쳤다.

"거참, 점점 재미없어지네. 우리도 언제 한번 칭찬 좀 받아 볼 수 있을까요?"

나는 누가 말했는지 보려고 고개를 돌렸다. 하지만 그때는 이미 모두 손바닥으로 책상을 두드리며—박수와 같은 뜻이었다.—딱딱한 표정으로 앞쪽을 노려보고 있었다.

아이들이 나를 싫어한 이유는 아마 여러 가지였을 것이다. 우크라이나 출신인 데다가 옷차림도 몹시 촌스러웠으니까. 하지만 가장 큰 이유는 학교생활에 너무나 빨리 적응했기 때문이 아닐까? 실업 학교에서 전학 온 멍청이가 아니어서……. 적어도 마르시아 빼고는 모두 나를 증오했다. 마르시아는 내 입장을 이해했지만, 다수에게 맞설 용기가 없어 자기 의견을 밝히지 못했다. (이건 나중에 안 사실이다.)

수업 시간이 끝난 뒤, 나는 마르시아에게 고맙다고 인사를 했다. 마르시아는 깜짝 놀란 얼굴로 나를 빤히 바라보았다.

"그게 왜 고맙지?"

"네가 참 친절하다는 생각이 들어서."

"뭐가 친절해?"

그 질문에 나는 그만 당황하고 말았다.

"어, 그게……. 나도 잘 모르겠어. 도덕 시간에 네가 호의적으로 말해 줘서 무척 기뻤어. 그냥 너한테 그 말을 하고 싶었어."

갑자기 눈물이 왈칵 솟았다.

"아유, 눈에 먼지가 들어갔나 보다."

나는 우는 모습을 보이고 싶지 않아서 얼른 말머리를 돌렸다. 그러고는 손으로 슬쩍 눈물을 훔쳤다. 그 순간 놀라운 일이 벌어졌다. 마르시아가 나를 껴안았던 것이다. 전혀 예상하지 못한 행동이었다.

"우리랑 지내는 거 정말 힘들지? 우리가 괴물 같을 거야."

마르시아는 동정이 담긴 말투로 속삭였다. 나는 고개를 끄덕이다가 얼른 가로저었다. 내 마음을 들키고 싶지 않았다.

"나, 예전에는 다른 기숙 학교에 다녔어. 아이펠에 있는 학교였는데 거기도 똑같았어. 언제나 통학생들이 왕따를 당했지. 왜 그런지 알아?"

나는 휴지로 콧물을 닦고 고개를 저었다.

"기숙사에서 생활하는 아이들은 모두 절망에 빠져 있거든. 그래서 그러는 거야."

믿을 수가 없었다. 그게 정말일까?

"다른 아이들이 어떤 상황인지 잘 살펴봐. 모두 깨진 가정에서 왔어.

나도 마찬가지야. 이혼한 가정의 아이들이 기숙 학교에 버려지는 거야. 알겠어? 이곳 아이들은 누구의 부모님이 얼마나 자주 찾아오는지, 누가 편지나 소포를 얼마나 자주 받는지, 그 소포 안에 뭐가 들어 있는지 다 알아. 여기서는 비밀을 간직할 수 없어. 아주 단시간 내에 학교 전체에 소문이 퍼지니까. 그리고 어떤 식으로든 자기를 드러낼 수 있어야 해. 다른 아이들이 부러워할 만한 뭔가를 가지고 있어야 한다는 뜻이야. 이런 생활이 싫다고 해도 도망칠 수 없어. 어디로 갈 수 있겠어? 집으로는 못 가. 여기서 자기 자리를 찾아야 해. 그게 문제야. 우리는 마치 텔레비전 리얼리티 쇼에 출연한 것처럼 살아. 쇼는 금방 끝나지만 우리는 계속 이렇게 살아야 하니까 훨씬 더 끔찍하지."

우리 반에서 누군가 기숙 학교의 문제점을 솔직하게 말해 준 것은 그때가 처음이자 마지막이었다. 마르시아와 계속 이야기를 나누고 싶었고, 개인적인 문제가 뭔지도 알고 싶었다. 나는 우리가 친구가 되는 상상을 해 보았다. 마르시아가 기숙사를 더 이상 견디지 못해서 우리 집으로 함께 가는 모습을 그려 보기도 했다. 말하자면 우리 가족이 마르시아의 대안 가족이 되는 것이었다. 상상만으로도 기분이 좋았다.

하지만 우리가 대화를 나눌 수 있는 시간은 그리 길지 않았다. 곧 수업이 시작되었기 때문이다. 뭔가 중요한 말을 나눌 때면 쉬는 시간이 너무 빨리 지나갔다.

종이 울렸을 때 마르시아가 덧붙였다.

"음, 그리고 우리는 모두 너를 부러워해. 너는 항상 성적이 좋잖아."

"그건 나도 어쩔 수 없어!"

내가 소리치자 마르시아는 천천히 어깨를 으쓱했다.

"네가 계속 일등을 하거나 선생님들의 사랑을 독차지해도 사실 나는 별로 신경 쓰이지 않아. 난 성적이 좋을 필요가 없거든. 어차피 스물한 살이 되면 할아버지와 할머니의 유산을 모두 물려받을 거니까."

그랬다. 내가 이곳에서 선택할 수 있는 것은 딱 두 가지였다. 공부를 소홀히 해서 반 아이들의 노여움을 풀어 주거나 지금까지와 똑같이 계속 열심히 공부하는 것. 사실 나에게는 선택의 여지가 없었다. 늘 배우는 것을 좋아했기에 포기하기 싫었다. 포기하는 법도 몰랐다. 그런 것은 타고나는 성격이 아닐까?

이미 말했듯이, 우크라이나에 살 때 나는 공공 도서관에 무척 열심히 드나들었다. 다른 아이들이 책장에서 알록달록한 어린이 책을 고를 때, 나는 어른들이 읽는 책을 손에 잡히는 대로 꺼내 읽었다.

특히 전문 서적을 많이 읽었고, 시와 희곡도 읽었다. 모두 흥미진진한 책들이었다. 그때 읽은 책들이 지금까지 많은 도움이 되었다. 물론 새로 공부해야 할 것들도 아주 많았다. 가끔은 반 아이들에게 도움을 받고 싶었지만 마음처럼 쉽지가 않았다.

나에게 신경을 써 주는 사람은 라비의 친구들과 라비가 속한 배구팀뿐이었다. 나에게 늘 도와주겠다고 했고, 나도 궁금한 게 있을 때면 그 아이들에게 물어보곤 했다. 하지만 내가 처한 상황이 어떠한지 낱낱이 털어놓을 수는 없었다. 그 아이들과의 대화는 학생들의 일반적인 수다와 선생님 흉보기 수준을 벗어나지 못했다.

그러나 시간이 지나면서 라비하고는 점점 더 친해졌다. 라비와는 대화가 잘 통했다. 라비도 나처럼 관심사가 다양했고, 또 어릴 때부터 책벌레였다. 나는 라비에게 인도에서 보낸 어린 시절에 대해 묻고 싶었다. 그러나 혹시라도 라비를 귀찮게 하는 게 아닌지 불안해서 차마 묻지는 못했다. 라비가 나를 자기 친구들 틈에 끼워 준 게 너무나 고마워서 조금이라도 신경을 거스르고 싶지 않았다.

라비는 이루 말할 수 없이 매력적이었다. 늘 멋진 옷을 입었으며, 재미있고, 섬세했다. 그 누구보다도 반짝반짝 빛났다. 어쨌든 나는 그렇게 느꼈다. 그 애의 그늘에 머물 수 있어서 기뻤다. 서로 확인한 적은 없지만, 우리는 얼마 지나지 않아 일종의 솔메이트(영혼의 친구)가 되었음을 느꼈다.

우리는 이 학교에서 유일한 '이방인'이었다. 바로 그 점이 우리의 우정을 더욱 특별하고 돈독하게 해 주었다. 어찌 보면 우리가 다른 아이들을 따돌리는 셈인지도 몰랐다. 그게 다른 아이들의 신경을 건드렸던 것 같기도 하다. 시간이 갈수록 아이들의 괴롭힘은 더욱더 심해졌다.

넌 우리와 어울리지 않아

3월의 마지막 날은 4월을 앞두고 매우 불길한 조짐을 보였다. 그날은 토요일이었고, 마르시아의 열다섯 번째 생일이었다. 마르시아는 주말에 생일 파티를 성대하게 열 계획이었다. 아이들은 내내 그 이야기만 했다.

3월 말에 매서운 추위가 다시 한번 찾아왔다. 추위는 우리 가족을 매우 힘겹게 했다. 엄마는 난방비 때문에 한숨을 쉬었다. 벨라루스에도 겨울이 찾아왔다. 민스크에 몰아닥친 눈보라 때문에 아빠는 화물트럭의 짐을 내리지 못한 채 며칠째 발이 묶여 있었다.

그즈음 나는 마르시아에게 어떤 선물을 할까 고민하며 시간을 보냈다. 아주 특별한 선물을 하고 싶었다. 내 형편에 비싼 선물은 할 수 없었다. 선물 때문에 엄마에게 부담을 주고 싶지도 않았다.

엄마는 슈퍼마켓에 문제가 있어서 요즘 부쩍 기운이 없었다. 직원을 줄이려는 모양인데, 입사한 지 얼마 안 되는 직원부터 해고할 게 뻔해서였다. 슈퍼마켓 바로 옆에 대형 정육점이 새 단장하여 문을 연 뒤로 슈퍼마켓 내 육류 코너와 가공육 코너의 매출이 뚝 떨어졌다.

엄마는 경쟁이 치열해진 만큼 물품의 종류라도 늘려야 한다고 건의했다가 오히려 사장의 눈 밖에 나고 말았다.

"투자 비용을 줄이면 줄였지, 늘릴 수는 없어요!"

그 후 둘의 관계는 몹시 나빠졌다. 엄마는 곧 직장에서 쫓겨나리라는 것을 예감했다. 그즈음 엄마는 독일로 이주한 게 과연 잘한 일인지 스스로에게 몇 차례씩 되물었을지도 모른다. 독일로 오기만 하면 아주 많은 것들이 변화할 거라고 기대했다. '독일의 후손'이니까 이전보다 훨씬 편안하게 살 수 있을 거라고.

물론 겉으로 드러나는 생활 환경은 더 좋아졌다. 임대 주택이긴 하지만 중앙난방이 되는 데다, 각종 설비가 잘 갖추어진 넓은 집에 자동차(우리 푸조는 새 차는 아니었지만, 차가 있다는 사실 자체가 중요하니까.)와 컴퓨터(아빠가 회사에서 쓰던 중고)도 있었다. 주변 환경도 좋았다. 우크라이나에서와 같이 범죄가 자주 발생하지도 않았다. 엄마가 꿈꾸던 일들이 실제로 이루어진 셈이었다. 하지만 그것 말고는…….

엄마는 자격증을 많이 가지고 있었지만 교사가 될 수 없었다. 또 돈이 없어서 정말 갖고 싶은 물건을 살 수도 없었다. 우아하고 아름다운 물건들은 너무 비쌌다.

이쯤에서 마르시아의 생일 선물 이야기로 돌아가 보자. 비싸지 않으면서도 특별한 선물은 아무리 생각해도 떠오르지 않았다. 뭔가 떠올랐다가도 곧 생각이 바뀌곤 했다.

마르시아 생일 일주일 전에 돌아온 아빠는 내 선물로 머프(모피 뒷면에 헝겊을 대고 토시 모양으로 만들어, 양쪽으로 손을 넣게 된 방한 용구)를 사 왔다. 흰여우 털로 만든 머프였다. 흰색 바탕에 잿빛과 갈색 점이 찍힌, 정말 아름다운 모피였다. 나는 열 살 때부터 이런 머프를 갖고 싶어 했다. 영화 속의 귀부인들을 보면 추운 겨울날 손을 따뜻하게 감쌀 수 있는 값비싼 머프를 꼭 하나씩 갖고 있었다.

선물로 받은 머프에는 비단실로 땋은 줄이 달려 있어서 목에 걸 수도 있었다. 그리고 비단으로 안감을 댔는데, 지퍼가 달린 주머니가 두 개나 있었다. 돈과 립스틱, 버스 승차표 같은 작은 소지품들을 넣기에 딱 알맞았다. 아빠가 나에게 이처럼 비싼 선물을 하다니, 믿을 수 없는 일이었다. 나는 머프를 얼굴에 대고 비단처럼 부드러운 감촉을 마음껏 느껴 보았다. 정말이지 과분한 사치였다.

그런데 한 가지 문제점이 있었다. 머프를 끼고 자전거를 타면 모양새가 안 난다는 사실! 흰여우 털 머프엔 썰매가 어울렸다. 양모 담요로 몸을 감싼 채 온통 눈으로 뒤덮인 풍경 속을 달리는 기분은 이루 말로

다 설명하기 어려웠다.

나는 머프에 향수를 뿌려 베개로 사용했다. 숙제를 할 때면 고양이 대신 무릎에 올려놓기도 했다. 복슬복슬한 머프는 내 영혼의 작은 위안품이었고, 내가 가진 것들 중에서 가장 값비싼 물건이었다.

그때 나는 왜 마르시아가 나를 생일 파티에 초대할 거라고 확신했을까? 매일같이 갖은 냉대를 받으면서 왜 그런 생각을 했는지 잘 모르겠다. 딱 한 번 나에게 속마음을 털어놓아 주었던 마르시아에 대한 믿음 때문이었을까? 아니, 생일 파티에 꼭 초대받고 싶었던 내 마음 때문이었을지도.

하지만 목요일이 될 때까지도 마르시아는 나를 초대하지 않았다. 나는 한껏 들뜬 채 마르시아의 전화를 기다렸다. 우편으로 초대장을 보냈을까 봐 우편함을 하루에 세 번씩이나 들여다보기도 했다.

그러나 목요일 저녁이 되자 확실하게 깨달았다. (마르시아는 애초부터 나를 초대할 마음이 없었다.) 반 아이들은 내가 파티에 오는 걸 싫어했다.

나는 절망에 빠졌다. 더는 살 수 없을 것 같은 기분이 들었다. 이제 어떻게 해야 하지? 생일 파티에 가서 그동안의 서먹서먹함을 풀고 아이들과 친해지기를 기대했는데.

밤이 되자 좋은 생각이 떠올랐다. 마르시아에게 머프를 선물하는 것이었다. 그런 선물을 받으면 미안해서라도 나를 파티에 초대할 게 분명했다. 그래서 거실에 있는 옷장으로 살금살금 다가가 포장지와 실크

리본을 찾았다.

내가 여태 가져 본 것 중에서 가장 아름다운 물건을 정성스럽게 포장해서 가방에 넣었다. 흰여우 털 머프가 아깝다는 생각은 전혀 들지 않았다. 오히려 그 반대였다. 드디어 마르시아의 우정을 얻을 수 있다는 생각에 마음 한구석이 따뜻해졌다. 나는 금요일 점심시간에 선물을 주기로 마음먹었다. 그때가 가장 적당할 것 같았다. 나에게 관심이 집중되겠지?

막상 금요일이 되자 기분이 무척 들떴다. 점심시간에는 라비 옆에 앉았다. 일부러 마르시아를 지켜볼 수 있는 곳에 자리를 잡았다. 그날은 내가 배식 당번이어서 선물을 의자에 두고 아이들에게 음식을 나눠주었다. 아마도 점심 메뉴가 콩 스튜였던 것 같다. 그날을 떠올릴 때마다 입안에서 콩과 햄 맛이 감도는 걸 보면.

"이게 뭐지?"

라비가 선물을 집어 들며 물었다.

"뜯지 마! 네 거 아니야."

나는 깜짝 놀라 고함을 질렀다. 라비는 순진한 표정으로 웃음을 터뜨리고는 선물을 제자리에 내려놓았다.

"유감이네. 나도 선물 받는 거 좋아하는데……."

나는 자리에 앉아 선물을 무릎 위에 올려놓았다. 라비는 호기심이 발동해서 선물의 주인이 누구인지 또 물었다. 나는 같은 반 아이에게 줄 생일 선물이라고 대답했다.

"누구?"

"마르시아."

우리 둘은 동시에 마르시아를 바라보았다. 그 순간 마르시아도 우리를 보았다. 아마 내 얼굴이 빨개졌을 것이다. 마르시아는 얼른 시선을 돌렸다. 나는 너무 긴장이 돼서 점심 식사를 거의 하지 못했다.

얼마 후 마르시아와 함께 탁자에 앉았던 아이들이 모두 일어나 식당 밖으로 나가려고 했다. 하필이면 나는 그때 수프를 더 뜨러 배식대로 가 있었다. 그 바람에 선물을 줄 수 있는 절호의 기회를 놓치고 말았다. 다행히 너무 늦지는 않았다. 수프 그릇을 배식대에 두고서 마르시아 뒤를 급히 쫓았다.

"마르시아, 잠깐만 기다려!"

마르시아가 걸음을 멈추고 뒤를 돌아보았다. 다른 아이들은 느긋한 표정으로 마르시아를 한번 바라보더니 가던 길을 다시 걸어갔다. 나는 마르시아의 손에 선물을 쥐여 주었다.

"네 거야."

마르시아는 당황스런 표정으로 나를 바라보았다. 그러고는 선물로 눈길을 돌렸다. 이 안에 무엇이 들었는지 전혀 상상할 수 없겠지.

"이게 내 거라고?"

마르시아는 떨떠름한 얼굴로 웃었다.

"응, 너 내일 생일이잖아. 생일 선물이야."

나는 기분이 무척 좋았다. 우리는 식당 앞에 서 있었다. 아이들이 우리 주변을 바쁘게 스쳐 지나갔다. 우리는 하나의 섬 같았다. 마르시아와 선물과 나…….

"우린 네가 모르는 줄 알았는데."

"뭘?"

"뭐긴, 내 생일 말이야."

"당연히 알지. 내일 저녁에 네 생일 파티가 열리잖아."

마르시아가 고개를 들어 나를 바라보고는 망설이며 말했다.

"응……, 맞아. 그것도 알고 있었어?"

"어떻게 모르겠어? 너희가 맨날 그 이야기만 하는데."

마르시아는 고개를 끄덕이더니 한동안 말이 없었다. 머릿속으로 무언가 열심히 생각하는 것 같았다. 이마에 세로로 기다란 주름이 잡혔다. 그러다가 갑자기 숨을 한번 깊게 들이쉬고 말했다.

"받으면 안 될 것 같아."

마르시아는 내 손에 선물을 도로 쥐여 주었다. 뒤통수를 한 대 얻어맞은 기분이었다.

"내 선물을 왜 받지 않겠다는 거야?"

"너한테 상처 주기 싫어. 말하지 않을래."

하지만 나는 그 말에 정말로 깊은 상처를 받았다.

마르시아는 몸을 돌렸다. 나에게서 얼른 도망치고 싶은 눈치였다. 나는 마르시아를 뒤쫓아 갔다. 옆에 바짝 붙어 같이 뛰면서 선물을 다시 쥐여 주려고 애썼다. 몇 번의 실랑이 끝에 마르시아가 발걸음을 멈추었다. 팔짱을 끼고는 나를 똑바로 바라보았다.

"내가 그걸 받으면 너도 초대해야 해. 그게 이치에 맞아. 그렇지?"

그 순간 얼굴이 발갛게 달아오르면서 다리가 부들부들 떨렸다. 나는 당황스러움을 감추지 못하고 어색하게 미소를 지었다.

"그런데 그 아이들은 ……. 아니, 우리는 네가 파티에 오는 게 싫어."

마르시아는 목에 덩어리가 걸린 듯한 목소리로 말했다. 그 애의 본심이 아니라는 것을 느낄 수 있었다. 그러나 본심이 무엇이든, 마르시아는 팔짱을 낀 채 나를 완강하게 밀어내고 있었다.

"머프야."

나는 용기를 내어 속삭였다. 마르시아는 아무 말 없이 어깨를 으쓱했다.

"그러지 마. 쓸데없는 짓이라는 거 너도 알잖아."

마르시아가 나지막하게 말했다.

"왜 쓸데없는 거지? 내가 도대체 뭘 그렇게 잘못했어?"

눈물이 솟구쳤다. 나는 절망에 빠진 나머지 소리를 버럭 질렀다.

내 질문이 불편했는지, 마르시아는 미간을 찌푸리고 입술을 깨물었다. 그러다가 헛기침을 하고는 이렇게 대답했다.

“아직도 모르겠어? 넌 우리와 어울리지 않아.”

마르시아가 몸을 돌렸다. 나는 홀로 남겨졌다. 그렇게 남겨지는 것이 너무나 고통스러웠다. 그래서 포장지를 뜯어 선물을 높이 들어 올린 채 고함을 질렀다.

“마르시아, 이걸 너한테 선물하려고 했어! 내가 여태 가져 본 것 중에서 가장 멋진 물건이란 말이야!”

마르시아는 걸음을 멈추고 머프를 잠깐 바라보았다. 그 순간 나는 마르시아의 마음이 바뀌었다고 생각했다. 눈빛이 반짝이는 걸 보았기 때문이다. 마르시아는 손을 막 뻗으려다가 주춤했다.

“아니야, 스베트라나. 머프는 네가 가져. 내가 그걸 받더라도 달라지는 건 하나도 없어.”

마르시아는 그 자리를 떠났다. 바닥에는 찢어진 포장지가 아무렇게나 뒹굴었다. 내 손에는 머프가 남아 있었다. 하지만 머릿속은 텅 비었다. 창피했다. 말할 수 없이 창피했다. 도대체 내가 무슨 짓을 한 걸까? 후회가 밀려왔다. 나 자신이 끔찍하게 싫었다.

그때 뒤에서 누군가 내 어깨에 팔을 얹었다. 라비였다.

“무슨 일이야?”

나는 천천히 라비에게로 몸을 돌렸다. 내 얼굴을 본 라비는 깜짝 놀랐다.

“너, 얼굴이 시체처럼 창백해!”

나는 고개를 끄덕이고는 재빨리 등 뒤로 선물을 감추었다. 하지만 라비는 무슨 일이 벌어졌는지 단번에 알아챘다.

"마르시아가 받지 않았구나?"

내가 고개를 끄덕이자 라비가 으르렁거렸다. 라비는 화가 나면 벵골 호랑이 같은 소리를 냈다.

"마르시아는 지금껏 내가 만난 아이 중에서 가장 멍청하군."

나는 애써 미소를 지으며 고맙다고 나지막하게 말했다.

라비는 내 팔을 부드럽게 앞으로 당겼다. 그러고는 조금 전에 마르시아와 비슷한 눈길로 아름다운 머프를 바라보았다.

"이게 뭐지?"

라비의 물음에 나는 소곤거리듯 대답했다.

"머프. 내 고향에서 사 온 거야."

뺨 위로 눈물이 주루룩 흘러내렸다. 많은 아이들이 우리를 보고 있다는 걸 알고 있었지만 나로서는 달리 어쩔 도리가 없었다. 누가 보든 말든 상관없었다.

"지금 네 기분이 어떨지 잘 알아."

라비는 안타까운 표정으로 내 어깨에 팔을 둘렀다. 하지만 나는 팔을 뿌리쳤다. 갑자기 내가 살아온 삶과 온 세상에 엄청난 분노가 치밀었다. 아무 잘못도 없는 라비에게조차 화가 났다.

"알긴 뭘 알아!"

나는 고함을 지르고 그 자리를 벗어났다.

러시아에서 출발한 한랭 전선이 이곳 독일에도 찾아왔다. 북부 독일 전체가 냉기 속에 갇혀 버렸다. 남쪽에서부터 시작되는 봄은 어딘가에서 멈췄는지 도무지 올라올 기미를 보이지 않았다. 우리 동네 연못이 꽁꽁 얼어붙자 스케이트를 탈 수 있도록 개방되었다. 하지만 나는 스케이트도 없었고 탈 줄도 몰랐다.

엄마는 끝내 해고를 당했다. 일요일이 되자 집안 분위기는 말이 아니었다. 아빠는 기분을 전환하러 동네 연못으로 놀러 가자고 말했다. 그곳에는 뜨거운 포도주와 구운 소시지를 파는 가판대가 있었다.

연못에 도착했을 때 나는 깜짝 놀라서 기절하는 줄 알았다. 우리 반 아이들 대부분이 그곳에 모여 있었다. 그날 오후 그곳에서 아마추어 아이스하키 대회가 열렸는데, 볼스토르프 실업 학교와 에를렌호프 김나지움에서 각각 두 팀씩 나와 대결을 했다. 우리 반 아이들은 그 경기에 출전한 선수들을 응원하러 온 듯했다.

나델이 보온병 두 개와 플라스틱 컵을 들고서 따뜻한 음료를 나눠주었다. 열 명이 넘는 아이들이 나델을 에워싸고 있었다. 모두 최신 유행하는 거위털 파카와 다리에 딱 달라붙는 레깅스에 부츠를 신고 있었다. 남자아이들 몇몇은 경기를 끝낸 기념으로 아이스하키 스틱으로 얼음판을 내려치고 있었다.

나델이 멀리서 나를 바라보았다. 그 애는 나를 보자마자 주변 아이들에게 재빨리 알렸다. 한꺼번에 내 쪽으로 몸을 돌리던 아이들의 모습이 지금도 눈앞에 선하다. 우리는 연못을 사이에 두고 서로 마주 보았다. 인사를 하려고 팔을 들어 올리는 아이는 한 명도 없었다. 나도 손을 들지 않았다.

나는 돌처럼 굳은 채 엄마 아빠 옆에 서 있었다. 그때 처음으로 아빠 옷차림이 너무 초라하다는 생각이 들었다. 아빠는 평소에 애지중지하는 낡은 군도를 허리에 차고, 귀마개가 달린 모자를 쓴 채 군데군데 헝겊을 대고 꿰맨 양털 재킷을 걸치고 있었다. 아빠는 이 재킷을 무척 좋아했다. 엄마가 몇 번이나 내다 버렸지만, 그때마다 헌 의류함에서 다시 꺼내 왔다. 오래된 물건에 애착이 심해서 뭐든 잘 버리지 못했다.

엄마는 자주색 겨울 외투를 입고 있었는데, 오래 입어서 낡디낡은 데다 엉덩이마저 꽉 끼었다. 게다가 날씨가 추워서 술에 취한 것처럼 코가 빨갰다. 코를 빼고는 얼굴 전체가 아주 창백했다.

그날 엄마는 그곳에서 우연히 직장 동료를 만났다. 직장 문제로 둘이서 할 말이 많은 듯했다. 그래서 나에게 신경 쓸 겨를이 없었다. 연못 건너편에 있는 우리 반 아이들을 바라보았다. 원래는 나도 그곳에 있어야 했다. 나델은 빙판 위로 스케이트를 타고 다니며 아이스하키 선수들의 사진을 찍다가 그만 꽈당 하고 넘어졌다. 다른 아이들도 연달아 그 위로 넘어져, 팔과 다리와 머리가 온통 뒤엉켰다. 하지만 아무도 다치지 않았다. 아이들은 연방 웃음을 터뜨리며 즐거워했다.

얼마 뒤에 우리 반 아이들이 나를 향해 걸어왔다. 이 근처 어디쯤에 에를렌호프 김나지움의 스쿨버스가 세워져 있었던 모양이다. 아이들은 일부러 내 옆으로 바짝 붙어 지나갔다. 뜨거운 포도주를 석 잔이나 마신 아빠는 러시아어로 농담을 하고는 크게 웃어젖혔다.

아이들은 나를 보고도 모른 척했다. 나도 마찬가지였다. 하지만 나는 아이들이 나의 일거수일투족을 자세히 관찰하고 있다는 걸 알고 있었다. 곧바로 자기네끼리 머리를 맞대고 수군거렸기 때문이다. 사실 직감적으로도 알 수 있었다. 지금 내 이야기, 우리 엄마 아빠 이야기를 하고 있다는 것을…….

우리도 그곳에 오래 머물러 있지는 않았다. 엄마는 직장 동료와 대화를 나누더니 더욱더 우울해졌다. 사장이 해고를 취소할지도 모른다고 내심 기대하고 있었는데, 아무래도 그럴 가망성이 영 없는 모양이었다.

아빠는 우리의 기분을 맞추려고 또 농담을 던졌다. 하지만 나는 아빠가 자꾸만 러시아어로 말하는 게 짜증스럽게 느껴졌다.

"독일어 못해요?"

통명스러운 내 반응에 아빠는 적잖이 당황해했다.

"도대체 왜 화를 내는 거지?"

나는 아무 대답도 하지 않았다. 집에 와서는 방문을 쾅 닫고 이불 속으로 기어 들어갔다.

다음 날 학교에서, 전날 일어난 일을 대놓고 이야기하는 아이는 한 명도 없었다. 정말이지 단 한마디도 하지 않았다. 반 아이들이 우리 동네로 와서 놀았던 일이 마치 꿈처럼 여겨졌다.

나는 밤마다 침대에 누워, 나에게 벌어지고 있는 일들에 대해서 곰곰이 생각했다. 아무런 해답도 찾을 수 없었다. 그렇다고 누군가와 이 이야기를 나눌 수도 없었다. 선생님을 찾아가서 "아이들이 나에게 너무 못되게 굴어요!" 하고 어린아이처럼 칭얼거릴 수도 없는 노릇이었다.

마르시아는 당연히 자기 생일 파티에 초대할 사람을 마음대로 정할 수 있으니까. 선물을 거절할 수도 있다. 마르시아가 아니더라도 마찬가지였다. 세상에는 흰여우 털을 좋아하지 않거나, 모피를 아예 싫어하는 사람이 많았다. 그리고 학생들은 어디에서든 스케이트를 탈 수 있지 않은가. 좋아하는 사람하고만 이야기를 나누거나, 한 탁자에 앉아 밥을 먹을 수 있는 것이다.

'나쁜 일은 없었잖아.'

나는 스스로를 설득하려고 애썼다.

아이들은 나에게 아무 짓도 하지 않았다. 어떤 식으로든 그 아이들을 몰아세운다면 온갖 핑계를 댈 것이 분명했다. 그러면 누구든 그 아이들 편에서 이해해 주겠지. 우리 부모님조차도 내 말을 듣고 그냥 웃어넘길지도 모른다.

어느 날 갑자기 봄이 찾아왔다. 불과 며칠 전까지만 해도 밤에 차가운 서리가 내렸는데, 이제는 곳곳에서 수선화와 튤립의 새순이 쏙쏙 돋아났다. 어찌나 빨리 새싹이 돋고 꽃봉오리를 맺는지, 쉬지 않고 자라는 듯이 보였다.

그 무렵부터였던 것 같다. 아침에 자전거를 타고 학교로 갈 때면 공연히 배와 가슴이 답답해졌다. 거의 매일 그랬다. 배 속에 소화시킬 수 없는 무거운 돌덩이가 들어 있는 듯했다. 아주 심하게 구토를 하고 난 뒤처럼 입에서 쓴맛이 났다. 그때는 그게 '불안' 증세라는 것을 알지 못했다. 또다시 경멸을 당하고, 날카로운 칼날로 살점을 도려내는 듯한 고통을 겪을 거라는 불안에 늘 휩싸여 있었는데도…….

엄마가 돈을 벌지 못하자 아빠는 일을 더 많이 해야 했다. 그래서 집을 떠나 있는 시간이 예전보다 더 길어졌다. 나는 신문 배달이라도 하려 했지만 엄마가 허락하지 않았다. 학교 공부에만 집중하라고 했다. 내가 대학 입학 자격 시험을 치를 때까지 계속 우수한 성적을 유지하는 게 엄마에겐 가장 큰 기쁨이라나? 나는 그러기로 엄마와 약속했다.

나는 공부하고 또 공부했다. 성적은 꾸준히 좋았고, 선생님들의 칭찬도 계속되었다. 교장 선생님은 나를 교장실에 불러서 격려해 주기도 했다. 끊임없이 발전하는 모습이 보기 좋다면서, 나에게 장학금을 주기를 참 잘했다고 말했다.

"넌 정말 자랑스런 학생이야. 통학생은 보통 교복을 입을 수 없는데,

선생님들이 스베트라나 아이트마토바에게만은 허락해야 한다고 만장일치로 결정했단다."

교장 선생님은 학교 로고가 새겨진 티셔츠와 스웨터가 각각 두 장씩 들어 있는 가방을 건네주었다. 신기하게도 옷 치수가 딱 맞았다. 마땅히 기뻐하고 뿌듯해해야 할 순간이었다. 그런데 등에서 진땀이 났다.

아이들이 또 나를 괴롭히겠구나. 바야흐로 내가 중심에 들어섰으니까. 자기들이 나보다 더 이상 우월하지 않다는 사실을 순순히 받아들이긴 어렵겠지.

나는 교장 선생님에게 미소를 지으며 감사하다고 말했다.

며칠 후, 교장 선생님이 선물한 티셔츠를 입고 숙제를 하고 있는데 고용 지원 센터에 갔던 엄마가 돌아왔다.

엄마는 아무 말 없이 부엌으로 들어갔다가, 잠시 뒤에 거실로 나와 나를 불렀다. 거실로 나가 보니 탁자 위에 다과가 차려져 있었다. 분홍색 덩굴장미를 꽂은 도자기 꽃병이 가운데 놓여 있고, 그 주변에는 치즈 케이크와 생크림을 얹은 딸기 케이크, 차와 사탕, 엄마가 예전에 좋아하던 까치밥나무 젤리가 가지런히 놓여 있었다.

나는 깜짝 놀랐다.

"엄마! 이게 다 뭐예요? 갑자기 부자가 된 거예요?"

엄마는 나를 가만히 바라보다가 입을 열었다.

"새 직장을 구했어."

아주 차분한 목소리였다. 기쁨보다는 조심스러움이 더 많이 묻어 나왔다. 어쩐지 불길한 예감이 들었다.

"어딘데요?"

"맞혀 봐!"

"……."

나는 맞히기 싫었다.

"에를렌호프 김나지움이야."

엄마 말에 심장이 멎는 것만 같았다. 엄마는 아무 잘못도 없는 치즈케이크를 포크로 계속 찔러 댔다.

"왜 거기서?"

"거기에 자리가 하나 났어."

엄마는 케이크 한 조각을 크게 잘라 입안에 넣었다.

"어떤 일이에요?"

"아, 그게 말이야……. 일을 고를 수야 없잖니? 청소하는 일이야."

나는 하마터면 찻잔을 떨어뜨릴 뻔했다.

"청소라고요? 우리 학교에서?"

내가 고함을 지르자 엄마는 고개를 끄덕이며 대답했다.

"네가 싫어할 거라는 생각은 이미 했어. 창피해할 거라고."

갑자기 엄마가 한없이 늙고 슬퍼 보였다. 나는 아주 비참해졌다. 엄마에게 너무 미안해서 나를 흠씬 때려 주고 싶었다.

지금까지 엄마 인생은 무척이나 서글펐다. 지금 내 나이 때는 시베리아의 아주 허름한 집에서 살았다. 그리고 시베리아를 떠나 우크라이나로 올 때는 얼음처럼 차가운 기차 바닥에서 나를 낳았다.

친아빠는 시베리아에 남았다. 엄마와 함께 올 수 없었다. 이미 가정이 있는 남자였으니까. 엄마는 가진 게 아무것도 없었다. 우크라이나로 가도 좋다는 허가서만 있었을 뿐 완전히 무일푼이었다.

그 후 우크라이나에서 악착같이 공부해 교사가 되었다. 나를 이만큼 키웠고, 엄마와 나를 아끼는 지금의 아빠를 만났다. 독일로 가고 싶다는 꿈도 이루었다. 하지만 이곳 역시 살아가기가 힘든 건 마찬가지였다. 그 전과는 다른 종류의 어려움이 있었다. 엄마는 계속 추락했다. 교사에서 슈퍼마켓 가공육 판매원으로, 그리고 이제 청소부로……. 그래도 불평 한마디 하지 않았다. 지금도 그랬다.

엄마라고 청소부가 되는 게 좋을 리 없었다. 가족을 위해서, 무엇보다 나를 뒷바라지하기 위해서 엄마는 청소 일까지 마다하지 않는 것이다! 나는 엄마에게 고맙다고 해야 옳았다. 엄마를 껴안고 입을 맞추며 정말로 사랑한다고 말해야 했다. 하지만 그럴 수가 없었다. 도무지 믿기지가 않았다. '엄마가 어떻게 우리 학교에서 청소를 하지?' 하는 생각만 들었다. 온몸이 부서지는 듯했다. 나는 의자에 앉은 채 한참 동안 꼼짝도 하지 못했다.

엄마도 아주 오랫동안 말이 없었다. 갑자기 자리에서 일어나서 방

안을 이리저리 거닐었다. 커튼을 쳤다가 다시 걷었으며, 거리를 내다보면서 목덜미를 주물렀다. 한참을 그러다가 나에게 넌지시 물었다.

“너한테 너무 가혹한 일이지?”

나는 자리에서 일어나 엄마에게 다가갔다. 뒤돌아서 있는 엄마의 허리를 끌어안으며 말했다.

“아니에요, 엄마. 그렇지 않아요.”

엄마는 내 손가락을 쓰다듬었다.

“남학생 기숙사에서 일하니까 우리가 마주칠 일은 거의 없을 거야. 그래도 네가 창피하다면…….”

“창피하지 않아요!”

나는 고함을 질렀다. 순간 목소리가 너무 과장된 것 같아 부끄러워졌다.

“고용 지원 센터에 올라온 일자리가 그것뿐이었어. 그 일을 거부하면 내 구직 서류에 기록이 되고, 이다음에 실업 급여가 줄어든대.”

내가 탁자 위의 접시를 정리하는 동안, 엄마는 등을 돌린 채 창가에서 있었다. 그러다 욕실로 들어갔다. 나는 설거지를 한 뒤에, 지하실에서 빨래 바구니를 가져다가 빨래를 걷고 내 블라우스를 다리기 시작했다. 집 안은 곧 깊은 침묵에 잠겨 들었다.

소파 밑을 봐!

엄마는 아침 9시가 되어서야 일을 시작했다. 수업 시간 동안 남학생 기숙사를 청소하는 일이었다. 남자아이들이 엄마와 마주칠 일은 거의 없었다. 기숙사 청소가 끝난 뒤에는 학생들이 드나들 수 없는 세탁실에서 일했다. 나 역시 엄마와 한 번도 마주치지 않았다. 우연히라도 서로의 '정체'가 드러날 위험은 거의 없어 보였다.

엄마는 그 일이 마음에 든다고 했다. 슈퍼마켓과는 아주 다르게 모두가 따뜻하고 호의적이라나. (나는 이 말을 듣고 깜짝 놀랐다.) 교직원들은 엄마가 독서를 좋아하는 것을 알고 도서관에서 책을 빌릴 수 있게 해 주었다. 저녁마다 엄마는 소파에 앉아 책을 읽었다. 누가 말을 걸어도 모를 만큼 집중했다.

이미 말했듯이, 우리가 스스로 정체를 드러내지 않는 한 엄마가 에를렌호프 김나지움에서 청소를 한다고 해도 나에게 문제 될 일은 없었다. 게다가 엄마의 성은 나와 달리 레시코바였다. 안나 레시코바. 새아빠의 성을 따랐기 때문이다. 이상하게도 나는 엄마의 처녀 때 성을 따랐다. 나는 그 이유가 뭔지 정확히 몰랐고, 엄마도 제대로 설명해 준 적이 없었다. 어쨌거나 '약간의 운'만 따라 준다면 엄마와 나의 관계가 밝혀질 일은 거의 없을 듯이 보였다. 하지만 그 운이 없었다.

내가 공부하는 건물과 엄마가 일하는 건물은 서로 멀리 떨어져 있었다. 나는 엄마와 같은 학교 안에서 생활하는 것에 점차 익숙해졌다. 학교에서 공부할 때 엄마가 '옆에' 있다는 사실을 까맣게 잊을 때도 있었다. 파란색 작업복을 입은 채, 머리카락이 흘러내리지 않게 알록달록한 머릿수건을 쓴 우리 엄마…….

엄마와 나는 아침에 따로따로 움직였다. 집을 나서는 시각도 달랐다. 나는 자전거로, 엄마는 자동차로 학교에 갔다. 저녁에도 서로 다른 시각에 집으로 돌아왔다.

어느 날, 세계 지리 시간에 내가 발표를 하기로 되어 있었다. 주제는 소수 민족의 독립운동이었다. 나는 에스파냐의 바스크인과 코소보의 알바니아인이 유럽 연합에서 차지하는 의미를 조명해 보기로 마음먹었다. 정치적인 주제이긴 했지만 무척 흥미로울 것 같았다. 그래서 발표 자료를 열심히 준비했다. 인터넷을 검색하고, 이 문제를 다룬 잡지와 논문들을 모조리 빌려서 읽어 보았다.

수업 전날, 집에서 컴퓨터로 발표문을 완성하고 인쇄까지 마쳤다. 저녁에 엄마 앞에서 낭독한 뒤에 논쟁거리가 될 만한 것들을 함께 검토했다. 정치적인 상황 때문에 고난을 겪는 사람들이 모두 그렇듯이, 엄마도 정치에 관심이 무척 많았다. 엄마는 내 발표문이 아주 훌륭하다며 분명히 최고 점수를 받을 거라고 말했다. 기분이 좋았다. 그제야 긴장이 조금 풀렸다.

그런데 다음 날 아침, 나는 투명한 서류철에 끼워 둔 발표문과 자료를 식탁에 그대로 둔 채 학교에 갔다. 학교에 가서도 발표문을 집에 두고 온 사실을 오랫동안 알아채지 못했다. 세계 지리는 셋째 시간이었고, 앞의 두 시간은 생명과학이었다. 생명과학 선생님의 이름은 엘케 마티에센이었다. 학교에는 마티에센 선생님이 동성연애자라는 소문이 돌았다.

지금도 기억하는데, 그날 토론 주제는 에이즈였다. 이 병이 특히 빨리 퍼져 나간 국가들과 전염 경로 등 에이즈에 관한 모든 것을 다루었다. 이야기가 실제 성생활로 넘어가자 아이들은 이런저런 음담패설을 입에 올리면서 동성연애에 대해 속닥거리기 시작했다. 선생님은 속닥거린 아이들을 일으켜 세우고는 옆사람과 했던 말을 모두 들을 수 있도록 큰 소리로 다시 말하라고 했다. 나는 선생님의 행동이 마음에 들었다. 지목을 받고 얼굴이 빨개진 아이들이 얼마나 많았는지!

둘째 시간이 시작되고 얼마 지나지 않았을 때 갑자기 노크 소리가 들렸다. 어쩌면 더 일찍부터 소리가 났는데 못 들었는지도 모르겠다. 그때 다들 흥분된 상태여서 교실 안이 꽤 시끄러웠다.

아마도 시몬이 맨 먼저 노크 소리를 알아챘던 것 같다.

"노크 소리가 나요."

"그럼 가서 문을 열어 줘."

시몬이 일어나 문을 열었다. 놀랍게도 엄마가 거기에 서 있었다. 아직 작업복으로 갈아입기 전이어서 파카와 청바지를 입은 채였다. 엄마는 손에 커다란 갈색 봉투를 들고 가쁜 숨을 몰아쉬었다.

시몬이나 선생님이 뭐라고 말하기도 전에 엄마는 곧장 나를 바라보았다. 내 자리가 어디인지 진작부터 알고 있었던 것이다.

"무슨 일인가요?"

선생님이 물었다.

"스베트라나 아이트마토바란 학생이 이걸 두고 갔네요."

엄마가 선생님을 보며 말을 이었다.

"중요한 것 같아서요. 발표문입니다."

그때 막시밀리안이 외치는 소리가 몽롱하게 들려왔다.

"어, 우리가 아는 여자다! 맞아, 우리 먼지털이 안나야!"

누군가 웃음을 터뜨렸다.

우리 먼지털이……. 속이 메슥거렸다. 엄마는 막시밀리안을 바라보고는 잠깐 미소를 지었다. 몸을 꼿꼿이 세우고 서 있는 엄마는 자존심이 자못 강해 보였다. 나는 이곳이 엄마에게 익숙할 거라는 생각이 들었다. 엄마도 학생들을 가르치던 시절이 있었으니까. 잠시나마 그 시절로 돌아간 기분이었을지도 모른다.

히죽거리는 소리가 곧 멎었다. 아이들도 뭔가 이상한 느낌을 받은 듯했다. 그 순간 엄마가 몹시 자랑스러웠다. 나는 자리에서 일어나 앞으로 가서 봉투를 건네받고는 큰 소리로 말했다.

"고마워요, 엄마."

그때 엄마 얼굴에 스치던 미소를 평생 잊지 못할 것 같다. 나는 그제야 엄마가 여기로 오기까지 얼마나 큰 용기가 필요했는지 깨달았다. 혹시나 딸아이가 자기 때문에 창피해하지는 않을지 고민에 고민을 거듭했을 터였다.

엄마가 돌아가고 난 뒤 교실은 한동안 쥐 죽은 듯 조용했다. 아마 깃털 떨어지는 소리도 들리지 않았을까?

나는 자리에 앉아 발표문을 가방에 집어넣었다. 고개를 들어 보니 모두 나를 보고 있었다. 정말이지, 모두! 그 순간 방금 무슨 일이 일어났는지, 그게 나에게 어떤 영향을 미칠지 명백하게 깨달았다.

카스파르가 내 등 뒤에서 속삭였다.

"루카스! 스베트라나 엄마가 지저분한 네 팬티를 봤어!"

"닥쳐!"

루카스가 으르렁거렸다.

아이들이 킥킥거렸다. 난잡한 농담은 언제나 반응이 좋았다. 하지만 나는 킥킥거리는 소리를 견딜 수 없었다. 나지막한 속삭임은 귀를 마비시킬 만큼 큰 웃음으로 부풀어 올라 밤늦도록 나를 괴롭혔다.

엄마가 우리 반 남자아이들의 팬티를 세탁하는 게 그렇게 나쁜 일일까? 세면대와 변기를 닦고 아이들의 방을 청소하는 게 잘못된 걸까? 아이들은 그런 이유들로 나를 몰아세우기 시작했다. 나 같은 아이가 자기들과 한 반에 있다는 사실 자체가 싫었던 것이다. 그 아이들이 보기에 나 같은 아이는 악취가 진동하는 생선 공장에서 돈이나 벌고 있어야 마땅했다. 아니, 거리에서 몸을 파는 게 더 어울린다고 생각할지도 모르겠다.

엄마가 우리 교실에 나타나기 전까지 나는 그저 아이들에게 따돌림의 대상일 뿐이었다. 그러나 그 이후로는 치밀하게 희생양으로 몰렸다. 아이들은 수백 가지 방법으로 나를 끝장내려 했다. 어떤 식으로든 내가 아주 쓸모없는 인간이라는 것과 결코 자기들과 함께 있을 수 없다는 것을 증명해 보이려 애썼다.

아이들은 내가 나타나기만 하면 농담을 하기 시작했다. 러시아와 폴란드를 비롯해, 자동차를 훔친 동유럽 사람들에 관한 농담들……. 우크라이나와 폴란드가 같은 나라라고 생각하는 그들의 무지와 오만에 나는 할 말을 잃었다.

러시아와 폴란드를 포함한 동유럽 사람들의 평판이 나쁘다는 것은 나도 알고 있었다. 그들은 범죄 영화에서 언제나 갱이나 마약 상인, 도둑, 포주나 인신 매매범으로 등장했다. 범죄 영화는 다른 나라 사람들의 모습을 왜곡하고, 또 우리 또래 아이들의 생각마저도 조작했다. 아이들의 상상력은 아주 편협한 틀에 갇혀 있었다.

게다가 그 지저분한 판타지는 또 어떻고! 모든 이야기가 성(性)을 중심으로 돌아갔다. 성은 다른 모든 것을 덮어 버리는 핵심 주제였다. 카스파르뿐만 아니라 대부분의 남자아이들은 외설스러운 책을 남몰래 많이 샀다. 19세는 되어야 볼 수 있는 성인용 영상도 서로서로 돌려 보았다.

여자아이들은 가슴을 커 보이게 하는 브래지어를 입었다. 몸에 딱 달라붙는 골반 바지 밖으로 티 팬티의 끈이 또렷하게 드러났다. 또 허리를 굽힐 때마다 엉덩이 위쪽에 새긴 문신이 보였다. 여자아이들은 화장실에서 나이트클럽의 무용수들이 하는 야한 동작을 따라 하기도 했다. 반쯤은 그냥 재미로, 반쯤은 진지하게……. 그러고는 금방 깔깔 웃으며 어린아이들처럼 장난을 쳤다.

아직 몸이 다 자라지는 않았지만 어른의 삶을 꿈꾸는 이런 과도기는 어딘가 모르게 아찔함이 있었다. 아마 세상의 모든 사춘기 아이들이 그렇지 않을까? 진짜로 조숙한 여자아이들도 있었고, 여전히 강아지와 망아지 포스터에 집착하는 어리숙한 아이들도 있었다. 너무나 상반되는 세상이 공존했다.

에를렌호프 김나지움도 그랬다. 어른들의 세계에 일찌감치 눈을 뜬 아이들이 있는가 하면, 또 〈블루 워터 하이〉에 등장하는 얌전한 여학생처럼 주름치마에 하얀 프릴이 붙어 있는 블라우스를 입는 아이들도 있었다. 〈블루 워터 하이〉는 일요일 오전에 방영하는 청소년 드라마로 모두가 즐겨 보는 프로그램이었다. 아이들은 모두 각자 맡고 싶은 역할을 골랐다. 그런데 내 배역은 뭐지?

어쩌면 가면을 쓰지 않고 맨얼굴을 그대로 드러낸 게 잘못이었는지도 모른다. 나는 완벽하게 무방비 상태였다. 우크라이나 출신 청소부의 딸 스베트라나 아이트마토바……. 희생양으로 삼기에 이보다 더 알맞은 조건은 없을 터였다.

우리 반에 레나르트라는 남자아이는 필통에 항상 콘돔을 넣어 가지고 다녔다. 레나르트가 성 경험이 없다는 사실은 누구나 알고 있었다. 다른 아이들도 대부분 마찬가지였다. 레나르트는 이미 성을 경험한 것처럼 보이고 싶었거나, 같은 반 여자아이가 쉬는 시간에 은밀히 다가와 보트 보관소로 가자고 말한다면 언제든 따라나설 준비가 되어 있음을 보여 주고 싶은 듯했다.

아이들은 자주 레나르트의 콘돔을 농담거리로 삼아 놀려 댔다. 그래도 그건 어디까지나 애정이 담긴 조롱이었다. "이봐, 우리도 네 기분이 어떤지 잘 알아!"라고 하는 이해가 밑바탕에 깔려 있었으니까. 하지만 나는 말 그대로 조롱거리에 불과했다.

청소부 안나 레시코바의 '정체'가 드러난 지 사흘째 되던 날이었다. 나는 이틀 동안 어딘지 모르게 들끓고 있음을 느꼈다. 아이들은 나를 점점 더 멀리했고, 자기들끼리는 더욱더 똘똘 뭉쳤다.

그날 라비가 맹장염으로 병원에 입원하는 바람에 상황은 더 나빴다. 나는 마치 오빠를 잃어버린 듯한 느낌이었다. 내가 의지할 수 있는 사람은 아무도 없었다. 그래서 더 불안했다. 첫째 시간과 둘째 시간에는 아무 일도 일어나지 않았다. 여느 때와 똑같이 평범한 수업 시간이었다.

영어 시간에는 어려운 문장을 해석해야 했는데, 머릿속이 뒤죽박죽이 되어 몇 번이나 버벅거렸다. 영어를 가르치는 캔디스 모건 선생님은 미국의 시애틀에서 우리 학교에 왔다. 나는 이 선생님을 무척 좋아했다. 선생님의 발음은 우리가 지금껏 배워 온 것과 아주 달랐다. 독일 학교에서는 대부분 영국식 영어를 쓰는데, 모건 선생님은 혀를 많이 굴리는 미국식 영어로 수업을 했다. 나는 미국 억양이 마음에 들긴 했지만, 차마 그렇게 발음할 용기는 나지 않았다.

모건 선생님이 다가와서 내 어깨에 팔을 얹었다. 그때 나는 한 문장을 틀리게 해석해서 얼굴이 새빨개져 있었다. 선생님이 걱정스러운 표정으로 물었다.

"스베트라나, 무슨 일이지? 도무지 집중을 못하는구나."

나는 선생님 품에 안겨 이렇게 말하고 싶었다.

'선생님은 이 긴장감이 안 느껴지세요? 여기에 있는 아이들이 모두

날 미워하는 걸 못 느끼시겠냐고요.'

하지만 그냥 입을 다물고 있었다.

쉬는 시간에는 아무도 시비를 걸지 못하게 도서관에서 시간을 보냈다. 쉬는 시간이 끝나고 아이들이 교실로 돌아오자 나델이 나에게 다가왔다. 나델은 내 책상 모서리에 걸터앉아, 매니큐어를 바른 자기 손톱을 들여다보며 말했다.

"우리가 너네 엄마한테 할 말이 있는데, 대신 전해 줄래?"

나델은 싹싹한 목소리로 지나가듯이 말했다. 나는 대수롭지 않게 생각하고 고개를 끄덕였다.

"어제저녁에 남자 기숙사에서 파자마 파티를 했거든. 다들 술을 좀 많이 마셨어."

"아, 그랬구나."

그때까지도 나는 분위기를 전혀 파악하지 못했다. 다만 나는 그런 파티에 평생 초대받지 못할 거라는 생각만 했다.

"흠, 남자아이들 몇 명이 구토를 했어. 그래서 욕실이 엉망이 되었지 뭐야."

나는 그제야 다른 아이들이 웃고 있다는 걸 알아챘다. 아이들은 우리가 하는 말을 하나도 놓치지 않으려고 귀를 세우고 있었다.

"그래서? 그게 나랑 무슨 상관이지?"

예감이 좋지 않았다. 나는 쌀쌀맞게 물었다.

"너랑은 상관이 없지."

나델이 싹싹하게 대답했다.

"하지만 네 엄마하고는 상관이 있어. 청소를 제대로 하지 않았단 말이야. 변기 뒤에 토사물이 아직 그대로 남아 있거든."

순식간에 내 얼굴이 잿빛으로 변했다. 코끝이 얼음처럼 차가워졌다가 얼굴이 뜨겁게 달아오르면서 새빨개졌다.

"제발 날 가만히 내버려 둬!"

내가 쉿소리를 내자 레나르트가 끼어들었다.

"유감스럽지만 그럴 수 없어. 정말 미안한데, 오늘 오후에 기숙사 점검이 있거든. 그러니 모든 게 아주 깨끗해야 한다고. 알아들어? 안 그랬다가는 우리가 골치 아프게 된단 말이야."

"그럼 너희가 청소하면 될 거 아냐!"

나는 화를 내고는 자리에서 일어나려고 했다. 하지만 아이들은 나를 내버려 두지 않았다. 나는 아이들에게 떠밀려서 자리에 풀썩 주저앉았다. 아이들이 담장처럼 나를 에워쌌다.

펠리키타스가 소리쳤다.

"우리가 그깟 청소나 하려고 학교에 다니는 줄 알아? 우리 엄마 아빠가 돈을 얼마나 많이 내는데!"

"그건 내가 알 바 아니잖아!"

내가 맞받아쳤다. 난 이미 제정신이 아니었다. 지독한 악몽을 꾸고 있는 것 같았다. 땀에 흠뻑 젖어서 깨고 난 뒤, 똑같은 꿈을 다시 꿀까 봐 잠드는 것조차 두려운 악몽…….

"너희 집은 도대체 어떤 꼴이지?"

틸리가 물었다.

"무진장 지저분한 집구석의 소파 밑 같겠지!"

시몬의 말에 모두 웃음을 터뜨렸다. 그런 멍청한 말이 이달의 최고 유머라도 된다는 듯이. 그때 누군가 갑자기 손뼉을 치며 외쳤다.

"조심!"

시모니스 선생님이 교실로 들어섰다. 바로 독일어 수업이 시작되었다. 아이들은 느긋하게 걸어 자기 자리로 돌아갔다. 시모니스 선생님은 아무것도 알아채지 못한 채 시험을 치르겠다고 했다. 선생님 머릿속은 온통 시험 생각뿐인 듯했다. 하긴, 내가 제정신이 아니라는 것을 알 리가 없었다.

그날 나는 점심을 먹지 않고 곧장 집으로 갔다. 우리 반 아이들과 함께 식당에 앉아 밥을 먹는다는 건 상상할 수도 없었다. 게다가 라비도 없었다. 집으로 돌아오자마자 죽은 듯이 침대에 쓰러졌다. 뭔가 힘을 돋우어 줄 만한 것을 생각해 보려 했지만 하나도 떠오르지 않았다. 머릿속이 텅 비어 있었다.

잠시 뒤, 간신히 기운을 내어 책상 앞으로 다가갔다. 다음 날은 수학 시험을 보기로 했다. 욘존 선생님은 나에게 혹시 도움이 필요하지는 않은지 물어보았다. 작년에 배운 내용인데 문제가 훨씬 더 복잡해졌다나. 하지만 나는 혼자서 풀어 보겠다고 자신만만하게 대답했다.

내 대답이 마음에 들었는지 선생님은 나를 꼭 안아 주었다.

"스베트라나, 아이들이 모두 너만 같다면 난 내 직업을 다시 사랑하게 될 거야."

선생님의 굉장한 칭찬에 나는 정말 마음이 뿌듯했다. 또 반 아이들이 그 말을 듣지 못한 게 무척 기뻤다.

책상 앞에 앉을 때는 휴대전화를 늘 창턱에 올려 두었다. 오래된 습관이었다. 내게 전화가 오는 일은 아주 드물었다. 숙제를 하다가 나에게 물어볼 게 생긴 예전 학교 친구들에게서 가끔 연락이 올 뿐이었다. 그 외 대부분은 엄마에게서 오는 전화였다.

문자 메시지도 거의 오지 않았다. 그렇기에 그날 메시지 도착을 알리는 소리가 무척 낯설게 들렸다. 그 소리에 깜짝 놀라 휴대전화를 뚫어지게 바라보았던 기억이 지금도 생생하다.

휴대전화에는 이렇게 쓰여 있었다.

소파 밑을 봐!

발신자 이름은 물론 발신 번호조차 없었다. 나는 얼른 메시지를 삭제하고, 더 깊이 생각하지 않으려 했다. 그러나 자꾸 생각이 나서 공부에 집중할 수 없었다. 잠시 후, 메시지 도착을 알리는 소리가 또 울렸다.

겨드랑이 땀 냄새를 없애는 비누와 방취제에 관한 모든 정보는 www.나는 냄새를 풍겨요.com에서!!

휴대전화를 껐다. 심장이 마구 뛰었다. 욕실로 가서 얼굴에 찬물을 끼얹고 거울을 바라보았다. 거울 속에 머리숱이 많고, 충혈된 눈을 아주 가늘게 뜬 여자아이가 있었다. 나도 모르게 팔을 들고 고개를 숙여 겨드랑이 냄새를 맡아 보았다. 아무 냄새도 나지 않았다.

욕실에서 다시 방으로 돌아오니 창밖은 햇살에 푹 잠겨 있었다. 어느덧 먹구름은 사라지고 모든 것이 봄날처럼 반짝반짝 빛났다. 나는 바깥으로 달려 나갔다. 집 안에 더 있다가는 미쳐 버릴 것만 같았다.

바깥공기는 무척 신선했다. 부드러운 바람이 불었다. 거리는 아이들의 고함으로 가득 차 있었다. 아이들은 옛날에 유행하던 외발뛰기 놀이를 하며 즐겁게 웃고 있었다.

나는 아이들의 웃음소리가 좋아서 한동안 그 옆에 서 있었다. 그러다가 우크라이나에서 자주 했던 고무줄 놀이가 떠올랐다. 그 놀이를 하려면 긴 고무줄 두 개가 필요했다. 나는 집으로 되돌아갔다. 고무줄을 들고 나오려는데, 문득 휴대전화를 가져가야겠다는 생각이 들었다.

휴대전화에 새 메시지가 와 있었다.

내일은 3교시에 수업 시작!

뭔가 이상했다. 내일은 1교시에 수학 시험을 보기로 되어 있었다. 아침에 머리가 가장 잘 돌아간다고 믿는 욘존 선생님이 체육 선생님과 상의해서 일부러 시간을 맞바꾼 것이었다. 나는 나중에 교무실에 전화해서 확인하기로 하고 일단 거리로 나가, 아이들에게 새로운 놀이를 가르쳐 주었다. 모처럼 즐겁게 뛰어놀았다. 기분이 한결 나아졌다.

집으로 다시 돌아왔을 때는 이미 오후 5시가 넘은 시각이었다. 교무실에 전화를 했지만 아무도 받지 않았다.

나는 휴대전화의 연락처를 뒤져 보았다. 저장된 번호가 얼마 없었다. 우리 반 아이들 전화번호는 물론, 학교 선생님들의 전화번호도 가지고 있지 않았다. 그나마 라비 전화번호는 저장되어 있었다. 내가 얼마나 외로운 처지인지 다시금 아프게 깨달았다. 또다시 우울해졌다.

방 안에 앉아 곰곰이 생각에 잠겼다. 도대체 누가 그렇게 잔인한 문자 메시지를 보냈을까? 소파 밑을 보라고? 쳇, 우리 집 소파 밑에 먼지가 잔뜩 쌓여 있기라도 하다는 말이야?

그날 밤, 잠을 자다가 윗집에서 누군가 문을 쾅 닫는 소리에 놀라 눈을 떴다. 평소에도 나는 자다가 종종 깨곤 했다. 말똥말똥한 정신으로 누워서 천장의 얼룩을 빤히 보고 있자니 별안간 한 가지 생각이 머리를 스쳤다.

'이건 속임수다!'

내일 3교시에 수업을 시작한다는 말은 거짓이야. 내가 시험을 보지 못하게 하려고 아이들이 꾸민 짓이 분명해. 내가 자기들보다 좋은 성적을 받을 것 같으니까, 또 선생님한테 칭찬을 받을 것 같으니까 미리 수를 쓴 거야. 내일 두 시간이나 지각해서 당황하는 나를 보면 얼마나 즐거워할까? 하지만 그런 일은 절대로 없을 거야.

다음 날, 나는 정확하게 1교시에 맞추어 교실에 도착했다. 하지만 교실은 텅 비어 있었다. 형광등 스위치를 올리고 내 자리에 앉았다. 한참을 기다렸지만 아무도 오지 않았다. 심장이 거칠게 뛰었다. 교실 문을 한참 동안 노려보다가 복도로 나갔다.

우리 반 아이들은 아직 침대에 누워 있겠지? 밤을 꼬박 새우고 아침 일찍 등교한 내가 참으로 바보 같았다. 얼른 여기서 나가고 싶었다. 식당에 가서 아침밥을 먹을까? 거기서 우리 반 아이들을 만나면 어쩌지? 절대 안 돼!

나는 학교 건물을 슬그머니 빠져나갔다. 자전거를 끌고 거리로 나왔다. 비가 조금씩 내리기 시작했다. 학교와 가까운 곳에 헛간이 하나 있었다. 문짝이 뒤틀린 아주 낡은 헛간으로, 농부가 꼴을 베어 보관하는 곳이었다. 나는 그곳에서 남은 시간을 보내기로 했다.

문은 쉽게 열렸다. 안은 아늑하고 따뜻했으며 건초 냄새가 났다. 나는 헛간을 찬찬히 둘러보았다. 소젖을 짤 때 쓰는 낡은 의자와 뚜껑이 달린 귀리 통이 보였다. 귀리 통에는 자물쇠가 달려 있지 않았다. 뚜껑을 열어 보니 안이 텅 비어 있었다.

그날 내가 3교시에 맞추어 등교를 했더라면 그 헛간에 들어가는 일은 없었을 것이다. 만약 그랬다면 내 인생은 지금과 크게 달라졌을지도 모른다. 이런 걸 운명이라고 하는 걸까.

나는 3교시가 시작되기 직전에 학교에 도착했다. 그 문자 메시지는 거짓이 아니었다. 수학 선생님이 독감에 걸려서 시험이 취소된 것이었다. 시간표를 다시 바꿀 수 없어서 그대로 취소된 듯했다. 나에게 문자 메시지를 보내 수업 시간이 미뤄진 것을 알려 준 아이는 마르시아였다. 유감스럽게도 자신이 누군지를 밝히지 않았다. 어쨌든 마르시아는 나를 배려했다. 그런 줄도 모르고 쓸데없는 상상만 하다니!

나는 스스로에게 주문을 걸었다. 더 이상 불안해하지 말자. 나에게 일어나는 모든 일에 사악한 음모가 숨어 있다고도 생각하지 말자. 그 문자 메시지는 잊어버려. 누군가 그냥 장난을 친 거니까.

그러고 나서 사흘 뒤였다. 틸리가 내게로 다가오더니 집에서 인터넷을 할 수 있는지 물었다.

"물론이지."

"너, 우리 학교 학생들이 만든 인터넷 카페 알아?"

틸리는 학교 측에서 만든 인터넷 카페에 대해 간단히 설명한 뒤, 실제로 그곳을 방문하는 학생들은 거의 없다고 했다. 그러고는 암호가 있어야 들어갈 수 있는 비공개 카페 이야기를 꺼냈다. 우리 학교 학생들만을 위한 카페이기 때문에 암호를 걸어 둔 거라나. 나는 얼른 카페 주소와 암호를 받아 적었다.

나는 그때까지 학생들이 만든 카페가 있다는 것조차도 몰랐다. 틸리는 나에게 카페에 꼭 들어와 보라고 말했다. 반 아이들은 지금까지 나를 도와주기는커녕 학교 정보조차 제대로 알려 주지 않았다. 어쨌든 틸리가 그걸 알려 주어 내심 기뻤다.

그날 오후에 바로 인터넷 카페에 들어가 보았다. 학교 측에서 만든 카페에는 다양한 갈래의 채팅방이 있었다. 나는 교환 학생을 위한 방에 잠깐 들어가 본 뒤, 양로원이나 장애인 고용 사업체처럼 학업을 하면서 사회봉사 시간도 채울 수 있는 단체나 기관들을 알아보았다. 그리고 김나지움과 유럽 전역의 다른 교육 기관이 함께 진행하는 연구 프로젝트에 관한 지원 공고도 살펴보았다. 모두 흥미롭기는 했지만, 딱히 끌리는 것은 없었다.

"학생들만 의견을 나눌 수 있는 공간이야. 선생님들은 전혀 몰라. 들어올 수도 없어."

틸리가 한 말이 떠올랐다. 자못 흥미롭게 들렸다. 나는 학생들이 직접 만들었다는 비공개 카페에 들어갔다. 드디어 로그인을 했다. 다양한 영역의 메뉴들이 컴퓨터 화면에 떴다. 하나씩 클릭할 수 있게 돼 있었다. 나는 그중에 '교사 체크'를 클릭해 들어갔다.

이곳에서 학생들은 선생님들에 대한 의견을 나누고, 1부터 6까지 점수를 매겼다. 평가 기준은 외모와 옷차림, 성적 매력, 엄격함, 공정함, 유머 감각, 성격, 그리고 입 냄새도 있었다. 우리 반 담임인 시모니스 선생님의 평균 점수는 2.6점이었다. 나는 거기서 우리 담임 선생님이 화학을 가르치는 코르스 선생님을 좋아한다는 사실을 알게 되었다.

'최종'이라는 소모임방도 있었다. 대학 입학 자격 시험을 준비하는 학생들을 위한 곳이었다. 내가 아는 암호로는 들어갈 수 없었다.

'고아원'이라는 게시판에 호기심이 일어서 클릭을 해 보았다. 이곳의 대화 소재는 주로 향수(鄕愁)였다. 이 주제에 관심이 있는 학생이 많은지 매일 새 글이 다섯 개씩은 올라왔다. '마왕'이나 '우주 왕복선'처럼 모험심 넘치는 닉네임을 쓰는 아이들이 올린 글이 많았다. 그 아이들이 남자인지 여자인지는 알 수 없었다.

나는 그제야 기숙사 아이들의 고민이나 감정을 알 것 같았다. 이삼 주에 한 번씩, 혹은 방학 때만 집으로 갈 수 있는 아이들에 비하면 나는 얼마나 행복한가. 매일 저녁 집으로 가서 부모님과 함께 지낼 수 있으니까. 마음 놓고 쉴 수 있는 가정이라는 둥지가 없었더라면 내가 학교에서 받는 스트레스를 어떻게 견딜지 상상조차 할 수 없었다. 하지만 그때 나는 아이들이 이 둥지를 파괴할 수도 있다는 것과, 집이 더 이상 안전하지 않다는 사실을 깨닫지 못했다. 이미 아이들에게서 문자 메시지를 받기 시작했는데도…….

어쨌든 기숙 학교를 고아원처럼 생각하는 아이들이 많다는 것은 놀라운 일이었다. 아이들은 그곳을 부모님의 보살핌도, 영혼도 없는 장소라고 생각하고 있었다. 그 아이들도 가끔 이렇게 고통을 겪고 있다는 사실을 알게 되어 참 다행이었다!

'자랑스러운 장미'라는 닉네임의 아이가 쓴 글을 읽어 보았다.

우리 부모님이 나를 에를렌호프 김나지움에 갖다 버렸다는 걸 이제야 확실히 알겠어. 내가 더 나은 교육을 받는다거나 대학 입학 자격 시험을 더 잘 볼 수 있다는 것은 그저 핑곗거리에 불과했어. 사실은 빌어먹을 부부 싸움에 증인이 있는 게 싫었던 거야. 신경 써야 할 사람이 옆에 있는 게 싫었던 거라고. 집에서 속 편하게 서로 으르렁거리면서 끝장을 보고 싶었던 거지. '이제 그만 화해해요! 왜 예전처럼 잘 지내지 못해요?'라고 애원하는 슬픈 아이를 더 이상 보고 싶지 않았을 테니까.

아이고, 난 너무 순진했어! 우리 엄마 아빠처럼 서로를 끔찍하게 싫어하는 부모들이 자식의 영혼을 보듬어 주길 바랐으니…….

'자랑스러운 장미'는 최근에 '강철 심장 왕자'라는 닉네임을 쓰는 아이와 진지하게 대화를 나누었다. '강철 심장 왕자'는 '자랑스러운 장미'에게 용기를 주려고 했다. 그 아이는 이런 글을 남겼다.

차라리 훌륭한 부모님이 없는 게 나아. 쑥대밭 같은 집안이 더 낫다고. 왜 그런지 알아? 스스로 강해지기 때문이야! 그만큼 현실 사회에 대한 준비를 더 잘하게 되지. 현실 사회는 고되고 잔인해. 그리고 아무도 배려하지 않지. 현실 사회에서는 더 강한 자의 무자비한 법이 지배해. 상처 입지 않으려면 갑옷이 필요해. 기사의 갑옷. 아무것도 너에게 가까이 다가오지 못하도록 해. 아끼던 토끼가 죽더라도 울면 안 돼. 나는 이제 그럴 수 있게 되었어. 너도 열심히 노력하면 할 수 있을 거야.

'자랑스러운 장미'가 바로 밑에 댓글을 달았다.

그래, 알았어. 노력해 볼게.

그리고 며칠 뒤에 다시 댓글이 달렸다.

기사의 갑옷이라……. 오늘 우리 엄마랑 통화했어. 이혼 서류를 가정 법원에 접수했다고 하더라. 아빠가 일 년 전부터 애인의 집세를 내주고 있었대. 그 말을 듣고 내 갑옷에는 스위스 치즈처럼 구멍이 숭숭 뚫렸어. 우리 엄마는 우연히 그 사실을 알게 되었대. 두 사람이 침대에 있는 현장을 잡은 거야.

정말 메스껍지 않아? 난 전화로 이런 이야기를 가만히 듣고 있어야 했어. 아, 세상에! 내 기분이 어땠는지 상상이 가? 모든 게 너무…… 불결했어. 난 우리 아빠가 세상에서 가장 훌륭하다고 생각해 왔거든. 이런 일은 다른 사람들에게나 벌어지는 줄 알았다고. 어쨌든 이번 방학에는 집에도 못 가게 생겼어. 거기 갔다가는 아마 제명에 못 죽을 거야.

글을 읽는 동안 기분이 아주 묘했다. 쉬는 시간에 매일 만나는 아이, 아니 어쩌면 같은 반 아이이거나 같은 공부 모임의 아이가 이런 글을 썼다고 상상해 보라…….

'자랑스러운 장미'가 정말 불쌍했다. 나는 그 아이를 진심으로 위로하고 싶었다. 댓글을 몇 줄 달고 싶었지만 어떻게 해야 하는지 알 수 없었다. 나는 이 카페의 손님 자격으로 공개된 글의 목록을 보거나 아이들이 쓴 글을 읽을 수는 있지만, 직접 글을 쓸 수는 없었다. 직접 글을 쓰려면 다른 암호를 알아야 하거나, 아니면 그 외의 다른 방법이 있는 듯했다. 나는 다음 날 틸리에게 물어보기로 하고는 다른 곳으로 눈을 돌렸다.

크고 작은 축제와 파티를 계획하는 게시판에 들어가 보았다. 아마 작년에 '우리의 파란 행성'이라는 축제가 열렸던 모양이다. 한여름 밤에 아이들은 각각 불을 붙인 작은 초를 반투명한 종이 봉지에 담아 랑에 호수에 띄웠다. 작은 초는 아이들이 저마다 결심한 착한 행동을 의미했다. 그때의 분위기가 아이들에게 깊은 인상을 남겼는지, 아직도 그 행사에 관한 글이 많이 올라왔다.

그다음에 눈에 띈 게시판은 '우리는 유명 인사'였다. 각종 소문이나 험담 등 가벼운 사생활 이야기를 나누는 곳으로 아주 흥미진진해 보였다. 에를렌호프 김나지움에서의 생활이 어떤지 더 많이 알 수 있을 것 같았다.

짐작대로 이 게시판에 가장 많은 글이 올라와 있었다. 하루 평균 적어도 여덟 개의 새 글이 올라왔다. 주로 영화와 옷, 연애, 방학 계획 등에 관한 얘기였다. 미국 가수 브리트니 스피어스의 파파라치 사진들에 관한 의견도 올라와 있었다. 브리트니가 뉴욕의 어느 클럽에 속옷을 입지 않고 나타났다는 이야기와 에를렌호프 김나지움을 널리 알리기 위해 '캐스팅 쇼'에 나갈 사람 없느냐는 글도 있었다.

닉네임이 '요정'인 아이는 이런 글을 남겼다.

> 우리가 우리 학교 선생들이나 여드름투성이 남자아이들 마음에 들기 위해 다이어트를 하는 건 아니잖아. 온 세계를 감탄시키려고 굶고 있는 거야!

어느덧 3월에 쓴 글들이 보이기 시작했다. 글을 훑어보던 나는 갑자기 심장이 멎는 듯했다. 굵은 글자로 쓰인 '스베트라나'가 눈에 들어왔기 때문이다. '암흑의 군주'가 남긴 글이었다.

전학생이 한 명 있어. 우리에게 또 민폐를 끼치려는 거지. 그 애 이름은 스베트라나야. 러시아 출신이라던가, 어쨌든 동쪽에서 왔어. 여기서 도대체 뭘 하려는 건지…….

며칠 뒤, '룰루'를 시작으로 수많은 댓글이 달리기 시작했다.

룰루 : 폐를 끼친다니까 하는 말인데, 그 아이가 나타날 때마다 늘 새로운 충격을 받아.

피카소 : 헌 의류함에서 꺼내 온 옷을 입어.

룰루 : 이봐, 몰랐어? 그게 바로 '볼셰비키 스타일'이야! 하하.

암흑의 군주 : 우리 할아버지는 언제나 '러시아인들이 몰려온다!'라고 경고했어. 이제 정말 왔네. 으아아악!

그리고 나흘 뒤 또다시 댓글들이 이어졌다.

나비 : 얘들아, 스베트라나를 더 이상 두고 볼 수 없다는 데 동의하지?

시팅 불 : 포메라니아 지역은 이미 불탔는데, 스베트라나는 왜 멀쩡하게 살아 있지?

섹스 피스톨 : 나는 어떻게든 출세해 보려는 인간들이 가장 구역질 나. 너희들, 그 애가 선생들한테 쩍쩍 달라붙는 거 봤지? 창피하지도 않나 봐.

거울도 안 보나? 정말 구역질 나서 못 참겠어.

온몸이 떨렸다. 하도 웅크리고 있어서 머리를 움직이기 힘들 정도였다. 내 안의 이성은 이제 그만 읽으라고, 다시는 이곳에 눈길을 주지 말라고 했다.

하지만 그만큼 자기를 통제할 수 있는 사람이 과연 몇이나 될까? 나는 그러지 못했다. 궁지에 몰린 토끼가 금방이라도 자기를 잡아먹을 것 같은 뱀을 노려보듯이 모니터를 뚫어지게 바라보았다. 토끼는 온몸이 충격으로 마비되어 더 이상 도망을 칠 수 없었다. 눈을 빤히 뜨고 잡아먹히기를 기다릴 뿐이었다.

나도 모르게 눈물이 나왔다. 도저히 참을 수 없었다. 너무 울어서 얼굴이 눈물 콧물로 범벅이 되었다. 나는 마음의 평정을 완전히 잃은 채 나에 대한 글들을 계속 읽어 내려갔다. 하나씩, 또 하나씩. 읽지 않을 수 없었다. 이미 몇 주 전부터 몇 명이 나를 무참히 짓밟고 있었다.

섹스 피스톨 : 스베트라나가 교실에 들어오면 싸구려 양배추 수프 냄새가 나. 너희도 맡았어?

시팅 불 : 양을 넣은 양배추 수프.

암흑의 군주 : 양이 뭐야?

섹스 피스톨 : 스펀지처럼 물컹한 암소의 밥통이야.

암흑의 군주 : 할렐루야! 스펀지처럼 물컹한 암소의 밥통이라……. 정말 딱 맞는 말이네.

이 아이들은 도대체 누굴까? '시팅 불'이 누구지? 우리 반에서 누가 '섹스 피스톨'이고, 누가 '암흑의 군주'일까?

토할 것같이 속이 메스꺼웠다. 누군가 나를 수렁으로 끌어당기는 느낌이었다. 시커먼 진흙물이 금세 목까지 차오르고, 이제 곧 입속으로 흘러 들어와 금방이라도 질식할 것만 같았다.

나는 겨우 컴퓨터를 껐다.

자리에서 벌떡 일어나 방 안을 왔다 갔다 했다. 이리저리, 또 이리저리. 그러다가 옷장을 열고 일일이 옷 냄새를 맡아 보았다. 정말 미친 짓이었다. 양배추 냄새는 전혀 나지 않았다. 혹시 내 코가 이미 그 냄새에 익숙해져 맡지 못하는 건 아닐까? 나는 바깥으로 나가서 숨을 깊게 들이쉬고는 다시 집 안으로 들어갔다. 집에서는 기껏해야 스프레이 냄새밖에 나지 않았다. 엄마가 욕실에서 사용하는 스프레이였다.

나는 흐느끼며 소파에 몸을 던졌다. 얼굴을 쿠션에 파묻고 한참을 울었다. 마구 소리를 지르고 싶었다. 도대체 왜 나를 그토록 미워하는 거야? 기어코 나를 무너뜨려야 속이 시원하겠어? 그래서 너희가 얻는 게 뭔데?

나는 간신히 일어나 욕실로 갔다. 따뜻한 물을 욕조에 가득 받아서

코 밑까지 담갔다. 어떻게든 긴장을 풀어 보려고 애를 썼다. 평소에는 이렇게 하면 긴장이 풀렸다. 하지만 이번에는 잘되지 않았다. 머리부터 발끝까지 비누칠을 했다. 그런 다음 비누를 씻어 내고 살갗에 코를 대고 냄새를 맡아 보았다. 양배추 냄새는 나지 않았다. 그렇다고 좋은 냄새가 나는 것도 아니었다. 다시 온몸에 비누칠을 하기 시작했다. 내가 너무나 지저분하게 느껴졌다. 아무리 씻어도 더러움이 가시지 않는 것 같았다.

문득 왕따를 심하게 당해서 학교를 자퇴했다던 통학생 이야기가 떠올랐다. 그때 나는 왜 그 말에 귀를 기울이지 않았을까?

선생님들은 학교에서 무슨 일이 벌어지고 있는지 알고 있을까? 처음으로 그런 의문이 들었다. 알면서도 모르는 척하는 게 아닐까? 아이들이 어떻게 생활하는지 궁금해하기는 할까? 아니, 학생들을 두려워하는 건 아닐까? 여차하면 자신들도 정신적인 폭력에 시달릴 수 있으니까. 만약 그렇다면 내가 선생님들을 믿는 게 무슨 의미가 있을까? 아니, 나를 믿어 주기는 할까?

다음 날 아침, 나는 침대에 그대로 누워 있었다. 온몸이 미칠 듯이 가려웠다. 불이 붙은 듯했다. 이가 기어 다니거나 옴이 오른 것처럼, 아니면 알레르기 질병에 걸린 것처럼. 일어나서 온몸을 구석구석 살펴보았다. 피부가 새빨개졌을 줄 알았는데 뾰루지 하나 없이 멀쩡했다. 이해할 수 없었다. 밤새 울어서 그런지 눈꺼풀도 가려웠다. 나는 이불을 머리 위까지 덮어썼다.

엄마가 내 방으로 들어왔다. 아마도 매일 아침 내가 학교에 간 뒤에 들어와서 창문을 열고 침대를 정리하는 모양이었다. 엄마는 이불을 들추다가 나를 보고는 깜짝 놀라 흔들어 깨웠다.

"스베트라나, 일어나! 너, 지각이야! 벌써 학교에 간 줄 알았는데."

"아파요."

나는 웅얼웅얼 대답했다. 엄마는 차가운 손을 내 이마에 대 보더니 담담하게 말했다.

"열은 없는데?"

"배가 아파요."

"생리 시작했니?"

"아뇨, 그런데도 아파요."

엄마는 어떤 일이 있어도 앓지 않았다. 통증에 대해선 단 한마디도 하지 않았다. 적어도 내 기억에 엄마가 심각하게 아팠던 적은 단 한 번도 없었다. 가끔 콧물이 나거나 기침을 하기는 했지만 그런 증세에 조금도 개의치 않았다.

"날 좀 내버려 둬요."

나는 이불을 다시 머리 위로 끌어올렸다. 엄마는 방을 나갔다가 십 분 뒤에 다시 돌아와서 침대 가장자리에 걸터앉았다.

"나 이제 가야 해. 정말 일어나지 못할 것 같아?"

엄마는 손을 다시 내 머리에 얹었다. 맥박도 재어 보았다.

"정말이에요."

나는 웅얼거리며 대답했다.

"화장실은 다녀왔어?"

"그럼요."

"일어날 수는 있다는 소리네."

이건 너무 심했다. 나는 화를 벌컥 냈다.

"엄마, 난 열다섯 살이에요. 더 이상 꼬마가 아니라고요. 내가 아프다고 하면 아픈 거예요. 알았어요? 이제 날 좀 혼자 내버려 두라고요."

엄마는 입술을 깨물고 나를 바라보았다. 그러고는 조용히 일어나 방문 쪽으로 걸어갔다. 방문을 열고 나가려던 엄마가 뒤를 돌아보았다.

"학교에 가서 뭐라고 말할까?"

"아무 말도 하지 말아요! 내가 알아서 할 테니까!"

나는 소리를 지르고는 자리에서 벌떡 일어나 엄마를 문밖으로 밀어냈다. 그리고 문을 쾅 닫은 다음 아예 잠가 버렸다.

잠시 뒤, 현관문이 닫히는 소리가 들렸다.

목욕 가운을 걸치고 차를 한 잔 끓여서 컴퓨터 앞에 앉았다. '우리는 유명 인사' 게시판에 다시는 들어가 보지 않겠다고 밤새 결심했건만 아무런 소용이 없었다. 어느새 내 손가락은 자판 위를 달리고 있었다. 컴퓨터 부팅이 지나치게 느린 데다 화면 전환마저 오래 걸리자, 나는 공연히 컴퓨터에 대고 욕을 퍼부었다. 몸이 부르르 떨렸다.

이 카페에 누가 가입돼 있는지 알아내야겠어!

이대로 가만히 앉아서 당할 수만은 없었다. 나는 증거를 찾아야 했다. 무엇보다도 쓰레기 같은 글들을 지우고 싶었다. 하지만 지울 수가 없었다. 글을 읽을 수만 있고, 내가 직접 글을 쓰거나 게시된 글을 지울 수는 없었다. 나는 거의 미칠 지경이었다.

그제야 모든 상황이 이해되었다. 틸리, 그 애는 괴물이었다! 나에게 이 카페 주소를 괜히 가르쳐 준 게 아니었다. 나에 대한 온갖 쓰레기 같은 글들을 내가 직접 읽기를 바랐던 것이다. 나 스스로 바보같이 걸려들었다! 틸리가 끔찍하게 혐오스러웠다.

나는 찻잔을 든 채 울음을 터뜨렸다. 밤새 울고도 아직 흘릴 눈물이 남아 있다는 게 신기했다. 아마 백 년 동안 울어도 될 만큼 눈물이 넉넉한가 보았다. 이제 어떻게 해야 하지? 반 아이들을 볼 때마다 잔인한 말들이 생각날 텐데……. 그 아이들을 어떻게 다시 볼 수 있을까?

반 아이들은 지금 뭘 하고 있을지 궁금했다. 그때 불현듯 무언가 떠올랐다.

'세상에, 학교 행정실에 전화해야 하잖아!'

나는 전화기 앞으로 다가갔다. 다리가 덜덜 떨렸다.

"안녕하세요? 스베트라나예요."

하르트만 부인이 전화를 받았다. 그녀는 내가 처음 학교에 가던 날,

나를 교장 선생님에게 소개해 준 직원이었다. 갑자기 그때 교장 선생님이 했던 말이 떠올랐다.

"너희 반은 친해지기가 쉽지 않아. 하지만 친해지고 나면 세상에서 둘도 없는 친구들이 될 거야."

그때는 '세상에서 둘도 없는 친구'라는 말만 들렸다. 오히려 '너희 반은 친해지기가 쉽지 않아.'라는 말을 귀담아들었어야 했는데……. 교장 선생님은 조심하라는 경고를 그렇게 에둘러서 한 것이었다. 하지만 내가 어떻게 조심했어야 하지?

"아, 스베트라나! 안녕?"

수화기 너머로 하르트만 부인의 목소리가 들렸다. 부인은 성격이 싹싹하고 마음이 따뜻했다.

"발신 번호를 보니, 아직 학교가 아니구나. 어디서 전화하는 거야?"

"집이에요. 몸이 좋지 않아서요."

"저런, 어쩐지 목소리에 기운이 없더라니……. 병원에 가서 진찰은 받아 봤니?"

"아뇨, 아직요. 오늘 새벽부터 아팠어요."

"그렇구나. 그런데 스베트라나, 우리 학교에서는 결석을 하게 되면 사유서를 내야 해."

"예, 알아요. 내일 가져갈게요."

"그래, 알았다. 스베트라나, 많이 아프면……."

하르트만 부인이 걱정스러운 목소리로 덧붙였다.

"꼭 병원에 가렴. 몸이 보내는 신호를 무시하면 탈이 나. 그리고 사흘 이상 결석하게 되면 의사 소견서가 있어야 해. 그것도 알고 있지?"

"예, 병원에 갈게요. 하지만 내일이면 다 나을지도 몰라요."

나는 나지막하게 대답했다.

"그래, 푹 쉬어라."

하르트만 부인이 따뜻한 목소리로 말했다.

나는 고맙다는 말을 하고 수화기를 내려놓으려고 했다. 그런데 하르트만 부인이 큰 소리로 나를 다시 불렀다.

"아, 참! 스베트라나!"

"예?"

"행정실에 한번 들를 수 있니? '5월 축제' 초대장을 네 부모님께 부치려고 하는데, 네가 직접 가져가는 게 더 좋겠구나."

다음 날 아침, 나는 이를 악물고 자전거에 올라탔다. 다른 방법이 없었다. 엄마는 내가 꾀병을 부렸다는 걸 알고 있었다. 그래도 결석 사유서는 써 주었다.

5월 축제! 나는 그날이 다가온다는 사실이 하나도 반갑지 않았다. 5월 축제는 에를렌호프 김나지움이 설립된 1920년부터 해마다 열린 성대한 행사였다. 학교는 이 행사와 관련된 소문들로 몇 주 전부터 시끄러웠다. 무엇보다 학교 운영 위원회에서 이 행사를 굉장히 중요하게 생각하는 것 같았다.

그들은 학생들에게 축제 프로그램에 적극 참여하라는 지시를 내렸다. 축제 자체를 즐기는 것도 중요하지만, 학교의 위상을 높이고 국내외 예비 신입생들의 관심을 끌기 위해서 재학생들의 참여가 꼭 필요하다는 것이었다. 또한 부모님들은 축제를 통해서 자녀와 학교에 관한 정보를 얻었다. 학교에 다양한 방식으로 후원을 많이 한 졸업생들도 축제에 초대되었다.

이번 축제에는 '모차르트의 밤'이 있었다. 우리에게 음악을 가르치는 안톤 카이저 선생님은 바이올린과 첼로, 클라리넷, 쳄발로로 사중주를 구성하여 몇 가지 연주곡을 연습했다. 그 음악에 맞추어 현대 무용 공연이 펼쳐질 예정이라고 했다. 공연에 참가하는 사람들은 모차르트가 살았던 18세기에 유행하던 가발을 쓰고 옷도 그렇게 입을 거라는 소문이 돌았다. 몇 주 전부터 아이들은 작업실에서 의상과 무대 장치를 제작하느라 정신없이 바빴다. 무대는 일종의 프랑스식 쾌락의 정원으로 꾸며질 계획이었는데, 몇몇 아이들은 이를 두고 음탕한 농담을 하기도 했다.

음악 선생님이 한숨을 쉬며 몇 번이나 단언한 대로, 우리 반 아이들은 음악적 재능이라고는 눈곱만큼도 없었다. 고전 음악에 흥미를 보이는 학생조차 없었다. 나 역시 마찬가지였다. 텔레비전에서 음악회를 중계할 때마다 엄마는 나에게 함께 보자고 했지만 언제나 소귀에 경 읽기였다.

엄마가 '모차르트의 밤'이라는 음악회가 열린다는 걸 알면 분명히 5월 축제에 참석하려고 할 터였다. 아빠는 아내와 딸을 동반하고 에를렌호프 김나지움의 '성스러운 강당'에 발을 들여놓는 순간을 평생 자랑스러워하겠지.

하지만 나는 엄마 아빠가 학교 축제에 오는 게 하나도 기쁘지 않았다. 에를렌호프 김나지움에서 청소부로 일하는 엄마가 메르세데스 벤츠를 타는 사람들 사이에 끼여서 무슨 이야기를 나눌 수 있을까? 최고급 호텔에 머물며 골프나 치면서 보낸 휴가 이야기를 듣고 있을 엄마를 상상하면 도저히 견딜 수가 없었다. 얼마나 불편할지 누구보다 잘 알기 때문이었다.

게다가 아빠는 예전에 흑해 연안 도시 오데사에서 미들 헤비급 권투 선수로 뛸 때 세 번이나 코뼈가 부러졌다. 손이 야구 방망이처럼 생긴 데다 흥분하면 금방 땀을 뻘뻘 흘렸다. 나는 아빠를 진정으로 사랑하지만, 온통 명품으로만 치장한 사람들 틈에서 얼마나 주눅이 들지 짐작하고도 남았다.

나는 부모님을 창피해하고 싶지 않았다. 아이들이 나를 무시하듯이 우리 엄마 아빠를 경멸하는 것을 어떻게든 막고 싶었다. 차라리 나도 5월 축제에 가지 않는 편이 낫겠다는 생각이 들었다.

행정실에서 초대장을 받아 온 뒤 책장에 아무렇게나 밀어 넣어 버렸다. 엄마는 축제에 대해 아무것도 모르는 듯했다. 하지만 저녁에 이따금 엄마와 체스를 둘 때면 마음이 편치 않았다. 주의를 기울이지 않아 '퀸'이나 하나 남은 '비숍'을 잃을 때면 엄마의 시선이 따갑게 느껴졌다. 조심스럽게 내 속으로 파고들며 뭔가를 묻는 듯했다. 나는 빨개진 얼굴을 엄마에게 들킬까 봐 일부러 고개를 깊이 숙였다.

엄마는 말을 움직이기 전에 일부러 시간을 오래 끌었다. 엄마에게 할 말이 있으면 무엇이든 하라는 무언의 압력 같았다. 하지만 나는 고개를 들지 않았다. 엄마 손가락을 뚫어지게 바라보면서도 머릿속은 딴 생각으로 가득했다. 엄마가 수를 두 번만 더 쓰면 체크메이트를 할 만큼 내가 위험한 상황일 때도 전혀 눈치를 채지 못했다.

그러던 어느 날 저녁, 엄마는 더 이상 나랑 체스를 두고 싶어 하지 않았다. 시시한 상대와는 경기를 하고 싶지 않았던 것이다. 급기야 엄마가 체스판에서 말을 밀어 버렸다. 말들이 양탄자 위로 굴러떨어졌다. 엄마 얼굴에 서글픈 미소가 어렸다. 엄마는 몸을 숙여 손가락으로 내 뺨을 쓰다듬으며 물었다.

"무슨 일 있지?"

"없어요."

내 얼굴은 가면처럼 뻣뻣하게 굳었다. 머릿속에서 피가 빠져나가고, 코끝이 차가워지는 느낌이었다. 마음이 아주 불편할 때 나타나는 증상이었다.

“분명히 뭔가 있어.”

엄마의 목소리는 부드러웠지만 은근하게 고집스러움이 묻어났다.

“그렇게 잘 아시면서 왜 물어요?”

나도 고집스럽게 대꾸했다.

“너한테서 듣고 싶으니까.”

“뭘 말이에요?”

엄마는 아무 말도 하지 않았다. 나도 입을 다물었다. 그러고는 자리에서 일어나 바닥에 떨어진 말들을 주워 체스판에 다시 올려놓았다. 나도 모르게 ‘킹’과 ‘퀸’의 자리를 바꾸어 세웠다.

엄마가 먼저 입을 열었다.

“얼마 전에 네 방을 치웠어.”

나는 화가 난 얼굴로 엄마를 노려보았다.

“엄마가 왜 내 방을 치우세요?”

“나라도 치워야 하니까. 책에 먼지가 수북하게 쌓였는데, 그럼 보고만 있어야 해?”

나는 아무 말도 하지 않았다. 심장이 멈추는 것 같았다.

“책장에서 이게 떨어지더라.”

엄마는 재킷 주머니에서 5월 축제 초대장을 꺼내어 체스판 위에 올려놓았다. 나는 그냥 입을 다물고 있었다.

"축제가 사흘 뒤에 열리더구나. 그런데 넌 우리가 초대받았다는 말을 아직까지도 하지 않고 있어. 우리가 축제에 가는 게 싫은 거니?"

나는 몸을 뒤로 젖히고 시선을 바닥으로 떨어뜨렸다. 숨을 쉬기가 어려웠다. 누군가 맷돌을 내 가슴 위에 올려놓은 것만 같았다. 엄마를 마주 볼 용기가 나지 않았다.

"나도 안 가요."

쥐어짜듯 겨우 대답했다.

"축제에 가지 않는다고? 왜?"

나는 천천히 고개를 끄덕였다. 자꾸만 나오려는 눈물을 애써 눌렀다.

"가고 싶지 않아서요."

내가 나지막하게 대답하자, 엄마는 믿을 수 없다는 듯이 웃음을 터뜨렸다.

"축제에 가고 싶지 않아? 너, 우리 딸 스베트라나 맞니?"

나는 대답하지 않았다.

엄마가 자리에서 일어나 내게로 다가왔다. 나는 여전히 고개를 들 수가 없었다. 엄마는 내 턱을 손으로 받쳐 위로 올렸다. 그러자 엄마 얼굴이 마주 보였다. 엄마 눈이 바늘귀처럼 작아져 있었다. 손의 떨림이 고스란히 내게로 전해져 왔다.

"우리 때문에 창피하구나?"

엄마가 작은 목소리로 말했다. 나는 눈을 감고 고개를 저었다. 그러고는 벌떡 일어나 엄마를 밀어내며 소리쳤다.

"말도 안 돼요! 내가 왜 창피해한단 거예요? 정신 나간 소리예요!"

"그래, 나도 정신 나간 소리라고 생각해. 하지만 넌 우릴 창피해하고 있어."

엄마 목소리는 매우 낮았다. 나는 문 쪽으로 다가가서 힘없이 중얼거렸다.

"엄마, 죄송해요."

나는 내 방으로 도망쳤다. 머릿속에서 망치질 소리가 났다. 옷을 벗고는 씻지도 않고 이불 속으로 기어들었다. 바깥에서 나는 소리에 귀를 기울였다. 엄마가 부엌에서 달그락대는 소리, 텔레비전을 켰다가 끄는 소리, 찻주전자가 내는 휘파람 소리, 엄마가 욕실로 걸어가는 소리, 변기 물 내려가는 소리, 세면대에서 물 흐르는 소리가 들렸다.

잠시 후 복도에서 엄마 발소리가 들리더니 내 방 앞에서 멎었다. 나는 너무 긴장해서 숨도 쉴 수 없었다. 그러나 아무 일도 벌어지지 않았다. 엄마는 내 방으로 들어오지 않고 그냥 엄마 침실로 돌아갔다.

다음 날 아침, 내가 부엌에서 차를 마시고 있을 때도 엄마 침실 문은 굳게 닫혀 있었다. 잠에서 깬 것이 분명한데도 밖으로 나오지 않았다.

나는 공책 한 장을 뜯어서 이렇게 적었다.

엄마 아빠를 사랑해요. 좋아요, 함께 축제에 가요.

오후에 학교에서 돌아와 보니, 쪽지는 여전히 탁자 위에 놓여 있었다. 내가 쓴 글 아래 엄마의 글이 적혀 있었다.

네가 뭘 걱정하는지 알아. 우리도 널 사랑해. 바보 같은 우리 아기.

엄마는 저녁에 전화기를 침실로 가지고 들어가서 아빠와 통화를 했다. 러시아어로 낮고 빠르게 말해서 거의 알아들을 수가 없었다.

"아빠가 또 새 일거리를 받았다는구나."

엄마가 방에서 나오며 말했다.

"그 전에 하루만 집에 왔다가 금방 다시 가야 한대. 네 아빠가 없으면 나도 축제에 가기 싫어. 그러니 너 혼자 가서 재미있게 놀아."

"'모차르트의 밤'도 있는걸요."

나는 한참을 망설이다가 말했다. 엄마는 아무렇지도 않다는 듯 미소를 지었다.

"그래, 알고 있어."

"알고 계셨어요?"

"물론이지. 직원들끼리 학교에서 일어나는 일에 대해 이야기하지 않을 것 같니?"

나는 엄마를 바라보았다. 책장에서 초대장을 발견한 다음에 사람들에게 물어본 건지, 아니면 그 전에 이미 축제와 '모차르트의 밤'에 대해 알고 있었던 건지 궁금했다.

“엄마, 모차르트 좋아하잖아요.”

내 말에 엄마가 웃음을 터뜨렸다.

“그럼, 좋아하지. 하지만 제대로 된 오케스트라의 연주를 듣는 게 더 좋아.”

아빠는 집으로 돌아오는 길에 내 옷을 사 왔다. 수도 민스크에서 멀리 떨어진, 벨라루스의 외딴 시골 마을에서 샀다고 했다. 상상조차 하기 싫은, 아주 끔찍한 옷이었다. 흔히 보는 전통 의상처럼 소매 끝과 치맛단에 수가 놓인 미색 원피스로, 길이는 장딴지까지 내려왔다. 그 위에 덧입는 볼레로도 있었다. 인조견으로 만든 이런 원피스는 아마 삼십 년쯤 전에나 유행했을 법했다. 독일 옷가게에서는 한 번도 이런 옷을 본 적이 없었다. 안목이 있는 사람이라면 절대로 사 입지 않을 디자인이었다.

나는 아빠가 상인과 흥정을 하면서, 독일에서 아주 유명한 학교에 다니는 딸을 자랑하는 모습을 떠올렸다. 장을 보러 온 손님 중 나와 체격이 비슷한 여자아이에게 옷을 한번 입어 봐 달라고 부탁하는 모습도 눈앞에 그려졌다. 아빠가 나를 사랑한다는 사실은 추호도 의심할 여지가 없었다. 5월에 학교 축제가 있다는 소식을 듣고 어떻게 하면 딸을 기쁘게 해 줄지 엄청나게 고민했으리라는 것도 잘 알고 있었다.

엄마 아빠에 대한 양심의 가책이 없었다면, 나는 이런 옷은 단 일 초도 입을 수 없다고 반항했을 것이다. 하지만 이 일로 엄마 아빠의 마음을 또다시 아프게 할 수는 없었다. 그러니까 아빠가 사 온 옷을 입지 않을 수가 없었다.

나는 아빠에게 예쁜 옷을 사다 주어 고맙다고 예의 바르게 인사했다. 하지만 속으로는 작은 속임수를 생각해 두었다. 학교 가는 길에 있는 헛간에 다른 옷을 미리 보관해 두었다가 몰래 갈아입을 속셈이었다. 아빠는 곧 떠나야 했다. 아빠가 없으면 엄마도 축제에 오지 않겠다고 했으니까 딱히 문제 될 일은 없었다.

그런데 일이 그만 이상하게 돌아가서 아빠가 그날 집에 있게 되었다! 심지어 아빠는 나를 차로 학교까지 데려다주겠다고 고집을 부렸다. 아빠는 차에서 내리지 않고 멀찌감치 떨어진 곳에서 내가 친구들에게 둘러싸여 칭찬받는 모습을 지켜보기만 하겠다고 말했다.

내가 할 수 있는 일은 아무것도 없었다. 그냥 일이 굴러가는 대로 내버려 두는 수밖에. 엄마는 금빛 단화를 사 주고 엄마 핸드백도 빌려 주었다. 또 오후 내내 굵다란 헤어롤로 내 머리카락을 돌돌 말고는, 성탄절의 금발 천사처럼 보일 때까지 드라이어로 손질을 해 주었다.

모든 치장이 끝나고 복도에 있는 전신 거울 앞에 섰을 때 나는 깜짝 놀랐다. 나조차도 나를 알아볼 수가 없었다. 예쁘긴 했지만 유치하기 짝이 없는, 체코 어린이 영화의 주인공 같았다. 그런 영화는 우크라이나에서 자주 보았는데, 독일에서도 가끔 어린이 채널에서 방영되었다.

나는 다가오는 금요일이 끔찍하게 두려웠다. 불안감이 점점 내 목을 조여 오는 듯했다.

아빠와 내가 푸조를 타고 자동차들이 늘어선 줄에 끼어들었을 때, 다른 사람들이 금방 눈에 들어왔다. 우리가 있는 곳은 본관 건물로 올라가는 계단과 접견이 이루어지는 넓은 잔디밭 사이였다. '작은 심장'로만 교장 선생님이 손님들과 악수를 나누며 인사를 하고 있었다. 남자 손님들은 그 옆에 서 있던 교장 선생님 부인—이름은 잊어버렸다.—의 손에 일일이 입을 맞추었다. 마치 여왕처럼 보였다.

그다음에 눈에 띈 사람은 틸리였다. 틸리는 몸에 딱 붙는 흰색 바지 정장을 입었는데, 윗옷 단추를 어찌나 많이 풀어 놓았던지 새로 산 명품 라펠라 브래지어가 다 보일 정도였다. 그 옆에는 풍성하고 얇은 재질의 미니스커트를 입고 엄청나게 굽이 높은 샌들을 신은 마르시아가 모델처럼 걸으며 자세를 취하고 있었다. 발레 교습소의 거울 앞에 서서 오랫동안 연습한 걸음걸이처럼 보였다.

레나르트는 줄에 묶은 달마시안을 데리고 있는 어느 부인과 팔짱을 끼고 있었다. 모피 망토를 걸친 그 부인은 레나르트의 엄마인 듯했다. 달마시안이 새로 심은 자작나무에 오줌을 싸고 있지만 않았더라면 무척 우아하게 보였을 광경이었다.

유스티네 아빠는 요트 여행을 하다가 축제 장소로 곧장 온 것처럼 보였다. 사흘쯤 면도하지 않은 얼굴, 곱슬곱슬한 회색 머리카락에 올려 쓴 선글라스, 맨발에 걸친 슬리퍼, 무릎이 튀어나온 바지와 지저분한 티셔츠를 입은 그는 잡지에 실린 백만장자의 모습 그대로였다. 자기 외모에 전혀 신경을 쓰지 않는 백만장자들……. 그러나 굉장한 부자라는 이유만으로 사람들은 백만장자들의 그런 모습을 너그럽게 보아 넘긴다. 만약 그런 사람이 내 아빠였다면 내 삶이 어떻게 달라졌을지 잠깐 상상해 보았다.

평소에는 불량배처럼 입고 다니는 시몬이 이날은 양복에 넥타이를 매고 나타났다. 그런 모습은 처음 보았다. 아주 다른 사람처럼 보였다.

나델은 엄청나게 비싸 보이는 검은색 원피스를 입고는, 밝은 금발의 엄마 아빠 사이에 서 있었다. 나델 아빠는 휴대전화로 통화를 하고 있다가, 그 애가 톡톡 건드리자 미안하다는 듯이 미소를 지으며 돌아섰다. 나는 어쩌면 나델이 '자랑스러운 장미'이며, 지금 부모님과 벌이는 쇼는 가면무도회일지도 모른다는 생각을 잠깐 했다.

다른 아이들도 마찬가지였다. 모두 두 개의 얼굴을 갖고 있었다. 바깥으로 드러나는 얼굴과 그 뒤에 감추어진 어둡고 비밀스러운 얼굴들. 잔디밭에서 의기양양하게 돌아다니며 웃고 있는 반 아이들을 보고 있노라니 심장이 얼어붙는 것만 같았다.

이들 중에 누가 '강철 심장 왕자'일까? 흰 셔츠에 빨간 나비넥타이를 매고 뛰어다니는 레나르트인가? '섹스 피스톨'은 또 누굴까? 남자아이일까, 아니면 여자아이일까?

아빠와 나는 낡은 푸조를 탄 채 길게 늘어선 자동차들 사이에 있었다. 교문 앞에서 학생 안내자들이 자동차 문을 열고 새로 도착하는 손님들에게 허리를 깊게 숙이며 환영 인사를 했다. 우리 앞에는 근사한 메르세데스 벤츠가 서 있었다.

"메르세데스 벤츠 S680이군."

부러움이 가득 담긴 아빠 목소리가 왠지 모르게 낯설게 들렸다. 아빠는 자수성가한 사람들을 보면 늘 감탄해 마지않았다. 가스나 강철처럼 러시아의 중요한 산업들을 재빨리 차지한 갑부들에 대해 자주 이야기했다. 아빠는 다른 사람을 밀쳐 내야 살아남는 경쟁 사회에서는 적응하기 어려울 만큼 성품이 착했다. 고속도로에서 다른 차를 추월할 때마다 죄송하다며 손을 흔들기까지 했다. 나는 그런 아빠의 모습을 좋아했다. 하지만 아빠가 사 준 옷은 도저히 용납할 수 없었다.

"장갑차같이 생긴 아우디가 함부르크 번호판을 달고 있군."

아빠가 말했다.

"저런 차는 총리만 타는 줄 알았는데."

아우디 승용차에서 한 여자가 학생 안내자의 시중을 받으며 내리는 모습이 보였다. 곧장 펠리키타스 폰 베렌베르크가 떠올랐다. 시중을 들어 줄 하인이 항상 옆에 있어야 한다는 듯한 태도를 보였기 때문이다. 그 여자는 경마장에 가는 사람들처럼 차양이 넓고 극락조 비슷한 새의 깃털이 꽂힌 모자를 쓰고 있었다. 팔에는 금붙이들이 번쩍였다.

"저런, 포장이 심하네."

아빠가 고개를 저으며 말했다.

나는 아무 말도 하지 않았다. 이제 곧 내가 내릴 차례였다. 너무 불안해서 온몸에 진땀이 흘렀다. 땀 때문인지 옷에 주름이 잔뜩 잡혔다.

"하지만 오늘 축제의 공주님은 바로 너야. 그거 알지?"

아빠는 나에게 윙크를 하며 말했다. 그러고는 나와 작별 인사를 나누기 위해 차에서 내리려 했다.

"아빠, 됐어요. 내리지 마세요."

나는 재빠르게 속삭였다. 속으로 얼마나 놀랐는지……. 나는 손으로 입 맞추는 시늉을 하고는 얼른 차에서 내렸다. 그러고는 뒤에 차들이 늘어서서 기다리고 있으니 얼른 가라고 말했다. 아빠는 사람들이 나를 뚫어지게 보기 전에 그곳을 떠났다.

갑자기 주변의 말소리가 뚝 끊긴 것 같았다. 나는 미색 인조견 원피스를 입고, 래글런(어깨를 따로 달지 않고 깃에서 바로 소매로 이어지게 만든 재단법) 소매가 달린 무진장 혐오스러운 볼레로를 걸치고 있었다. 움직일 때마다 래글런 소매의 모양이 아주 우스꽝스러워졌다.

가능하면 빨리 어두운 구석으로 사라져 버리고 싶었다. 정말이지 투명 인간이 되고 싶었다. 하지만 슬프게도 나는 수많은 사람들 사이를 뚫고 지나가지 않으면 안 되었다. 죽 늘어서서 아주 친한 사이인 것처럼 반갑게 인사를 건네는 사람들, 온갖 손짓과 입맞춤을 주고받는 무리들 사이로……. 그 사람들 중에는 우리 반 아이들도 있었다.

사람들은 잔디밭에 서 있었고, 나는 아직 주차장에 있었다. 적어도 이백 명은 되어 보였다. 모두 고급 패션 잡지에 나오는 모델처럼 차려입었다. 자신들만의 게임 법칙을 공유하고 있는 사람들……. 그들 스스로도 그 사실을 알고 있었기에 자만심으로 가득 찬 표정을 짓고 있었다. 나는 이런 사람들의 시선을 피할 수 없었다.

나델이 부모님과 자기 사진을 찍어 주던 여자아이에게서 휴대전화를 빼앗더니 나를 향해 달려왔다.

"스베트라나! 거기 가만있어 봐. 널 찍어야겠어!"

나는 팔을 축 늘어뜨리고 그 자리에 서 있었다. 엄마가 예술적으로 돌돌 감아 준 머리카락이 힘없이 축 늘어지는 느낌이었다. 등에 땀방울이 맺혔다. 신발에 물이 차오르는 것처럼 발이 점점 커지는 듯했다. 빌어먹을, 납작한 신발이 진짜로 발을 조여 왔다. 얼른 화장실로 가고 싶었다.

나델이 고함을 질렀다.

"우아, 스베트라나! 너, 진짜 굉장하다!"

나델은 엄청난 광경을 보기라도 한 듯이 고개를 절레절레 흔들었다. 그러고는 히죽거리며 사진을 몇 장 더 찍었다.

그때 갑자기 땅에서 솟아나듯 라비가 나타났다. 라비는 팔을 활짝 벌리며 나에게 다가왔다. 내 끔찍한 옷차림이 전혀 안 보인다는 듯이. 라비는 환하게 웃고 있었다. 정말 말쑥해 보였다. 이 모습 그대로 오스카상 시상식에 참석하더라도 손색이 없을 듯했다.

“도대체 어디 있었던 거야? 너를 찾느라 내가 사람들을 얼마나 괴롭히고 다닌 줄 알아?”

라비가 나를 끌어안았다. 그러고는 내 귀에 입술을 바짝 대고 속삭였다.

“나델은 잊어버려. 무시하라고.”

“그래, 노력해 볼게.”

나도 속삭이며 대답했다.

“너, 무지 괜찮아 보이는데?”

라비가 중얼거렸다. 그러자 마음이 한결 든든해졌다.

이미 여러 번 말했지만, 라비는 무척 특별한 아이였다. 비열한 행동을 보면 참지 못했고, 언제나 약자 편에 서 있었다. 그 어떤 아이들보다도 착하고 어른스러웠다.

나델은 얼른 돌아섰다. 다른 사람들도 아무 일 없었다는 듯이 다시 이야기를 나누기 시작했다.

라비가 나를 끌어당기며 물었다.

“우리 아빠 만나고 싶지 않아?”

“당연히 만나고 싶지.”

나는 짐짓 발랄하게 대꾸했다. 사실은 몹시 지쳐 있었다. 하지만 라비가 나를 구해 준 게 고마워서 지친 내색을 할 수 없었다.

"언제 퇴원했어?"

내가 물었다. 양옆으로 늘어선 사람들 사이를 걸어가면서도 아무렇지 않은 척하면서. 최대한 얼굴에 미소를 머금은 채 느긋하게 수다를 떨 듯이 이야기했다.

"어제. 퇴원하겠다고 떼를 썼어. 정말이지 병원은 지옥이야. 거기에 비하면 여긴 천국이지."

나는 라비 말에 완전히 동의할 수 없었지만 아무 말도 하지 않았다.

라비 아빠는 사람들에게 둘러싸여 있었다. 그중에는 로만 교장 선생님—손님들에게 인사하는 시간은 그사이에 끝난 모양이었다.—과 클라우젠 선생님, 음악 선생님, 그리고 사서 선생님도 보였다.

라비 아빠는 피부가 하얀 유럽 사람들 틈에서 금방 눈에 띄었다. 검게 빛나는 머리카락이 거의 어깨까지 내려왔고, 인도 남성의 전통 의상인 쿠르타 파자마를 입고 있었다. 정말 매력적이었다. 사람들은 너나없이 라비 아빠에게 말을 걸었다.

그는 사람들의 말을 듣고 있기는 했지만, 눈으로는 사방을 더듬었다. 그러다 아들을 발견하자 두 팔을 번쩍 들어 올리며 "라비, 이리 와!" 하고 외쳤다. 라비가 내 손을 잡고 사람들 틈으로 들어갔다. 나는 라비가 아빠를 얼마나 자랑스러워하는지 한눈에 알 수 있었다.

라비가 미소를 지으며 말했다.

"아빠, 제 친구를 소개할게요. 스베트라나예요."

라비 아빠는 강렬한 눈길로 나를 바라보았다. 내 마음속을 들여다보는 듯한 기분이 들었다. 무척 기묘한 느낌이었다.

"네가 장학금을 받는다는 그 여학생이로구나. 라비한테 네가 무척 열심히 공부한다는 얘기를 들었단다."

라비 아빠 말에 나는 고개를 끄덕였다. 너무 당황하여 얼굴이 새빨개졌다. 무슨 말을 해야 좋을지 생각나지 않았다. 무엇보다도 주위 사람들이 모두 듣고 있어서 창피했다. 나는 겨우 한마디를 생각해 냈다.

"그냥 공부가 재미있어서요."

라비 아빠가 웃음을 터뜨리더니, 내 어깨에 팔을 얹고 교장 선생님을 바라보며 큰 소리로 말했다.

"이런 학생들이 많기를 바라시지요? 안 그런가요?"

교장 선생님은 몸을 굽히고 나에게 다정한 눈길을 보냈다.

갑자기 모든 것이 달라졌다. 라비와 라비 아빠가 나를 지켜 주고 있었다. 아무도 나를 괴롭히거나 귀찮게 굴지 못했다. 나는 아무것도 두렵지 않았다. 오히려 말할 수 없이 행복했다.

그때 마르시아가 라비 아빠의 눈길을 끌기 위해 갖은 애를 쓰는 모습이 눈에 들어왔다. 그 아이는 옷자락을 흩날리며 잔디밭을 뛰어가다가 샌들 굽이 꺾여 넘어질 뻔했다. 굉장히 우스꽝스런 상황이었다. 마르시아는 무안함을 떨쳐 버리려고 얼른 영화의 한 장면을 흉내 냈다. 줄리아 로버츠가 결혼식장에 들어가다가 옷에 걸려 휘청거리는 장면이었다.

마르시아의 쇼를 본 라비 아빠는 우습다는 표정으로 고개를 돌려 버렸다. 나는 그 모습을 아주 또렷이 보았다. 아마 전 세계에서 수백 명의 여자들이 그런 방법으로 할리우드 영화감독의 눈에 띄려고 했을 테지. 마르시아가 얼마나 창피했을지 생각하니 잠시나마 기분이 좋았다.

나중에 모차르트 음악회에서 라비와 라비 아빠는 맨 앞줄에 앉고 나는 제일 뒷줄에 앉아서 음악을 감상했다. 하지만 상관없었다. 우리 반 아이들이 나를 보며 속닥이고 킥킥거리는 것을 들었지만 그것 역시 신경 쓰이지 않았다. 라비 덕분에 가장 끔찍한 일은 무사히 넘겼으니까.

날이 어두워지자 '진짜' 축제가 시작되었다. 정원에 등불들이 하나둘씩 켜졌다. 마치 요정의 정원에 온 것처럼 황홀했다. 나는 유서 깊은 학교 건물과 정원이 얼마나 아름다운지 이때 처음 알았다. 정말 아름다웠다.

축제가 무르익어 가는 동안 자갈길 위에는 뷔페 음식이 차려졌다. 하얀 식탁보가 깔린 긴 탁자로 사람들이 몰려갔다. 고기 완자나 감자 샐러드, 파스타 샐러드, 네모난 치즈, 포도처럼 단순한 음식들도 있었지만, 연어 롤이나 왕새우 꼬치, 송아지 고기를 얇게 썰어 참치 소스를 얹은 비텔로 톤나토도 있었다. 이런 요리는 텔레비전에서만 보았다.

밤 10시에 댄스 파티가 시작될 예정이었다. 나는 음악이 연주되자마자 자리를 뜰 생각이었다. 어차피 아무도 나와 춤을 추고 싶어 하지 않을 테니까. 그러면서도 조명이 번쩍이는 무대가 잘 보이는 본관 뒤쪽의 어두운 정원을 배회하며 학교에 좀 더 머물렀다.

모두 잘 보였다. 아니카는 탑처럼 높이 말아 올린 헤어스타일 때문인지 느린 탱고만 추었다. 안 그랬다가는 머리카락이 모두 풀릴 테니까. 나델은 10학년 모리츠의 어깨에 팔을 얹고는 애절한 눈빛으로 하염없이 바라보았다. 눈빛이 어찌나 절절하던지 보고 있는 내가 다 민망할 지경이었다.

내가 있는 어둡고 외진 구석 자리에서는 라비가 보이지 않았다. 라비를 찾느라 연방 두리번거렸다는 걸 고백해야겠다. 어디 있는지 안다면 그 애 근처로 살금살금 다가갔을 텐데……. 아마 사람들이 마구 뒤엉켜 있는 혼잡한 곳에서 춤을 추어서 눈에 띄지 않는 모양이었다. 라비는 어떤 여자아이와 춤을 추고 있을까? 나는 라비가 어떤 여자아이를 좋아하는지 궁금했다.

한동안 라비를 찾다가 화장실에 갔다. 화장실에는 여학생 두 명이 있었다. 그중 한 여자아이가 속이 꽤 안 좋아 보였다. 술을 많이 마셔서 쓰러지기 직전이었다. 세면대 위로 몸을 굽히고는 흐느끼며 한숨을 쉬다가 결국 구토를 하고 말았다. 다른 여자아이가 그 아이에게 계속 말을 걸었다. 나는 그 두 아이와 이야기를 나눠 본 적은 없지만 둘 다 7학년이라는 것은 알고 있었다.

나는 화장실 칸막이 안으로 들어갔다. 술에 취한 여자아이는 거의 자포자기한 상태였다.

"속이 뒤집혀……. 나, 우리 엄마 때문에 스트레스가 너무 심해. 아이고, 오줌 마려워. 얼른 꺼져, 응? 날 좀 내버려 두라고!"

같이 있던 여자아이는 밖으로 나가고, 바로 옆 칸막이의 문이 열리는 소리가 들렸다.

나는 화장실 칸막이에서 나와 거울 앞으로 갔다. 여자아이가 들어간 칸막이의 문은 활짝 열려 있었다. 금방 숨이 넘어갈 것 같은 얼굴로 변기에 걸터앉아 있는 여자아이의 모습이 거울에 비쳤다. 팬티가 복사뼈까지 내려와 있고, 허벅지가 그대로 드러나 보였다. 그리고 하얀 신발에 갈색 오물이 잔뜩 묻어 있었다.

내 도움이 필요한지, 혹시 병원(김나지움 안에 병원이 있었다.)에 가는 게 어떨지 막 물어보려는데 나델이 나타났다. 나델은 나와 그 아이를 번갈아 보았다. 그러더니 변기에 쪼그리고 앉아 토하며 오줌을 싸고 있는 그 불쌍한 아이를 휴대전화 카메라로 찍기 시작했다. 나는 너무 화가 나서 나델의 손에서 휴대전화를 빼앗으려 했다. 나델은 얼른 한 발짝 뒤로 물러났다.

"어쩜 저런 걸 찍을 수 있니? 너무 잔인한 짓이야!"

내가 소리를 질렀다.

"왜? 난 재미있는 건 뭐든지 찍어."

나델은 이렇게 말하고는 곧장 내 모습을 한 장 더 찍었다.

나는 그저 고개를 저을 수밖에 없었다.

"그거 알아? 난 너희를 도저히 이해할 수 없어. 너희는 아주 이상해."

나델은 비둘기처럼 구구 소리를 내며 웃었다.

"그러는 너는? 너는 이상하지 않아?"

"물론이지. 나는 조금도 이상하지 않아."

내 말에 나델은 더 크게 웃었다. 분명히 술을 많이 마셨거나 이상한 약을 먹은 것 같았다.

"그렇게 생각한다면 거울을 좀 봐!"

나델은 이렇게 소리치고는 화장실을 나갔다.

나는 술에 취한 여자아이를 부축하여 세면대로 데려갔다. 얼굴을 씻기고 신발도 깨끗하게 닦아 주었다. 아이는 그제야 정신이 좀 드는지 고맙다고 인사하며 손을 내밀었다.

"나는 안나야."

그 아이가 숨을 몰아쉬며 말했다. 우리 엄마 이름과 같아서 지금도 그 애 이름을 기억한다.

"나는 스베트라나야."

"이름이 참 예쁘네."

안나는 다시 속이 메슥거리는지 구역질을 하다가, 쓸개즙 같은 초록색 물을 홍수처럼 내 옷에 토해 냈다. 그러고는 자기도 매우 놀랐는지 바닥에 주저앉아 몸을 작게 웅크렸다. 안나는 어린아이처럼 훌쩍였다.

"미안해……, 정말 미안해……. 그런데 속이 너무 안 좋아."

참 이상하게도 안나에게 전혀 화가 나지 않았다. 내 옷을 더럽혔는데도 그저 담담하기만 했다. 다시 입지 못하게 되었으니 차라리 잘된 일이었다. 축제가 한창인 곳으로 돌아가지 못하게 된 것도 상관없었다. 어차피 나를 찾는 사람은 아무도 없었으니까.

축제가 끝난 다음 날은 토요일이었다. 하늘이 잔뜩 흐려서 낮인데도 어두컴컴했다. 한참 동안이나 비가 내렸다. 빗줄기가 가늘었다. 복사뼈까지 습기가 스멀스멀 기어 올라왔다. 구름이 워낙 낮게 드리워져, 마을 끝 잔디밭에 있는 풍차조차 보이지 않았다. 정말 기분이 우울해지는 날씨였다. 일요일에 날씨가 좋아진다는 소식도 없었다.

엄마는 이번 토요일에 일을 해야 했고, 아빠는 화물 트럭을 타고 먼 길을 달려야 했다. 혼자 집에 있자니 정말 심심했다. 오로지 그 이유로 컴퓨터 앞에 다시 앉았다. 그리고 비공개 카페에 들어갔다. 그건 내 실수였다.

아이들은 새로운 게임을 하는 중이었다. '미인 대회'라는 게임이었다. '미인 대회' 게시판을 클릭하자 갖가지 사진들이 펼쳐졌다. 틸리와 마르시아의 사진뿐 아니라 펠리키타스의 사진도 있었다. 얼굴에 주근깨가 가득한 빨강머리 유스티네, 샛노란 머리카락의 9학년 쌍둥이 자매 밥스와 클레오, 그리고 가슴이 굉장히 큰 바네사와 10학년 프란치도 후보에 올라 있었다. 이름도 모르는 수많은 여학생들이 학년과 상관없이 미인 대회에 등장했다. 정말 멋진 사진들도 있었고, 약간 초점이 맞지 않은 사진들도 있었다.

나는 사진을 둘러보다가, 왠지 낯익어 보이는 여자아이의 사진을 발견했다. 그건 바로 나였다. 여러 번 보고 나서야 나라는 걸 알아차렸다. 아이들이 내 사진을 조작했다. 내 몸은 옷장처럼 넓적했고, 눈두덩은 퉁퉁 부어 눈이 보일 듯 말 듯했다. 나는 사진을 조작할 줄 모른다. 아니, 그것보다 아이들이 왜 이런 허섭스레기를 만드는 데 시간을 낭비하는지 그 이유를 정말로 모르겠다. 토할 것만 같아서 침대로 가서 누웠다. 몸이 뜨거워지면서 오한이 났다. 이가 덜덜 떨렸다.

나는 밤에 일어나 또다시 컴퓨터 앞에 앉았다. 이건 마치 중독과도 같았다. 이런 행동이 결국엔 나를 망칠 거라고 생각하면서도 거기서 도망칠 수 없었다. 궁금해서 도저히 참을 수가 없었다.

게시판 공지 사항에는, 사진을 본 사람들은 모두 투표를 하라고 쓰여 있었다. 학교에서 제일 아름다운 학생과 제일 못생긴 학생을 뽑는 투표였다. 나는 어떻게든 내 사진을 지우고 싶었다. 아니면 적어도 댓글을 달아 내 사진이 조작되었다고, 누가 그랬는지 몰라도 혐오스러운 짓이라고 말하고 싶었다. 하지만 두 번째 암호를 몰라서 계속 로그인이 되지 않았다. 나 같은 '손님'은 원할 경우에 투표만 할 수 있었다.

기운을 잃고 침대로 기어 들어간 나는 온몸을 덜덜 떨며 날이 밝기를 기다렸다. 그때 뭘 기다렸는지는 모르겠다. 이제야 이런 질문을 해 본다. 사람들은 왜 불행의 길이란 걸 뻔히 알면서도 계속 나아갈까? 누구라도 이 질문에 대답을 해 주었으면 좋겠다.

오전에 이미—10시 조금 전이었다.—미인 대회 투표의 첫 결과가 나왔다. 내 심장은 방망이질하듯 뛰고, 귀에서는 윙윙거리는 소리가 났다. 투표 결과를 열어 보았다.

여러분, 미인 대회 결승전은 정말로 치열합니다. 최종 결과가 나오는 대로 곧장 발표하겠습니다.

참, 다른 결과 하나는 이미 나왔답니다. 우린 에를렌호프 김나지움에서 가장 못생긴 여학생이 누구인지도 투표했거든요.

압도적인 표를 얻어 승리한 사람은 바로 **스베트라나 아이트마토바**.

스베트라나, 진심으로 축하해요!

나는 빨간색으로 된 '더 보기' 아이콘을 클릭했다. 내 사진이 또 나타났다. 화면이 가득 찰 정도로 얼굴이 확대되더니, 갈색 오물처럼 보이는 것이 그 위에서 터졌다. 나는 흐르는 눈물을 주체할 수가 없었다. 아무것도 할 수 없어서 집 안을 한참 동안 이리저리 돌아다녔다. 술을 마신 것처럼 온몸이 마비되는 느낌이었다. 끔찍했다. 너무 끔찍했다. 다시는, 학교에 갈 수 없을 것 같았다. 단 한 시간도…….

나는 침대에 누워 곰곰이 생각에 잠겼다. 사실 고민하는 것조차 우스운 일이었다. 나는 에를렌호프 김나지움에 다니는 수백 명의 여학생들보다 특별히 더 예쁘지도, 더 못생기지도 않았다. '미인 대회'는 그저 아이들이 나를 괴롭히려는 수작이었고, 나는 놀려먹기 좋은 희생양에 불과했다. 이 상황에서 빠져나갈 출구를 찾아야 했다. 그렇지 않으면 정말로 끝장이었다.

다음 날 아침 알람이 울리자, 나는 아무런 생각 없이 침대에서 빠져나왔다. 미리 프로그래밍이 되어 있는 로봇처럼 모든 움직임이 기계적이었다. 옷을 입고, 머리를 빗고, 이를 닦고, 부엌에서 캐모마일 차를 끓여 마셨다. 그러고는 지하실에서 자전거를 꺼내 학교로 향했다.

차가운 바람이 온몸을 후려쳤다. 그제야 뭔가 다시 느껴지기 시작했다. 눈물에 젖어 달라붙은 눈썹이, 바짝 마른 내 입술이……. 또 핸들을 움켜쥐고 있는 양손과 허벅지 근육, 그리고 발바닥 아래 페달의 감촉도 느껴졌다. 시간이 흐를수록 기분이 점점 나아졌다.

'그래, 더 이상 희생양이 되지 말자. 하고 싶은 말을 꿀꺽 삼키지 말고 당당히 내뱉자. 이젠 당하고만 있지 않겠어. 너희가 바라는 대로 되지는 않을 거야.'

나는 이를 악문 채 에를렌호프 김나지움을 향해 힘차게 페달을 밟았다. 물론 생각을 행동으로 옮기기란 쉽지 않았다. 하지만 예상치 않았던 도움이 찾아왔다.

반 아이들은 미인 대회에 대해 모두 알고 있었다. 금방 느낄 수 있었다. 내가 복도에 있을 때는 무척 시끄럽다가, 교실에 들어서자 소음이 웅얼거림으로 잦아들더니 이내 완전히 멎었다. 나는 아무것도 모른다는 듯이 고개를 꼿꼿이 세우고 앞을 보며 걸었다. 바닥을 보며 겁먹은 생쥐처럼 굴지 않겠다고 이미 결심했기 때문이다. 내 자리로 가서 앉은 다음 책가방을 책상 위에 내려놓았다.

고개를 들자 칠판에 쓰여 있는 글이 눈에 들어왔다.

스베트라나, 일등 한 거 진심으로 축하해!

나는 눈도 깜짝하지 않고 칠판을 쏘아보았다. 항상 냉정한 표정을 유지할 것! 그것도 이미 결심해 두었다. 하지만 머릿속으로는 수많은 생각이 오갔다.

'앞으로 나가서 저걸 지워 버릴까? 아이들에게 혼란을 주기 위해 깔깔 웃을까? 아니면 바보처럼 농담을 할까? 예전부터 학교에서 가장 못생긴 여학생으로 뽑히기를 바랐다고 말할까?'

내 생각은 걷잡을 수 없이 소용돌이쳤다. 칠판의 글자가 흐릿해질 즈음, 교실 문이 열리며 수학 선생님이 들어왔다. 선생님은 한 무더기의 공책을 교탁 위에 내려놓았다. 공책 무게 때문에 쿵 소리가 났다.

그날은 우리가 그 전에 제출했던 수학 숙제를 돌려받는 날이었다. 엄청나게 어려운 숙제였다. 지난 시험을 워낙 엉망으로 보았기 때문에 선생님이 우리에게 내린 일종의 벌이었다.

선생님은 반 아이들 앞에 버티고 섰다.

"좋은 아침이다. 다들 신나게 축제를 즐겼을 테니 새로운 일주일을 활기차게 시작하기 바란다. 앞으로 며칠 동안 너희가 배울 교과 진도를 미리 짜 두었다. 수준 높은 내용을 아주 많이 가르칠 예정이다."

선생님의 말이 떨어지자마자 아이들이 웅얼거렸다. 축제 이야기를 하는지, 아니면 공부할 게 많아진다는 선생님의 선전 포고에 대한 이야기인지 확실하지 않았다.

욘존 선생님은 아이들에게 휘말리지 않고 말을 이어 나갔다.

"소중하디 소중한 수학 시간을 낭비하면 안 되지. 자, 바로 본론으로 들어가자. 아니카, 앞으로 나오렴."

선생님은 늘 하던 대로 앞쪽 창문가로 가서 몸을 기대고 섰다.

아니카가 자리에서 일어나더니 얼굴이 새빨개진 채로 쭈뼛거렸다. 도움을 청하는 눈빛으로 아이들을 둘러보았다. 아이들은 얼른 고개를 숙였다. 욘존 선생님은 그제야 칠판을 보고는 이맛살을 찌푸리며 아이들에게 물었다.

"저게 뭐지?"

아니카는 얼른 앞으로 나가 칠판지우개를 집어 들었다. 하지만 주말 동안 칠판지우개가 딱딱하게 굳어서 글씨가 잘 지워지지 않았다.

선생님은 나를 바라보며 미소를 지었다.

"스베트라나가 일등을 했다고? 정말 기쁘다. 그래, 무슨 이야기인지 한번 들어 보자꾸나. 그 정도 시간은 있으니까."

나는 자리에서 일어섰다. 침을 꿀꺽 삼켰다. 목에 뭔가가 걸린 듯 한 마디도 할 수 없었다.

그날은 일부러 아울렛 매장에서 산 다홍빛 스웨터와 청바지를 입고 있었다. 머리카락은 한 올도 흘러내리지 않게 모아서 하나로 묶었다. 선생님이 다시 물었다.

"스베트라나, 무엇으로 일등을 했지?"

나는 숨을 깊게 들이마신 뒤 헛기침을 하여 목소리를 가다듬었다.

"제가 학교에서 제일 못생긴 여학생으로 뽑혔어요."

나는 자리에 앉았다. 다리가 고무처럼 힘없이 꺾였다. 손이 자꾸 떨려서 무릎 사이로 감추었다. 그래도 애써 침착한 척했다. 허리를 꼿꼿이 펴고 앉아서 눈도 깜박이지 않고 선생님을 똑바로 바라보았다.

욘존 선생님은 창턱에서 몸을 떼더니 아주 느릿느릿 칠판 앞으로 걸어갔다. 그리고 머리를 까닥하여 아니카를 제자리로 돌려보냈다. 아니카는 칠판지우개를 선생님에게 넘겨주었다. 선생님은 아무 말 없이 바지 주머니에서 커다란 손수건을 꺼내 칠판에 적힌 글씨를 천천히 지우기 시작했다. 칠판 글씨가 말끔히 지워지자 아이들을 차례로 돌아보았다. 그리고 분필 가루가 묻은 손가락을 털면서 말했다.

"이 학교에서는 이성과 도덕은 물론 다른 사람들의 존엄성이 늘 존중된다고 믿었다. 에를렌호프 김나지움 학생들은 잘못된 길로 들어서다가도 스스로 잘못을 깨닫고 되돌아 나올 수 있을 정도의 판단력은 가지고 있을 줄 알았는데……. 내가 착각을 했구나. 정말 유감스럽다."

한동안 교실은 침묵에 잠겼다. 아마도 이때만큼 온몸으로 침묵을 느꼈던 적이 없었던 것 같다. 피부가 따끔거리고 간지러웠다. 전류 속에 갇혀 버린 느낌이었다.

욘존 선생님은 오랫동안 침묵을 지키고 있었다. 공기가 너무 무거워 견디지 못할 정도였다. 그러다가 드디어 입을 열었다.

"마르시아, 앞으로 나와라. 아, 그리고……."

선생님은 말을 멈추고 아이들을 둘러보았다. 내 앞에는 시몬이 앉아 있었다. 선생님의 시선을 느꼈는지 시몬의 커다란 귀가 새빨개졌다.

"이걸 잠깐 설명해야겠군."

선생님이 교탁 위의 공책들을 가리켰다.

"이번 평균 성적은 지난번보다 더 나쁘다. 더 노력하지 않으면 너희 대다수가 9학년으로 진급하지 못할 거야."

갑자기 교실 안이 소란스러워졌다. 누가 봐도 선생님의 경고는 칠판에 쓰인 글에 대한 '보복'으로 느낄 수밖에 없었다. 그걸로 끝이 아니었다. 선생님은 마르시아가 앞으로 나오는 사이에 공책 뭉치를 뒤져 연노랑 공책을 꺼냈다. 바로 내 공책이었다.

마르시아가 옆에 와서 서자, 선생님은 고개를 끄덕이며 말했다.

"이 공책들을 나눠 줘라."

선생님은 내 공책만 빼고 나머지 공책들을 모두 마르시아에게 건네주었다. 그러고는 나에게 다가와, 책상 위에 공책을 내려놓았다.

"스베트라나, 진심으로 축하한다. 너희 반에서 최고 점수야."

선생님은 힘을 주어 말했다. 그 순간 우리 반 아이들은 나를 죽이고 싶었을 것이다. 하지만 그러거나 말거나 상관없었다. 예전과는 달리 선생님의 칭찬에 그저 기분이 좋았다.

나는 그때까지만 해도 무슨 일이든 생기길 바랐다. 칠판에 쓰인 글이 무슨 뜻인지 솔직하게 밝힌 것도 그런 이유에서였다. "이봐, 8학년 여자아이 중 한 명이 억울하게 따돌림을 받는대. 최악의 왕따를 당한다는 거야." 하는 소문이 나돌면, 선생님들이 교무실에 모여 앉아 나를 어떻게 도울지 논의를 하리라고 생각했다. 선생님들은 '미인 대회'를 연 아이들을 찾아내어 나에게 사과를 하도록 하겠지? 그러면 나는 아이들을 용서하고, 다 잊어버리자고 말할 생각이었다. 진심으로…….

나는 이 고통에서 하루빨리 벗어나고 싶었다. 다시 평화로워지고 싶었다. 밤마다 다음 날이 오는 것을 걱정하지 않고, 두려움 없이 컴퓨터를 켜거나 휴대전화를 보게 되기를 간절히 바랐다.

하지만 내 바람은 이루어지지 않았다.

욘존 선생님이 교실을 나가자 몇몇 아이들도 바깥으로 나갔다. 화가 난 아니카가 곧바로 나에게 다가왔다. 얼굴이 잔뜩 일그러져 있었다.

"자, 말해 봐! 도대체 무슨 생각으로 그런 거지?"

"뭘?"

"선생님께 그대로 일러바친 거 말이야! 한 번만 말할 테니까 잘 기억해 둬. 교실에서 일어나는 일은 선생님과 전혀 관계가 없다고! 알아들었어?"

"아니."

펠리키타스가 아니카 옆에 와서 섰다.

"이것도 알아 둬. 나는 네가 학교에서 제일 예쁘든 제일 못생겼든 전혀 관심 없어. 어차피 넌 내 친구가 될 수 없으니까."

"고맙군. 나도 네 친구가 되고 싶은 마음 따윈 전혀 없어."

펠리키타스는 내 대답에 끄떡도 하지 않고 말을 이었다.

"그런데 우리가 그냥 두고 볼 수 없는 건, 이제부터 욘존 선생 때문에 엄청나게 스트레스를 받게 될 거라는 사실이야. 시험 문제도 더 어려워질 테고, 평가도 더 엄하게 할 테니까. 난 수학 점수를 잘 받아야 한다고!"

"그게 내 책임은 아니잖아?"

나는 빳빳하게 대꾸했다. 내 얼굴이 벌겋게 달아올랐다. 마치 법정에 서 있는 듯한 느낌이 들었다. 지금 막 사형 선고를 받은 범죄자 같은……. 모든 것이 비현실적으로 느껴졌다.

아니카는 아예 내 책상 위에 걸터앉았다. 그러고는 매우 나지막한 목소리로 말을 꺼냈다.

"네가 오기 전까지 우리는 그럭저럭 잘 지냈어. 선생님들을 상당히 잘 다루었거든. 꼭 필요한 것만 했지. 선생님들도 우리가 천재가 아니라는 걸 인정했어. 그런데 이제 달라졌단 말이야. 어려운 숙제를 내고 점수도 짜게 줘. 왜 그렇게 되었을까?"

아니카는 잠깐 뜸을 들이더니 이내 쇳소리를 질렀다.

"이게 다 러시아에서 온 계집애 때문이야!"

어느새 틸리와 시몬도 옆에 와 서 있었다. 시몬이 끼어들었다.

"나랑 친구들이 숨겨 두었던 술이 사라졌어. 몽땅 없어졌다고. 술값이 어마어마하게 많이 들었단 말이야. 이건 분명 새로 온 청소부와 관계가 있다고 생각해."

"양배추 냄새는 또 어떻고?"

틸리가 이죽거렸다.

"학교 곳곳에 그 냄새가 풍겨."

시몬이 히죽 웃었다. 펠리키타스와 아니카도 히죽댔다.

나는 아무 말 없이 책가방을 쌌다.

그날 나머지 시간을 어떻게 견뎠는지는 잘 기억나지 않는다. 오래 쉴 때는 화장실에 숨어서 문을 잠갔다. 다른 방법이 없었다. 아이들이 나를 볼까 봐 운동장에 나가지도 못했다. 식당에도 들어갈 수 없었다.

학생들이 모두 미인 대회가 열린 게시판에 들어갔을 테니까. 내가 얼마나 못생겼는지, 헤어스타일이 얼마나 이상한지, 스웨터가 얼마나 싸구려인지, 신발이 얼마나 촌스러운지, 얼마나 멍청하게 웃는지, 얼마나 바보 같은지 '실물'로 보기 위해 삼백 쌍의 눈이 나를 쫓는 모습이 자꾸만 떠올랐다.

아무도 나와 한 탁자에 앉아서 밥을 먹고 싶지 않겠지. 나는 문둥이나 다름없었으니까. 갑자기 라비의 얼굴이 떠올랐다. 더 이상 라비에게 나하고 같은 탁자에 앉아 밥을 먹자고 말할 자신이 없었다.

어쩌면 라비 친구들도 투표를 한 게 아닐까? 내가 늘 편하다고 느꼈던 아이들, 나와 함께 웃고 떠들었던 아이들, 내가 수프를 접시에 담아주고, 샐러드 바에서 샐러드를 가져다주었던 아이들……. 그 아이들도 내가 일어서면 모두 내 엉덩이를 뚫어지게 노려봤던 건 아닐까?

라비와 마주치고 싶지 않았다. 마주칠까 봐 너무나 두려웠다. 나에게 어떤 반응을 보일까? 나를 보면 여전히 미소를 지을까? 예전처럼 자리에서 얼른 일어나, 자기 탁자로 오라고 손짓을 할까? 인터넷 카페에서 나에 대한 글을 읽고 나니, 도저히 그럴 것 같지 않았다.

문득 이 학교에서 내가 믿을 수 있는 사람은 단 한 명도 없다는 생각이 들었다. 그러자 너무나 견디기가 힘들었다. 혹시 좋은 옷을 입으면 괜찮아지지 않을까? 이 생각이 정확하게 언제 들었는지는 기억나지 않는다. 아마 아빠가 선물한 끔찍한 옷 때문에 고민이 많았던 5월 축제 전후였을 것이다. 일말의 자존심으로 그 축제를 무사히 넘기기는 했지만, 솔직히 마르시아와 나델이 입은 옷이 얼마나 부러웠는지 모른다.

이런 부러움은 나의 이성을 완전히 갉아 먹고 판단력을 흐려 놓았다. 오로지 비싸고 멋진 옷을 입어야만 사람 취급을 받는다는 생각이 머릿속에 가득 찼다. 나도 이제 다른 아이들과 같아지고 싶었다. 옷부터 마련해야 했다. 화장실에서, 그리고 쉬는 시간마다 여자아이들의 입에 오르내리는 명품 브랜드의 옷들 말이다.

새로운 포르노 스타

정확히 6월 6일로 기억한다. 나는 그날 처음으로 매장에서 물건을 슬쩍했다. 말을 탄 폴로 선수가 수놓인 랄프 로렌 셔츠와 악어가 그려진 라코스테 셔츠, 그 셔츠들과 어울리는 퀼팅 조끼, 프라다 선글라스, 베르사체 청바지를 갖고 싶었다. 멋을 내느라 여기저기 찢어 구멍을 내도 될 만큼 청바지가 아주 많았으면 했다. 별이 그려진 골든구스 운동화, 그리고 비 오는 날에 최고라는 버버리 레인코트도 갖고 싶었다.

쇼핑 장소는 플렌스부르크로 정했다. 그곳은 슐레스비히홀슈타인 주에서 발트해와 맞닿은 여러 도시들 가운데 가장 북쪽에 있었다. 플렌스부르크는 오래된 상업 도시로, 유명한 상점들이 모두 모여 있는 큰길이 있었다. 그 큰길은 정기적으로 장이 서는 넓은 광장과 닿아 있었다.

플렌스부르크 거리는 평소에도 몹시 붐볐다. 물건을 훔친 뒤 상점을 빠져나와 군중 속으로 숨기에는 더없이 안성맞춤이었다. 또 다양한 상점들을 금방 돌아볼 수 있다는 점도 끌렸다. 결코 한가한 쇼핑이 아니었으니까. 극도의 치밀함과 냉철함이 필요한 '작업'이었다. 나는 하나부터 열까지 철저하게 준비를 했다. 게다가 플렌스부르크에는 나를 아는 사람이 한 명도 없었다.

그날 수업이 끝나자마자 역으로 가서 자전거를 세우고 차표를 끊었다. 내가 탄 기차는 잠시 뒤에 떠났다. 엄마에게는 미리 늦게 돌아올 거라고 얘기해 두었다. 방과 후 새로 꾸려진 생명과학 공부 모임에 갔다가 학교 도서관에도 들러야 한다고 둘러대었다.

나는 아주 침착했다. 범죄를 저지르기로 결심했지만, 죄책감 같은 건 거의 없었다. 선택의 여지가 없었다. 제대로 된 옷을 갖추지 못하면 우리 반 아이들에게 결코 인정받을 수 없을 테니까.

일단 매장에 들어가고 나면 조심스럽고 빠르게 움직여야 했다. 물건을 훔치다가 잡히면 모든 게 헛수고가 될 테니까. 아마도 반 아이들에게 온갖 치욕스러운 말을 들으며 학교에서 쫓겨나겠지. 참회하는 마음으로 예전에 다녔던 실업 학교로 돌아갈지도 모른다. 그곳에서 유죄가 확인된 도둑을 받아 준다면…….

도둑질은 정말로 끔찍했다. 설령 내가 원수처럼 여기는 사람일지라도, 물건을 훔쳐서 생계를 꾸려 갈 만큼 추락하지는 않기를 바란다.

물건을 사기 위해 상점에 들어서는 것과 훔치기 위해 들어서는 것은 사뭇 다르다. 물건을 훔친다고 생각하면 갑자기 얼굴이 찡그려질 뿐 아니라, 마음에 드는 옷이 있어도 속내를 드러낼 수 없다. 그러다가 판매원이 말을 걸면 얼굴이 빨개지거나 당황해서 우물쭈물하게 된다. 어떤 표정을 지어도 어색하게 느껴지면서, 음흉한 속마음을 다른 사람들에게 들키지나 않을지 내내 불안하다.

옷을 훔치기로 마음먹은 첫날, 나는 탈의실에 들어가 옷을 세 가지나 겹쳐 입느라 한참을 끙끙거렸다. 그러다가 모든 옷에 도난 방지 택이 붙어 있는 걸 알아차렸다. 이걸 입고는 절대로 정문을 통과할 수 없었다. 어쩔 수 없이 모두 벗고 옷에 도난 방지 택을 붙이지 않은 상점으로 향했다.

그날 오후, 나는 가까스로 캘빈 클라인의 흰색 티셔츠와 반짝이 허리띠를 슬쩍했다. 온몸이 땀으로 목욕을 한 것 같았다. 기차를 타고 돌아오면서 속이 매스꺼워 화장실로 달려갔다. 낯선 여자가 거울 속에서 나를 보고 있었다. 더럽고 뻔뻔스런 얼굴이었다. 도무지 마음에 들지가 않았다. 나는 거울에다 침을 뱉고는 소매로 다시 닦았다.

훔친 물건을 집으로 가지고 갈 수는 없었다. 어디에 두어야 할지 고민이 되었다. 엄마는 내 용돈이 얼마인지, 정확하게 말하면 얼마나 적은지 잘 알고 있어서 금방 들통이 날 게 뻔했다. 고민 끝에 학교 가는 길에 있는 헛간을 떠올렸다.

훔친 물건을 헛간에 가져다 두고 나서야 기분이 좀 나아졌다. 옷에 냄새가 배지 않도록 비닐봉지에 담아서 귀리 통에 보관했다. 앞으로 이곳에서 옷을 갈아입고 학교에 가면 될 듯했다. 그러기 위해서는 적어도 십 분은 일찍 집을 나서야 했다.

새 티셔츠는 마음에 쏙 들었다. 어쨌든 내 눈에는 아주 멋있어 보였다. 반짝이 허리띠는 버뮤다 바지(무릎이 보일 정도로 길이가 짧고 품이 좁은 바지)와 잘 어울렸다. 헛간에 거울이 하나 있으면 훨씬 좋을 텐데……. 새 옷을 입고 학교로 걸어가면서, 헛간에 둘 거울을 어디서 훔칠지 곰곰이 생각했다. 그 무렵 나는 그 정도까지 추락해 있었다.

교실에 들어갔을 때, 나에게 말을 건네는 아이는 한 명도 없었다. 하지만 나는 여자아이들이 내 새 옷을 보고 있다는 것을 알아차렸다. 놀라워하는 아이들의 시선이 계속 느껴졌다. 부러움이라고 불러도 좋을 만한 시선이었다. 캘빈 클라인 티셔츠는 펠리키타스의 시시한 블라우스나 에르메스 스카프보다 훨씬 더 세련되었다.

그날 나는 용기를 내어 운동장에 나갔다.

캘빈 클라인 티셔츠, 고마워. 반짝이 허리띠, 고마워…….

가장 훔치기 어려운 품목은 청바지였다. 바지 두 벌을 겹쳐 입고 매장을 유유히 빠져나오려면, 다리가 이쑤시개처럼 가늘지 않고선 불가능했다. 어쨌든 나는 계속 감시를 당하는 기분이었다. 손님들이 모두 내 마음을 투시해서 보는 탐정처럼 느껴졌다. 네 번째 물건을 훔친 뒤부터는 상점에 손님보다 탐정이 더 많다는 느낌이 들었다.

사실 나도 잘 알고 있다. 이런 말을 하는 내가 얼마나 어이없게 보일지……. 아마 정신 나간 아이라고 생각할 테지. 그 누구에게도 이해받기 힘든 얘기니까. 그런데 그게 바로 내가 실제로 겪은 일이었다. 내가 얼마나 끔찍한 고통 속에서 살았는지, 얼마나 힘들었는지 아무도 짐작하지 못할 것이다.

나는 두려움에 벌벌 떨면서 진땀을 흘렸다. 큰길에 있는 상점에 가기 위해 광장을 가로지를 때면 어디론가 기어 들어가고 싶은 충동에 사로잡혔다. 장이 서는 날이면 산처럼 쌓인 토마토나 바나나 판매대 아래로 숨고 싶었다. 쓰레기통 속이라도 들어가고 싶었다. 지갑에 돈이 두둑한 것 같은 표정으로 옷가게에 들어가는 것보다는 그것이 백배는 더 나을 성싶었다.

청바지 때문에 죽을 뻔한 적도 몇 번 있었다. 한번은 새 청바지 위로 엄청나게 폭이 넓은 내 바지를 입고 있는데, 갑자기 손님이 탈의실 커튼을 열어젖혔다. 또 한번은 상점을 막 빠져나왔는데 직원이 거리까지 따라 나와 내 어깨를 톡톡 두드렸다. 그때 나는 한 줌의 재로 변하는 줄 알았다. 하지만 그 직원은 내 가방이 열려 있다고 말해 주려던 참이었다.

"내가 쇼핑을 하다가 얼마나 자주 도둑을 맞는지 아니? 사람들이 모두 우리처럼 정직한 건 아니란다."

그 여직원이 미소를 지으며 말했다. 나도 미소를 지으며 뭐라고 중얼거렸다. 아마 "맞아요, 고맙습니다."라고 했던 것 같다. 그 순간 너무 창피해서 쥐구멍에라도 숨고 싶었다.

그즈음 나는 잠을 잘 수도, 음식을 먹을 수도 없었다. 숙제를 한다거나 단어를 외울 생각도 하지 못했다. 내 눈에는 아무것도 보이지 않았다. 오로지 욕망의 대상만을 좇았다. 허리띠, 티셔츠, 블라우스, 청바지, 운동화…….

운동화를 훔치던 날은 정말이지 두 번 다시 생각하고 싶지 않다. 직원이 한 명뿐인 매장을 찾느라 오랫동안 헤매었던 일, 그 직원이 다른 손님이 찾는 신발을 가지러 창고로 갈 때까지 한없이 빈둥거렸던 일, 신발을 파카 밑에 몰래 밀어 넣기 위해 손님들 눈치를 살폈던 일, 막 가게를 나서려는데 직원이 나타나 환하게 미소를 지으며 "금방 갈게요!" 하고 외쳤던 일……. 아, 정말 끔찍했다.

상황은 점점 더 나빠졌다. 물건을 훔치는 횟수가 늘어날수록, 어떤 물건으로 우리 반 아이들에게 깊은 인상을 줄 수 있을지 더욱더 진지하게 고민했다. 나는 통제력을 완전히 잃어버렸다.

그러나 내가 기대했던 일은 하나도 일어나지 않았다. 아이들은 생일 파티에 여전히 나를 초대하지 않았다. 자기들끼리 무리지어 다니며 속닥이고 킥킥거렸다. 그렇게 한참 시간이 흘렀다. 나는 새 옷들이 아무런 효과가 없다는 사실을 받아들여야 했다. 아니, 어쩌면 그 때문에 상황이 더 나빠졌는지도 모른다. 이젠 내가 몸에 걸친 것들로는 놀려 댈 수 없었으니까.

아이들은 새로운 전략을 생각해 냈다. 내가 하는 모든 일에 박수를 치기 시작했다. 수업 시간에 선생님의 질문에 대답하기 위해 손을 들면, 욘존 선생님이 앞으로 나와 칠판에 수학 문제를 풀어 보라며 내 이름을 부르면, 영어 시간에 실수 없이 문장을 해석하면 아이들은 어김없이 박수를 쳤다. 처음에는 몇 명만 쳤는데 나중에는 그 수가 점점 불어났다.

나는 의구심이 약간 들긴 했지만, 그래도 처음 몇 번은 기분이 좋았다. 그래서 더 자주 손을 들었고, 온갖 주제에 끼어들어 토론을 벌였다. 독일어 시간에 미리 준비한 시를 해석해서 낭독하자, 그 과목에서 형편없는 점수를 받은 시몬이 큰 소리로 "브라보!"를 외쳤다. 아이들이 모두 시끄럽게 웃어 댔다.

이런 상황을 참지 못한 사람은 뜻밖에도 시모니스 선생님이었다. 수업 시간에 내가 발라드에 대해 발표하자 아이들은 밑도 끝도 없이 박수를 치기 시작했다. 화가 난 선생님은 아이들을 꾸짖었다.

"그만! 이제 할 만큼 했다. 이런 식으로 스베트라나를 조롱하지 마라. 더 이상 두고 보지 않겠다. 좋은 성적에 대한 경멸을 박수로 표현하는 거니? 방금 스베트라나가 제시한 훌륭한 논거가 우습게 들려? 너희는 수업에 필요한 자질을 갖추려면 아직 한참 멀었다.”

내 얼굴은 새빨갛게 달아올랐다. 반 아이들은 입을 꾹 다물고 있었다. 하지만 아이들은 선생님에게 당한 모욕을 잊지 않고 나에게 고스란히 보복했다.

그때부터 나는 거의 매일 문자 메시지를 받았다. 모두 불쾌하고 구역질 나는 내용이었다.

어느 날엔 수수께끼처럼 보이는 질문이 계속 전송돼 왔다.

- 돼지처럼 보이고, 돼지처럼 꿀꿀거리고, 돼지 냄새가 나는데 뚱뚱한 허벅지는 두 개뿐인 것은?
- 소비자 보호원 : 스베트라나의 초특대 팬티는 낙제점을 받았음.
- 청바지와 스베트라나의 엉덩이 사이에 들어갈 수 있는 것은? 방귀

나는 휴대전화를 버리고 싶었다. 메시지 수신음이 울릴 때마다 맥박이 빨라지고 피가 거꾸로 솟았다. 차마 휴대전화를 볼 용기가 나지 않았다. 그래서 가끔 휴대전화를 집에 두고 나오기도 했다. 그런 날이면 꼭 엄마나 라비가 전화를 걸었다.

라비의 전화는 놓치기 싫었다. 라비는 늘 친절했다. 오후에 시간이 있을 때면 단지 수다를 떨기 위해 나에게 전화를 했다. 그때마다 내가 뭘 하고 있는지 물었다. 방에서 음악을 듣고 있다고 대답하면 무슨 음

악을 듣는지 알고 싶어 했다. 또는 학교 바깥에서 만나거나 우리 집에 놀러 가도 되냐고 묻기도 했다. 나는 늘 할 일이 있다는 핑계를 댔다.

내 상태가 너무 불안정해서, 누군가에게 우리 집을 보여 줄 용기가 나지 않았다. 모든 게 부끄러웠다. 우리 집 가구들이, 계단이, 집 앞에 있는 쓰레기통이……. 아빠가 독일어를 잘하지 못하는 것도, 엄마가 청소부라는 것도 모두모두 창피했다. 자랑스러운 것은 이제 아무것도 없었다.

그러던 어느 목요일, 나는 다시 도둑질을 하러 플렌스부르크로 갔다. 화장품 가게에서 막 선크림을 하나 훔쳤는데, 휴대전화에 문자 메시지가 들어왔다. 나는 문자 메시지를 바로 확인하지 않았다. 일단 화장품 가게에서 멀어져야 했다. 몇 센트밖에 하지 않는 머리핀 값을 지불하려고 계산대에 갔다가, 내 머리 바로 위에 달린 감시 카메라를 보았던 것이다. 내 가방에 값을 치르지 않은 선크림이 들어 있다는 걸 직원들이 알고 있겠다는 생각이 들었다.

다행히 가게 문은 열려 있었다. 나는 재빨리 바깥으로 달려 나갔다. 그러고는 곧장 오른쪽에 있는 공터로 뛰어갔다. 그곳 모퉁이에는 터키 채소 가게와 크레페 가게가 있었고, 다른 거리로 연결되는 통로가 있었다. 통로는 어둡고 조용했다. 나는 멈춰 서서 숨을 헉헉 내쉬었다. 심장이 격렬하게 뛰었다. 영화 속 주인공이 위험한 상황에 빠지는 순간을 볼 때 외에는 이 정도로 심하게 심장이 요동친 적이 없었다. 바로 그때 휴대전화가 울렸다.

'난 이제 잡혔다. 탐정들이 쫓아오고 있어.'

내 머리에 처음 떠오른 생각이었다. 물론 말도 안 되는 생각이었다. 하지만 나는 탐정이 나를 내내 관찰하면서 공격할 순간만을 노려 왔다고 상상했다. 바로 지금처럼. 탐정이 나에게 전화를 걸 리는 없지만 막상 누군가에게 들켰다고 생각하자 차라리 마음이 편해졌다.

"여보세요?"

나는 자포자기하는 심정으로 전화를 받았다.

"스베트라나, 안녕? 왜 그렇게 달린 거야?"

라비였다. 휴대전화에서 들려온 것은 분명 라비 목소리였다!

나는 너무 당황하여 속삭이듯 물었다.

"라비, 지금 어디야?"

"화장품 가게 앞이야."

나는 갑자기 어지러워져서 눈을 질끈 감았다.

"어느 화장품 가게?"

"네가 방금 복수의 여신에게 쫓기듯이 뛰쳐나간 가게!"

라비는 큰 소리로 웃었다. 그 애는 내가 어떤 일을 겪고 있는지 전혀 몰랐다. 그저 우연히 나를 만나 기뻐하고 있을 뿐이었다.

"외장 하드를 사려고 컴퓨터 부품 가게를 찾는 중이야. 컴퓨터에서

다운받을 게 있어서. 너, 지금 어디에 있어?"

라비가 물었다. 나는 왔던 곳으로 몇 발자국 돌아갔다.

"음, 근처에 과일 가게랑 크레페 가게가 있어."

"아, 거기 알아! 거기 있어. 내가 그쪽으로 갈게."

라비가 목소리를 높였다.

나는 그 자리에 서서 라비를 기다렸다. 달리 방법이 없었다. 선크림을 가방 더 깊숙한 곳으로 밀어 넣고는 손가락으로 머리카락을 쓸어내렸다. 나델은 얼마 전에 내 머리카락을 '말총'이라고 놀렸다. 그래서 머리카락을 땋거나 묶지 않은 채 풀고 다녔다. 매일 아침 머리를 감고 빗질하는 데 적어도 십 분 이상이 걸렸다. 빗질을 한 다음에는 등 뒤로 가지런히 넘겼다. 그러나 곧 그렇게 풀고 다닐 수도 없게 되었다.

얼마 전 과학 시간에 실험을 하고 있었는데, 형광등이 꺼졌을 때 누군가 등 뒤에서 브이 자 모양으로 내 머리카락 끝을 잘라 버렸다. 나중에 운동장에서 아이들이 수군거리는 소리를 듣고서야 뭔가 이상하다는 것을 알아챘다. 그 뒤로는 목에 스카프를 두르고 그 안에 머리카락을 집어넣고 다녔다.

드디어 라비가 나타났다. 마침 구름 사이로 태양이 모습을 드러내 공터로 햇살이 내리쬐었다. 아니, 나만 그렇게 느꼈는지도 모르겠다. 라비가 나타나자 내가 서 있던 통로가 갑자기 환해졌다고……. 라비는 깔끔하게 다림질한 흰색 셔츠와 다림질 선이 또렷한 밝은 톤의 바지를 입고 있었다. 지금도 라비를 생각하면 그 모습이 떠오른다.

에를렌호프 김나지움에서 청바지를 입지 않는 아이는 라비뿐이었다. 청바지는 아이들에게 교복이나 마찬가지였다. 하지만 라비는 청바지를 입지 않았다. 라비는 그래도 괜찮았다. 에를린호프 김나지움 아이들의 눈에는 라비가 하는 일은 뭐든지 옳았으니까.

반면에 내가 하는 일은 뭐든지 틀렸다고 생각했다. 그런데도 라비가 나를 좋아하는 듯이 보이는 것은 기적이나 다름없는 일이었다. 아주 조금만 좋아하는지도 모르지만……. 뭐, 어쨌든 다른 도시에서 우연히 만나자 휴대전화로 전화를 걸 만큼은 좋아하는 거니까.

라비를 만나고 나서도 나는 여전히 정신을 차리지 못하고 있었다. 가방에 들어 있는 선크림은 재깍거리는 시한폭탄과도 같았다. 훔친 물건을 가지고 있자니 불편해서 견딜 수가 없었다. 차라리 가까이 있는 휴지통에 던져 버리고 싶었다. 하지만 그랬다가는 정말로 의심을 살 것 같아서 차마 그러지 못했다.

라비는 나더러 여기서 뭘 하고 있었는지 물었다. 나는 대충 거짓말로 둘러대었다. 그즈음 거짓말을 꾸며 내는 데는 선수가 되어 있었으니까.

"아까 너한테 전화했는데 한참이나 안 받더라. 그래서 문자 메시지를 보냈지. 널 역에서 봤거든."

라비가 미소를 지으며 말했다.

"어머, 그래?"

혹시 라비의 의심을 살 만한 행동을 하지는 않았는지 곰곰이 되짚어 보았다. 아무것도 떠오르지 않았다. 나는 얼른 화제를 바꾸었다.

"왜 전화했어? 할 말이 있었어?"

"우리 아빠가 다음 주에 오신다는 말을 하려고 했지. 나더러 같이 식사하러 가재. 친구를 데려와도 괜찮다고 하셨어. 같이 가자."

나는 당황하여 라비를 빤히 바라보았다.

"그런데 나를……. 내 말은, 왜 나를……?"

라비가 웃음을 터뜨렸다.

"되물어 볼까? 넌 왜 안 된다고 생각하는 거지?"

"왜 하필 나냐고!"

내가 정작 하고 싶은 말은 '학교에 멋진 여자아이들이 정말 많은데 하필이면 왜 나를 초대하는 거야? 말이 안 되잖아.' 하는 거였다.

"너랑 같이 있는 게 좋으니까. 그리고 우리 아빠하고 즐거운 대화를 나눌 수 있는 사람은 너밖에 없을 것 같아서."

"그러니까 그 이유가 뭐냐고!"

라비가 눈을 흘겼다.

"이런! 나더러 지금 너에게 사랑 고백이라도 하라는 거야?"

순간 내 얼굴이 새빨개졌다.

"그런 거 절대 아니야!"

나는 소리를 버럭 질렀다. 생각할 겨를도 없이 소리가 터져 나왔다. 사실은 사랑 고백을 듣고 싶었다. 내 평생 처음 듣는 고백이 될…….

라비가 말했다.

"넌 똑똑하잖아. 너랑은 말이 잘 통해서 좋아. 많은 이야기를 나눌 수 있을 것 같거든."

그건 맞는 말이었다. 우리는 온갖 것들에 대해 진지하게 토론했다. 지진 해일과 이라크 전쟁, 기후 변화에 대해서까지……. 그리고 며칠 전에는 전 세계적으로 개체 수가 얼마 남지 않은 오스트레일리아의 개구리에 대해 이야기했다. 학자들의 무분별한 실험으로 멸종해 가는 동물들이 얼마나 많은지, 우리 둘 다 그건 정말 비극이라고 생각했다.

"지금까지 내 종교에 관심을 보인 사람은 아무도 없었어. 네가 처음이었지."

그것도 맞는 말이었다. 나는 라비가 힌두교 신자라는 말을 듣고는 곧장 인터넷에서 힌두교와 윤회설, 신자들이 살아가면서 두고두고 쌓는다는 업(業)에 대해 알아보았다. 검색을 하면서 생긴 궁금증은 다음 날 점심시간에 라비에게 물었다. 나는 원래부터 호기심이 많았다. 모르는 것은 꼭 알아야 직성이 풀렸다.

"게다가 넌 다른 아이들이 벌이는 몹쓸 짓거리에 동참하지 않잖아."

라비가 덧붙였다. 하지만 나는 그게 무슨 말인지 알아들을 수가 없었다. 다른 아이들이 벌이는 '몹쓸 짓거리'가 대체 무엇일까?

"학교에서는 온갖 음모가 벌어져. 네가 그런 일에 끼어들지 않아서 참 좋아."

내가 스스로 끼지 않는 게 아니라, 다른 아이들이 나를 끼워 주지 않는다는 걸 말해야 할까? 그리고 그 음모의 희생물이 바로 나라는 사실을…….

하지만 나는 아무 말도 하지 않았다. 대신, 할리우드 영화감독과 레스토랑에 마주 앉아 있는 내 모습을 상상했다. 전형적인 미국 영화에서 볼 수 있는 장면이었다. 굉장히 멋지겠지? 종업원들은 우리 주변을 이리저리 뛰어다니고, 손님들은 라비 아빠의 매력에 흠뻑 취해 정신을 못 차리고……. 생각만 해도 짜릿했다.

"그래, 좋아. 그런데 정말 나랑 가고 싶은 거 맞아?"

나는 일부러 느긋하게 말했다.

"그렇다니까. 너랑 같이 가고 싶어."

라비가 나를 똑바로 바라보며 말했다. 나는 어깨를 으쓱했다.

도무지 믿기지 않았다. 난 학교에서 가장 못생긴 여학생이 아닌가. 나는 멍한 표정으로 라비를 바라보았다. 너무 기뻐하는 기색을 보이지 않으려고 일부러 얼굴을 살짝 찡그렸다. 라비의 저녁 초대는 지난 몇 달간 받아 본 선물 중에서 최고였다. 학교에서 가장 멋진 남학생이 나를 골랐다! 숨이 막혀 그저 "아!" 하는 감탄사만 흘러나왔다.

라비가 잠시 머뭇거리다가 입을 열었다.

"그래, 나도 알아. 정열적인 축제의 밤에 초대하는 건 아니라는 걸. 하지만 우리 아빠하고 이야기를 나누다 보면, 아마 넌……."

"정말 기뻐! 고마워!"

나는 목소리를 높여 말했다. 그 말은 진심이었다. 그날 어떤 옷을 입어야 할지 벌써부터 고민이 되었다. 어쨌든 5월 축제 때 입었던 옷은 누가 뭐래도 절대 사양이었다. 세련되면서도 우아한 옷이 필요했다.

"너, 문자 메시지 확인 안 하지?"

라비가 물었다.

"확인하지, 가끔은."

"그런데 읽지는 않지?"

나는 우물쭈물 대답했다.

"읽어. 하지만 문자 메시지가 왔는지 계속 확인하고 싶지는 않아."

라비는 믿을 수 없다는 표정으로 웃음을 터뜨렸다.

"세상에, 다른 아이들은 모두 문자 메시지를 기다려! 우리는 미디어 시대에 살고 있잖아! 서로 긴밀하게 연결되어 있어서 언제 어디서든 메시지를 받을 준비가 되어 있지. 정말 흥미롭지 않아?"

"흠, 글쎄……."

나는 말머리를 돌리려 했다. 하지만 말재주가 뛰어난 라비를 당해낼 수가 없었다. 나는 라비에게 말려들고 있었다. 휴대전화를 봐도 되느냐는 물음에 묵묵히 건네주었다. 어쩌면 내가 어떤 메시지를 받고 있는지 라비가 알기를 내심 '바랐는지'도 모른다. 휴대전화에는 우리 반 아이들한테서 받은 지독한 내용의 메시지들이 담겨 있었다. 이미 삭제한 메시지도 많았지만, 남아 있는 것들도 꽤 되었다.

우리는 자갈돌이 깔린 공터 한 쪽에 놓인 흔들의자에 앉아, 메이플 시럽을 바른 크레페를 먹었다. 라비가 내 것까지 사 주었다. 라비가 내 휴대전화를 보고 있는 동안, 나는 크레페를 거의 다 먹었다.

라비 입가에서 점차 미소가 사라졌다. 나를 흘깃 보고는 다시 휴대전화로 시선을 고정시켰다. 가끔씩 고개를 저으며 문자 메시지를 계속 읽어 내려갔다. 잠시 뒤에 라비가 휴대전화를 내려놓았다.

"흠, 네가 보낸 문자 찾았어?"

라비는 아무 말 없이 고개만 끄덕였다. 우리는 서로 다른 곳을 바라보았다. 나는 먹다 남은 크레페 조각을 마저 입속으로 밀어 넣었다.

한참 동안 말이 없던 라비가 입을 천천히 열었다.

"누가 이런 쓰레기를 보내지?"

나는 입술을 비틀며 씁쓸한 미소를 지었다.

"그걸 알면 좋게?"

"그래도 의심 가는 사람은 있을 거야. 안 그래?"

나는 곰곰이 생각에 잠겼다. 아니, 사실은 생각할 것도 없었다. 보나마나 우리 반 아이들이 한 짓이었다. 그건 확실했다. 처음에는 여자아이들만 그러는 줄 알았다. 남자아이들은 차라리 대놓고 주먹을 휘두르면 휘두르지, 이렇듯 비열한 방법으로 괴롭힐 리는 없다고 생각했다. 하지만 시간이 갈수록 꼭 그런 것 같지는 않았다. 여자아이들이 남자아이들보다 더 비열하다는 생각은 순전히 나의 착각이었다.

내가 대답을 하지 않자 라비가 계속 캐물었다.

"너희 반에 너를 싫어하는 눈치를 보이는 아이가 있어?"

"아, 그럼. 가끔은 우리 반 전부가 나를 싫어한다는 생각이 들어."

나는 아무렇지도 않다는 듯이 웃으려고 했지만 미소가 지어지지 않았다. 그 순간 정말 힘들기는 했지만, 동시에 마음이 가벼워지기도 했다. 드디어 누군가가 나의 고통스러운 상황을 알게 되었으니까. 하필이면 그 상대가 라비라는 게 마음에 걸리기는 했다. 라비에게 내 사생활을 모조리 내보이고 싶지는 않았다. 그때까지만 해도 나는 남자아이들이 밝고 자의식이 강한 여자아이를 좋아할 거라고 믿었다. 내 생활이 얼마나 비참한지 라비가 알게 되면 왠지 멀리할 것만 같은 생각이 들었다.

나는 라비가 나를 좋아하길 바랐다. 정말로 절실하게 친구가 필요했다. 그러면서도 애써 아무렇지도 않은 척했다.

라비는 최근에 온 문자 메시지를 다시 한번 훑어보았다.

"도대체 누가 너한테 이런 걸 보내지?"

"전화를 걸어 보면 아무도 받지 않아. 너라면 그런 문자를 보내면서 이름을 밝히겠어?"

내가 물었다.

라비는 두 손으로 자기 얼굴을 쓸어내리다가 천천히 말했다.

"사람이 어쩌면 이토록 잔인할 수 있는지 이해가 안 돼."

"아, 난 이제 익숙해졌어."

나는 일부러 별일 아니라는 듯이 대꾸했다.

"그 말은 못 믿겠어. 이런 일에는 절대로 익숙해질 수 없거든. 문자가 얼마나 자주 오지?"

"매일!"

나는 짐짓 경쾌하게 대답했지만 목소리가 갈라져 나왔다.

라비가 나를 빤히 바라보았다.

"설마."

"정말이야. 어떤 날은 두세 개씩 오기도 해."

"정해진 시각에?"

"대개는 오후에 오는데, 가끔은 저녁 늦게 오기도 해. 잠자리에 들기 전에."

나는 속으로 '그러면 잠이 아주 잘 오지.' 하고 덧붙였다.

라비는 어두운 얼굴로 앞을 노려보았다. 나는 라비가 괴로워하고 분노한다는 것을 느낄 수 있었다. 누군가 나 때문에 분노를 느끼다니, 믿을 수 없는 일이었다. 진심으로 기뻤다. 내가 쓰레기라는 생각, 아무나 밟고 다니는 발판이라는 느낌이 갑자기 사라졌다.

"이런 일 때문에 사람이 망가지는 거야."

라비의 말에 나는 입술을 앙다물었다.

라비는 고개를 저으며 내 휴대전화를 다시 집어 들었다. 이미 말했듯이, 이전의 문자 메시지는 많이 삭제된 상태였다. 그동안 어떤 문자들이 왔는지 라비가 모조리 봤더라면 어떻게 되었을지……. 어떤 문자들은 마치 음란물 같아서 나도 모르게 얼굴이 붉어졌다. 그런 것들은 곧장 삭제해 버렸다.

의사 선생님은 그게 유감스럽다고 했다. 삭제하지 않고 모두 저장해 두었더라면 내가 왜 그토록 고통을 겪어야 했는지 더 잘 이해할 수 있을 거라나. 결국 라비가 옳았다. 나는 그 일로 완전히 망가졌다.

의사 선생님 말로는, 메스꺼운 문자 메시지 한 통쯤은 별문제가 안 되지만, 지속적으로 굴욕적인 문자를 받는다면 자존감에 치명적인 상처를 입는다고 했다. 매일 조금씩 더 심하게…….

이런 식의 정신적인 폭력은 소량의 독이 담긴 음식을 매일 먹는 것과 같다. 한두 번은 몸이 정화해 낼 수 있다. 그러나 독이 오랫동안 몸속에 쌓이면 나중에는 쓰러질 수밖에 없다.

그때 나는 이런 사실을 알지 못했다. 내가 이미 심각한 우울증에 빠져 있다는 것, 쓰러져 가고 있다는 것, 망가져 가고 있다는 것도 몰랐다. 의미 없는 도둑질 역시 내 병의 증세 가운데 하나였다.

"이런 문자 메시지에 왜 아무런 대응도 하지 않는 거야? 시모니스 선생님과 이야기해 봤어?"

라비가 물었다.

내가 고개를 좌우로 흔들자, 라비가 빤히 바라보며 말했다.

"너희 담임 선생님이잖아."

"그래, 알아. 하지만 말씀드려 봤자 소용없을 거야. 그리고 욘존 선생님은 이미 알고 계셔."

"너희 수학 선생님?"

나는 고개를 끄덕였다.

"이런 문자 메시지가 온다는 걸 아신다고?"

"응, 아이들이 칠판에 써 둔 글 때문에……."

원래 이 일은 말하지 않으려 했다. 입에 담는 것 자체가 굴욕스러울 만큼 창피한 일이었기 때문이다. 하지만 그때는 라비의 존재가 내 마음을 한없이 따뜻하게 해 주었고, 또 진심으로 내 일을 걱정하고 있었기에 모든 걸 털어놓았다.

"난…… 에를렌호프 김나지움에서 제일 못생긴 여학생으로 뽑혔어."

라비가 나를 뚫어지게 바라보았다.

"뭐라고? 그게 무슨 뜻이야? 제일 못생긴 여학생? 내가 지금껏 들어본 말 중에서 제일 웃겨."

라비는 이해할 수 없다는 듯한 표정을 지으며 덧붙였다.

"넌 예쁘거든."

라비의 말이 화살처럼 날아와 내 심장 한가운데 꽂혔다. 나는 얼른 눈을 내리깔았다. 라비가 내 마음을 알아채는 게 싫었다.

급기야 나는 내 뺨을 스스로 후려치고 싶은 말을 했다. 그것도 하루 스물네 시간 내내 후려치고도 시원치 않을 말을.

"너도 인터넷에서 나에 관한 글들을 찾아 읽을 수 있어."

"인터넷에서?"

"응, 아이들이 만든 비공개 카페에서. '우리는 유명 인사'라는 게시판이 있어. 거기에 아이들이 나 때문에 게시판을 하나 더 만들었어. 나에 대한 의견을 주고받으려고."

라비는 믿으려 하지 않았다. 다른 아이들의 비열한 행동을 상상도 하지 못했다. 나는 아이들이 비공개 카페 게시판에 어떤 글을 남겼는지 들려주었다.

"그 글도 누가 썼는지 몰라?"

"닉네임으로 올렸어. 그러니 어떻게 알아내겠어?"

나는 어깨를 으쓱하며 대답했다.

"그럼 삭제해야지."

"그게 안 돼. 난 손을 댈 수 없어. 아이들이 나에 대해 어떤 말을 해도 난 고칠 권한이 없어. 삭제도, 수정도 안 돼. 다른 아이들만 할 수 있어. 난 그 쓰레기 같은 글을 읽을 수만 있어."

라비가 몸을 뒤로 젖히며 말했다.

"내가 찾아낼게. 어떤 식으로든 너를 도울 거야."

나는 울고 싶었다. 라비 품에 안겨서 소리 내어 맘껏 울고 싶었다. 하지만 자존심 때문에 차마 그렇게 하지는 않았다.

그날 저녁, 나는 컴퓨터 앞으로 가서 곧장 카페에 접속했다. 라비도 지금 컴퓨터 앞에 앉아 있겠지. 그 애가 무슨 글을 읽고 있는지, 그 글이 얼마나 잔인한지 궁금했다. 라비의 눈으로 다시 보고 싶었다.

나에 대한 첫 번째 글은 금방 눈에 띄었다.

자랑스러운 장미 : 스베트라나의 새 사진을 보실 분은 '더 보기'를 클릭하세요.

내가 '더 보기'를 클릭하자 사진이 나타나기 시작했다. 처음에는 그게 뭔지 알아볼 수가 없었다. 퍼즐처럼 아주 작은 사진 조각들이 흩어져 있다가 하나로 모였다. 구두가 보이더니 이마의 헤어라인이 나타났다. 그다음에는 다리의 일부가 보였다. 컴퓨터가 '완료' 신호를 보낸 뒤에야 사진 전체를 볼 수 있었다.

그 순간 누군가 내 목을 꽉 조르는 느낌이었다. 나는 숨을 헐떡였다. 기침이 터져 나왔다. 눈을 크게 뜨고 사진과 그 아래에 적힌 글을 보며 오로지 한 가지 생각만 했다.

'라비가 보고 있다! 라비가 지금 이걸 보고 있다. 이 빌어먹을 사진을 라비가 보고 있는데, 난 아무것도 할 수가 없다!'

그것은 안나의 사진이었다. 지난 5월 축제 때 화장실에서 구토를 했던 7학년 여학생. 나델이 휴대전화 카메라로 찍은 사진이었다. 이 못된 나델! 나델이 손에 휴대전화를 들고 화장실로 들어오던 모습이 눈앞에 선명하게 떠올랐다.

변기에 앉아 있는 여학생의 사진. 더러운 팬티가 발목에 걸려 있고, 허벅지는 토사물이 묻어 지저분했다. 소름 끼치도록 끔찍하고, 구역질 나는 사진이었다. 그중에서도 가장 끔찍한 것은 그 사진에 내 머리가 붙어 있다는 사실이었다. 안나의 몸에 내 머리가 붙어 있었다. 내가 더러운 팬티를 내린 채 화장실 변기에 앉아 있었다!

사진 아래에는 '오줌 싸는 스베트라나'라고 적혀 있었다.

휴대전화에서 벨소리가 울렸지만 받지 않았다. 나는 그 자리에 꼼짝 않고 앉아 사진을 노려보았다. 죽어도 이 사진을 머릿속에서 지울 수 없으리라.

또다시 벨소리가 울렸다. 나는 통화 버튼을 눌렀다.

"네."

나는 나지막이 말했다.

"봤어. 진짜 구역질 난다."

라비였다. 잠깐 동안 나는 아무 말도 할 수 없었다. 그러다가 나지막하게 대답했다.

"하지만 그건 내가 아니야. 그 아이가 누구인지 알아. 내가 화장실에서 도와준 일이 있어. 그 아이가 속이 안 좋다고 해서……."

"알고 싶지 않아."

라비가 말했다.

"믿어 줘. 그 아이들이…… 사진을 조작한……."

"알았어. 믿을게."

"축제 때 난 술을 한 방울도 마시지 않았어! 맹세해!"

나는 거의 소리를 지르다시피 말했다. 라비가 술을 좋아하지 않는다는 것을 알고 있었다.

"그래그래, 알았어."

"라비!"

하지만 전화는 이미 끊어진 뒤였다. 라비는 지난번에 "어떤 식으로든 너를 도울 거야."라고 말했다. 그 말은 여전히 유효한 걸까?

나는 밤새 분노에 휩싸였다. 더 이상 참을 수 없었다. 이미 당할 만큼 당했다.

다음 날 나는 바로 나델에게 가서 따졌다.

"네가 그 사진을 조작했다는 거 알아."

나델이 나를 바라보았다. 5월 축제 이후로 나델과 처음 대화를 나눴다. 우리는 더 이상 서로 말을 섞지 않았다.

"무슨 사진?"

"무슨 사진을 말하는지 잘 알고 있잖아."

"미인 대회 사진 말이야?"

"아니, 다른 사진."

나는 또렷한 목소리로 말했다. 나델이 히죽 웃으며 대꾸했다.

"난 무슨 말인지 통 모르겠군."

"그 애 이름은 안나야. 7학년이지."

"무슨 말인지 모르겠다고. 너, 이제 완전히 미친 것 같다?"

나델의 목소리가 커졌다. 그 바람에 펠리키타스가 우리에게로 눈길을 돌렸다. 우리가 하는 말을 들으려고 귀를 쫑긋 세우는 듯했다.

나와 나델의 실랑이는 2교시 뒤에 벌어졌다. 시험이 쉬는 시간까지 계속되어 우리 모두 교실에 남아 있었다.

교실은 상당히 시끄러웠다. 남자아이들 몇 명이 배구공으로 시끄럽게 장난을 치고 있었다. 발로 찬 공이 계속해서 벽에 세차게 부딪혔다.

"5월 축제 때 화장실에서 일어난 일을 말하는 거야."

"세상에, 5월 축제 지난 지가 벌써 언제야? 그 뒤로도 우린 백 번쯤 더 축제를 즐겼는걸."

나델은 몸을 뒤로 젖히며 거만한 표정으로 대꾸했다.

"난 아니야."

나델은 그제야 그 사실을 깨달았다는 듯이 행동했다.

"아니야? 아이고, 불쌍해라. 정말 그렇군. 내가 연 파티에도 오지 않았구나. 왜 안 왔어? 정말 멋진 파티였는데."

"너한테서 초대받은 기억 없어."

"그래? 아이고, 내가 깜박한 모양이네. 이런, 멍청하기는!"

나델은 자기 이마를 톡톡 치고는 목소리를 높였다.

"이봐, 펠리키타스. 내 파티에 스베트라나를 초대하는 걸 잊어버렸어. 정말 보고 싶었는데, 안 그래?"

둘은 마주 보며 히죽거렸다. 나델은 이 상황을 즐기고 있었다. 게다가 그 빌미를 제공한 사람은 나였다. 이 얼마나 멍청한 짓인지…….

"있잖아, 너를 초대하지 않는 이유가 뭐라고 생각해?"

나델이 순진한 척 물었다. 나는 이 게임에 더 이상 말려들고 싶지 않았다. 원래의 대화 주제로 돌아가야 했다. 그래서 날카로운 목소리로 말했다.

"난 속이 불편한 안나를 도와줬을 뿐이야. 그렇게 구역질 나는 사진을 네가 왜 찍었는지 모르겠어. 더구나 거기에 내 얼굴을 붙여서 조작이나 하고!"

나델은 손으로 입을 막고 눈을 동그랗게 떴다. 그렇게 나를 빤히 노려보다가 대뜸 소리를 질렀다.

"이봐, 스베트라나. 너, 완전히 돌았구나! 어떻게 그런 생각을 할 수 있지? 화장실에서 사진을 찍다니! 난 네 얼굴 따위엔 전혀 관심 없어!"

나델은 자리에서 일어나 몸을 돌리더니 두 팔을 높이 들어 올리고 소리쳤다.

"얘들아, 내 말 좀 들어 봐! 스베트라나가 나더러 뭐라고 한 줄 알아? 내가 구역질 나는 사진을 찍고 조작까지 했대. 이거, 너무 야비한 소리 아니야?"

갑자기 소음이 잦아들더니 긴장감에 싸인 침묵이 찾아왔다. 모두 나를 바라보았다. 펠리키타스가 한 걸음 가까이 다가왔다. 그날 펠리키타스는 빨간 블라우스에 빨간 나비가 그려진 흰색 실크 스카프를 매고 있었다.

"무슨 일이야!"

펠리키타스가 소리를 질렀다. 싸우고 싶어 안달이 난 표정이었다.

"스베트라나가 돌아다니면서 거짓말을 퍼뜨리고 있어!"

나델이 흥분해서 대답했다. 그 말은 내 귀에도 꽤 그럴싸하게 들렸다. 나델은 훌륭한 배우였다.

"쟤는 완전히 미쳤다고! 내가 자기 사진을 인터넷에 올렸다는 거야. 쟤, 지금 제정신이야? 너희는 어떻게 생각해? 완전히 돌았잖아! 누군가 인터넷에서 장난을 쳤나 본데, 내가 왜 그 책임을 져야 해? 무슨 상관이 있다고?"

펠리키타스가 내 앞에 떡 버티고 섰다. 분노로 얼굴이 새하얗게 질려 있었다. 공범인 걸 들킨 게 분한 모양이었다.

“스베트라나, 잘 들어.”

펠리키타스가 쉿소리를 냈다.

“우린 오래전부터 너한테 질렸어. 그런데 네가 우리에 대한 거짓말을 퍼뜨린다거나 선생님께 고자질을 한다면, 이 학교에서 더 이상 좋은 나날을 보내기는 글렀다고 봐. 내가 장담하지.”

나를 노려보는 펠리키타스의 눈에서 불꽃이 뿜어져 나왔다. 나는 이 학교에 와서 좋았던 날이 단 하루도 없었다고 말하려 하다가 입을 다물었다. “알았어, 그만두자.”라고만 대답했다. 싸울 힘이 없다는 사실을 뒤늦게 깨달았다. 나 혼자서 반 아이들 모두를 상대해야 하는데 애초부터 승산이라곤 눈곱만치도 없었다.

나델과 펠리키타스가 속닥거렸다. 틸리와 시몬, 아니카, 레나르트도 서로 이야기를 나누며 내 자리를 계속 힐끔거렸다. 프랑스어 수업이었던 다음 시간에도 내내 그랬다. 나는 이 모든 상황을 묵묵히 견뎌 냈다.

나는 집에서 더 이상 점심을 만들어 먹지 않았다. 빵 한 조각이면 충분했다. 먹거나 마시고 싶은 생각이 거의 들지 않았다.

숙제에도 집중할 수 없었다. 어려운 문장이 나오면 눈앞에서 흐릿해지다가 빙빙 돌았다. 그럴 때면 자리에 누워 어지럼증이 사라질 때까지 기다려야 했다. 어지럼증이 쉬이 진정되지 않아, 엄마가 돌아오기 직전에야 겨우 일어날 때도 많았다. 엄마가 나더러 뭘 했는지 물어보면 거짓말로 둘러댔다. 나는 이제 얼굴을 붉히거나 인상을 쓰지 않고도 거짓말을 잘할 수 있었다. 거짓말이 몸에 배어 버린 탓이었다.

엄마는 가끔 걱정스러운 눈길로 나를 바라보았다. 별안간 내 머리를 쓰다듬기도 했다. 엄마가 걱정하고 있다는 것을 느꼈지만, 그런 걱정은 내게 아무런 도움이 되지 않았다. 무슨 일이 벌어지고 있는지 엄마에게 털어놓을 수는 없었다. 나는 엄마를 보호해야 했다. 아이들이 학교에서 벌이는 폭력이 우리 가족에게까지 번지는 것을 막아야 했다.

엄마도 내가 에를렌호프 김나지움에서 열리는 파티에 한 번도 초대받지 못했다는 것을 눈치채고 있었다. 엄마는 엄마대로 생각이 많았겠지만, 그 일로 나에게 질문을 한 적은 한 번도 없었다. 엄마는 자신이 에를렌호프 김나지움에서 청소부로 일한다는 사실을 내 머릿속에서 지우려고 애쓰는 듯했다. 하지만 그 무렵 나는 내 고민에 깊이 빠져 있어서, 엄마의 배려를 헤아릴 여유가 없었다.

그때 나는 상대방이 나에게서 무엇을 얻어 내려 하는지도 모른 채 고문을 당하는 느낌이었다. 무슨 죄를 지었는지도 모르고 무작정 비난을 받는 범죄자, 사형 선고를 받았으나 집행 날짜는 모르는 죄수였다. 그리고 왜 죽어야 하는지도 알지 못하는…….

그 무렵, 나는 휴대전화를 삼십 분마다 한 번씩 들여다보았다.

라비에게서 연락이 오기를 기다리고 있었다. 플렌스부르크에서 만나고, 5월 축제 때 사진 때문에 통화한 후로 이야기를 한 번도 나누지 못했다. 나는 조바심을 내며 기다렸다. 라비가 무슨 생각을 하는지, 나를 어떻게 생각하는지 알고 싶었다. "어떤 식으로든 너를 도울 거야."라고 했던 라비의 말이 머릿속에서 떠나지 않았다. 하지만 라비에게서는 아무런 소식이 없었다. 쉬는 시간에 운동장에 나가지 않아서 더더욱 만나기가 어려웠다.

내 휴대전화에는 쓰레기들이 계속 쌓였다. 우리 반 아이들 대부분이 이 정신적 폭력에 가담하고 있다는 생각이 들 때도 있었다. 두어 명이서 이 비열한 생각들을 해낼 수는 없을 테니까. 나는 수업 시간에 선생님의 설명을 듣는 척하면서, 아이들의 뒤통수를 뚫어져라 노려보았다. 아이들이 나에 대해 무슨 생각을 하는지 꿰뚫어 보기라도 할 듯이.

내가 받는 문자 메시지는 하나같이 야비했다. 나는 점점 더 심각하게 병들어 갔다. 하지만 라비가 연락했는지 알려면 이런 쓰레기들을 훑어 내려가지 않으면 안 되었다. 오물을 억지로 먹도록 강요당하는 기분이었다.

수업이 끝나고 집으로 돌아오면 거의 매일 토악질을 했다. 거울을 보면 속이 메슥거렸다. 내 몰골이 말이 아니라는 것도 알고 있었다. 머리카락이 부석거려 헤어롤을 말아도 한 시간 뒤에는 다시 축 늘어졌다. 눈 주위는 푹 꺼졌고, 입술은 계속 물어뜯어서 바셀린을 발라도 갈라지고 피가 났다. 시거나 매운 음식을 먹을 때면 입술에 불이 붙은 듯 따가워서 눈물이 났다.

학생 식당에도 계속 가지 않았다. 라비가 나를 보면 고개를 돌릴지도 모른다는 불안감 때문이었다. 차라리 따뜻한 음식을 포기하는 게 낫지, 그런 상황은 도저히 견딜 수 없을 듯했다.

내 '사진'이 카페 게시판에 또 등장했다. 정확하게 말하자면 내 사진은 아니었다. 넓고 붉은 혓바닥이 비눗물을 끼얹은 것처럼 젖어 있는 유리창을 핥고 있었다. 그 아래에 이런 글이 적혀 있었다.

엄마를 도와 유리창을 닦는 스베트라나.

이틀 뒤에는 다른 사진이 또 한 장 나타났다. 변기 솔과 내 얼굴이 나란히 있는 사진이었다. 그 아래에는 이런 글이 적혀 있었다.

스베트라나와 변기 솔의 공통점은?

정답 : 잡는 남자가 한 명도 없음.

나는 이따금 거울 앞에 서서 생각에 잠겼다.

'보기 흉한 이 이방인은 누구지? 우리 욕실에서 이 여자아이가 지금 뭐 하는 거야?'

언젠가 한번은 거울 속에 비친 나에게 대뜸 소리를 질렀다.

"꺼져! 꼴도 보기 싫어!"

바로 그 순간, 집에 들어선 엄마는 내가 누구와 싸우는 줄 알고 급히 욕실로 뛰어 들어왔다.

"너, 뭐 하니?"

엄마가 어리둥절한 표정으로 물었다. 나는 얼른 진정하고는 웃음을 터뜨렸다.

"연극 연습하고 있어요."

그 말에 엄마는 환히 미소를 지었다.

"연극을 한다고?"

"예, 저도 역할을 하나 맡았거든요."

"아, 스베트라나! 정말 대단하구나! 나도 학교 다닐 때 연극 모임을 무척 좋아했단다. 그래, 연극 제목이 뭐지?"

그때 우리는 독일어 시간에 게오르크 뷔히너의 《레온체와 레나》를 배우고 있었다. 그래서 나는 "〈레온체와 레나〉예요."라고 대답했다. 엄마는 그 말을 듣고 무척 기뻐했다. 그 작품을 잘 알고 있는 모양이었다. 엄마는 곧장 그 작품에 대해 토론하고 싶어 했다. 하지만 나는 그럴 수 있는 상태가 아니었다. 그래서 생리가 막 시작되었다는 핑계를 대며 엄마를 욕실 밖으로 밀어냈다.

며칠 뒤, 학교에서 돌아와 보니 엄마가 이미 집에 와 있었다. 엄마는 기분이 매우 좋아 보였다. 우리 둘이 먹을 음식을 준비하고 있었다. 내 기억에, 닭고기 구이에 로즈마리를 얹은 구운 감자를 곁들였던 것 같다. 내가 좋아하는 요리였다. 엄마는 포도주도 한 잔 따라 마셨다.

"오늘을 축하하기 위해서야."

엄마는 에를렌호프 김나지움에 사직서를 냈다고 했다. 아빠가 다니는 운송 회사에서 사무직 자리를 얻게 되었다는 것이다. 러시아어 편지를 번역하고, 거래처와의 대화를 통역하는 일을 하기로 했다. 청소보다 열 배는 나은 일이었지만 돈을 더 받지는 못했다. 그래도 엄마는 매우 행복해 보였다.

엄마는 내가 기뻐서 팔짝팔짝 뛰기를 기대했던 듯했다. 내가 얼마나 힘든지 엄마도 알고 있었으니까. 하지만 그때 나는 너무 지치고 망가진 상태여서 그 어떤 일에도 기뻐할 여력이 없었다. 그저 팔로 엄마 목을 감고 얼굴에 입을 맞추었다.

엄마가 나를 꼭 껴안고 물었다.

"우리 아기, 넌 어때?"

"최고예요."

나는 또 거짓말을 했다. 목소리가 떨렸다.

"정말이야? 사실은 네가 걱정돼."

엄마 말에 하마터면 눈물을 쏟을 뻔했다. 나는 아주 작은 일에도 울음을 터뜨릴 만큼 아주 불안정한 상태였다. 하지만 마음을 다잡고 내 방으로 슬그머니 들어갔다.

라비 아빠와 함께하기로 한 저녁 식사 약속은 아직 취소되지 않았다. 하지만 여전히 그 약속이 유효한지 겁이 났다. 나는 몸에 착 달라붙는 치마를 '준비'해 두었다. 5월 축제 때 라비 아빠 주변을 맴돌던 여자아이들처럼 아름답게 보이고 싶었으니까.

훔친 물건들은 늘 헛간의 귀리 통에 보관했다. 화장품 가게에서 슬쩍한 구찌 향수도 한 병 있었다. 그리고 거울도 하나 장만했다. 내 모습을 들여다볼 수 있는 작은 거울이었다. 빗과 방취제, 휴지, 간단한 화장품 세트도 구비해 두었다. 헛간은 집과 학교 사이에 있는 일종의 탈의실이었다.

그런데 내가 알지 못하는 사실이 하나 있었다. 우리 반 아이들이 내 은신처를 이미 오래전부터 알고 있었다는 사실이다. 누군가 내 뒤를 밟았는지, 아니면 우연히 발견했는지 잘 모르겠다. 나는 누가 따라오는 것을 본 적도 없었고, 수상한 소리를 들은 적도 없었다. 그런데 나중에 보니, 헛간에 있는 나를 찍은 사진이 여러 장 있었다.

낡디 낡은 그 헛간은 한쪽으로 기울어져 있는 데다가 여기저기 구멍도 많았다. 구멍 사이로 바람이 지나며 휘파람 소리를 내곤 했다. 그 구멍으로 사진을 찍는 것은 아무런 문제도 아니었을 터였다. 날씨가 맑을 때는 건초 더미 위로 햇살이 내리쬐어 헛간 안이 자못 환했다. 플래시 없이도 사진을 찍을 수 있을 만큼 밝았다. 플래시가 번쩍했다면 눈치를 챘을 수도 있을 텐데…….

헛간에 가면 건초 냄새가 기분 좋게 풍겼다. 그곳은 무척 편안했다. 마치 제2의 집 같았다. 거기서 머무는 시간은 점점 더 길어졌다. 새 옷들을 입어 보기도 하고 새로운 헤어스타일을 시도해 보기도 하면서, 예쁘다고 스스로 최면을 걸었다.

라비는 "넌 예쁘거든."이라고 했다. 설령 진심이 아니었다고 해도— 내 생각에는 아무래도 그랬던 것 같다.—상관없었다. 어쨌든 라비는 그렇게 말했다. 나에게 예쁘다고 말해 준 유일한 사람이었다. 그 말이 내 목숨을 부지하게 했다. 어처구니없게 들리겠지만, 정말로 그랬다.

헛간에는 사악한 마녀처럼 나를 유혹하는 컴퓨터가 없었다. 학교보다도 백배는 편안했다. 나에게 이상한 눈빛을 던지거나 등 뒤에서 흉을 보는 사람도 없었고, 머리를 맞대고 속닥거리다가 내가 다가가면 갑자기 입을 다무는 여자아이들도 없었다.

헛간은 나에게 일종의 중간 세계였다. 현실 세계가 아니기 때문에 그곳에서의 삶은 안전했다. 이따금 내가 동화나 영화 속의 주인공이 되는 상상을 하기도 했다. 헛간에서 옷을 갈아입어야 하는 신데렐라 이야기의 한 장면을 떠올리기도 했다. 이야기의 결말은 물론 왕자가 신데렐라에게 한눈에 반하는 것이었다.

이런 피난처가 있었기에 나는 그다지도 오랫동안 학교생활을 견딜 수 있었으리라.

라비가 드디어 전화를 했다. 우리가 저녁을 함께 먹기로 약속한 날이었다. 무슨 말을 듣게 될지 짐작이 가서 불안하긴 했지만, 연락이 왔다는 사실만으로도 충분히 기뻤다.

라비의 목소리는 어딘지 모르게 예전과 달랐다. 난감해하고 있다는 걸 금방 알아차릴 수 있었다. 라비가 지금 불편하구나…….

"그동안 대체 뭐 한 거야?"

라비가 물었다. 나는 그냥 입을 다물고 있었다.

"쉬는 시간에 어디 있었지? 널 찾아다녔는데."

"도서관에 있었어."

"쉬는 시간마다?"

"그건 아니야."

화장실에 숨어 있을 때도 있었어. 하지만 라비가 그것까지 알 필요야 없지.

"할 말이 있어."

나는 라비가 말하지 않아도 알 것 같았다. 저녁 식사를 함께할 수 없다는 말이겠지. 라비는 마음이 바뀐 거야.

그사이에 뭔가 달라졌다는 것을 라비의 목소리를 통해 확연히 느낄 수 있었다. 인터넷에서 본 사진들 때문이겠지? 특히 마지막 사진 때문일 거야. 틀림없어. 인터넷 카페에서 퍼지는 나에 대한 소문들, 내가 전혀 손을 쓸 수 없는 그 소문들……. 라비는 나와 함께 있는 걸 남들에게 보이고 싶지 않은 거야. 그런 너저분한 소문에 휩싸인 여자아이랑 함께 있는 모습을 보이고 싶을 리 없잖아.

설령 라비가 다른 아이들처럼 나를 쓰레기로 취급하지 않는다고 해도, 쓰레기의 일부는 이제 내 몸에 붙어 있었다. 나 스스로도 그렇게 느끼는걸. 아이들이 침을 뱉어 더럽혀졌다고…….

"지난번에 내가 말했던 저녁 식사 말이야."

라비가 헛기침을 하며 말했다. 목소리가 거의 들리지 않을 정도로 작았다.

"무슨 소리야?"

라비가 난처해한다는 걸 알면서도 나는 짐짓 모른 척했다.

"우리 아빠와 함께하기로 했던 저녁 식사 말이야."

나는 웃음을 터뜨리며 말했다.

"아, 그거? 까맣게 잊어버리고 있었네."

라비는 내 말에 안심이 됐는지 숨을 크게 내쉬었다.

"정말? 그럼 다행이다. 내가 전하는 소식을 들으면 네가 섭섭해할 거라고 생각했거든."

내 심장이 크게 고동쳤다. 입천장이 강철판처럼 딱딱해지면서 목구멍이 바짝 말랐다. 숨이 막혀 죽을 것 같아 캑캑거리며 기침을 했다.

"무슨 말인데?"

"응, 그게 말이야. 아빠가 나랑 둘이서만 식사를 했으면 좋겠다고 하셔서."

이미 예상한 나쁜 소식은 그다지 마음 아플 게 없었다. 물론 기분이 나쁘긴 하지만 생각지도 못했던 일보다는 나았다.

"그래, 그럴 줄 알았어."

"오늘 아침에 아빠한테서 전화를 받았어!"

라비가 너무 급하게 대꾸를 하는 바람에 거짓말을 하고 있다는 생각이 더욱 강하게 들었다. 이미 오래전부터, 그러니까 내 사진을 본 다음부터 나를 데리고 갈 마음이 없어진 거야. 내가 라비였더라도 아빠 앞에서 드러내 놓고 자랑할 수 있는 아이를 찾고 싶을걸. 나랑 함께 있으면 창피하니까.

"네가 생각하는 그런 거 아니야."

라비의 목소리가 또렷해졌다. 나는 웃으려고 애썼다.

"뭘? 나는 아무 생각도 하지 않아."

"아마도 우리 엄마 때문인 것 같아."

라비는 엄마 이야기를 한 번도 한 적이 없었다. 그래서 나는 막연히 라비 엄마가 가정을 버렸을 거라고 짐작했다.

"아빠는 집안 얘기를 하실 모양이야. 그래서 나와 둘이서만 만나는 게 좋겠다고 하신 거야."

"그럼, 물론이지. 즐거운 시간 보내길 바라."

"고마워. 그래야 할 텐데……."

우리는 잠깐 아무 말도 하지 않았다. 라비가 갑자기 헛기침을 했다.

"넌 참 착해."

나는 웃음을 터뜨렸다. 모든 것이 아팠다. 웃는 것조차도 아팠다. 온몸이 아팠다.

"내가? 내가 착하다고? 그건 나하고 어울리지 않는 말인데?"

"진짜야. 넌 언제나 모든 것을 이해하잖아."

아니, 그렇지 않아. 나는 아무것도 이해하지 못해. 이해심이 모조리 사라져 버렸어. 나 자신조차 이해하지 못하는걸. 내가 듣기에는 라비 스스로 마음이 편해지려고 하는 말 같았다. 라비는 나와 함께 있는 모습을 다른 사람들에게 보이기 싫은 거야. 나는 더러우니까…….

라비가 말을 이었다.

"다음 기회에……. 아빠와 나는…… 같이 보내는 시간이 거의 없어서 말이야."

나는 라비가 말을 더듬는 걸 보고 확실하게 알았다. 다음 기회란 없다는 것을…….

"그럼, 알아."

내 말에 라비가 다시 말을 이었다.

"넌 나보다 나아. 엄마 아빠가 언제나 옆에 계시잖아."

"그래, 낫지."

그 순간 엄마가 이제 더 이상 학교에서 청소를 하지 않는다고 말할까 하다가 그만두었다. 우리는 왜 휴대전화를 계속 붙잡고 있는 걸까? 이제 그만 통화를 끝내고 싶었다.

"이제 끊어야 해."

"아, 미안해. 내가 널 귀찮게 했구나. 너, 화난 거 아니지?"

"무슨 소리니? 화날 이유가 없잖아."

"그래, 그럼……."

나는 통화 종료 버튼을 눌렀다.

바로 그 순간, 다음 날 학교에 가고 싶지 않다는 생각이 들었다. 그 학교에 발을 다시 들여놓을 수 있을지 의문스러웠다.

곡선으로 휘어진 찻길, 곳곳의 위치를 가리키는 이정표—실내 체육관과 운동장, 화물차 주차장, 생물 실습장, 온실, 헬스클럽, 침묵의 방, 청학의 탑, 도구실, 기계실, 남자 기숙사, 여자 기숙사, 본관, 세탁실, 관리실 등—가 잔뜩 있는 그 진입로를 떠올리기만 해도 위장에 경련이 일어났다. 무거운 가방을 메고 올라가야 하는 옥외 계단을 생각하자 다리가 납덩이처럼 무거워졌다. 게다가 수업 전에 우연히 만난 반 아이가 상처 주는 말이라도 던진다면? 나는 도저히 견딜 자신이 없었다.

나처럼 휴대전화 문자 메시지를 확인하거나 컴퓨터 켜는 것을 두려워하던 사람만이 내가 겪은 일을 이해하리라. 나는 영혼을 망가뜨리는 고문을 당하고 있었다. 그곳은 지옥이었다.

무조건 자기편을 들어주는 사람, 우는 모습을 마음 놓고 보여 주어도 괜찮은 사람이 없다면 누구든 끝장이다.

내 곁에는 라비가 있었다. 나는 이 학교에서 적어도 한 명은 내 적이 아니라는 믿음에 매달려 있었다. 안전한 방어 시설에 숨어서 나를 공격하는, 절대 자신을 드러내지 않는 비열한 겁쟁이들…….

나는 무척 아름다운 상상을 하고 있었다.

라비와 내가 라비 아빠의 멋진 차를 타고 '페어하우스'로 미끄러져 들어간다. 페어하우스는 슐라이만(灣)에 있는 레스토랑이다. 그 레스토랑은 피오르(빙하의 침식으로 만들어진 좁고 긴 만)에 자리하고 있어서 바깥 경치가 아주 빼어나다. 그곳에서 마시는 물 한 컵 값은 시중에서 파는 피자 한 판 가격보다 비싸다.

에를렌호프 김나지움 아이들은 부모님과 함께 품위 있게 외출할 때는 언제나 페어하우스로 갔다. 나는 물론 그곳에 가 본 적이 없었다. 화장실의 도금한 거울 테, 아름다운 자수가 놓인 유니폼을 입은 종업원들, 가재와 게가 기어 다니는 수족관, 파란 조명 아래 하얀 가죽 소파가 놓인 술집이 있다는 소문만 들었다.

나는 새 옷을 입고, 빨대로 마셔야 하는 열대 과일 칵테일 한 잔을 손에 든 채 수족관 앞의 하얀 가죽 소파에 앉아 있는 내 모습을 여러 번 그려 보았다. 소리를 내지 않고 빨대로 칵테일을 마시는 연습도 벌써 해 두었다. 유리 벽 안에 있는 가재의 경직된 눈, 그 외의 해산물들……. 나는 그런 것들을 한 번도 먹어 본 적이 없었다. 먹고 싶지도 않았다. 맛있는 파스타 한 접시면 충분했다. 중요한 것은 그런 경험을 해 보았다는 사실이었다. 나도 그들과 같은 부류의 사람이라고 느끼는 것. 지금 와서 생각해 보니, 이런 '소속감'은 나에게 강박이 되었다.

라비의 약속 취소가 무슨 의미인지 이해하기까지 적어도 두 시간은 걸렸다. 그러고 나자 이제 즐거운 일은 하나도 없다는 생각이 들었다. 걱정했던 대로 이제 친구라고는 단 한 명도 없게 되었다. 학교에서 온전히 믿을 수 있는 사람이 한 명도 없다는 뜻이다.

1교시에 프랑스어 수업이 있는 날이었다. 수업을 땡땡이치기로 했다. 그러자 오전 시간이 한없이 길게 느껴졌다. 어떻게든 시간을 보내야 했다. 돈도 없이 어떻게 시간을 보내야 할까? 혹시라도 누군가 나를 보고 엄마에게 일러 줄까 봐 걱정스럽기도 했다.

"오늘 슈퍼마켓 앞에서 스베트라나를 봤어요."

"역에서 우연히 만났는데, 딸이 정말 많이 말랐더군요."

마을을 벗어나 들길을 따라가다가, 풀밭을 지나 작은 숲으로 들어갔다. 그곳에 자전거를 던져 두고 풀밭 위에 누워 하늘을 바라보았다.

잠시 뒤, 등이 축축해지고 나서야 풀이 젖어 있다는 것을 깨달았다. 그래도 신경 쓰지 않았다. 그대로 누워서, 크고 작은 구름이 나무 꼭대기 위를 천천히 지나가는 모습을 지켜보았다. 이따금 햇빛이 내리꽂혔다. 그럴 때면 눈이 따끔거려서 나도 모르게 눈을 질끈 감았다.

그때 내가 무슨 생각을 했는지는 정확하게 기억나지 않는다. 아니, 모든 생각이 정지되었다. 전원이 꺼진 컴퓨터 화면처럼. 이따금 나무가 휘파람 소리를 내었다. 새가 울기도 했다. 바람이 내 쪽으로 부는 까닭에 저 멀리 기차역에서 나는 확성기 소리가 들려왔다.

"킬에서 출발한 플렌스부르크행 완행열차가 들어오고 있습니다. 손님들께서는 플랫폼에서 한 발짝 물러서 주시기 바랍니다."

그 뒤에는 고속철이, 그다음에는 화물 열차가 통과한다고 알리는 소리가 들려왔다. 화물 열차는 엄청나게 큰 소리를 내며 지나갔다. 철로가 숲 근처를 지나고 있는 탓에 등에서 가벼운 떨림이 느껴졌다.

학교에서는 지금 새로운 문장을 읽고 있겠지.

"시 마담 부샤르 오레 프레파레 송 프티 데죄네(Si Madame Bouchard aurait preparé son petit déjeuner)."

말도 안 되는 소리. 난 어차피 프랑스에 가지 않을 텐데, 이런 걸 뭐하러 배워? 프랑스는 고사하고, 아무 곳에도 가지 못할 거야. 이제 아침밥도 먹고 싶지 않아. 그런데 아침밥이 영어로 뭐더라? 내 머릿속은 솜뭉치로 가득 찬 것 같았다. 아무리 생각해도 영어 단어가 떠오르지 않았다. 상관없어. 영국에 갈 일도 없을 테니까. 게다가 미국은 더더욱 아니고. 프랑스나 영국이나 미국, 모두 다 나랑 상관없는 나라야.

'나는 이제 끝났어.'

이 생각이 머릿속에 갑자기 떠올랐던 일이 지금도 기억난다. 처음에는 깜짝 놀랐지만, 그다음에는 별로 끔찍하지 않았다. 이제 더 이상 괴로워하지 않아도 된다고 상상하니 마음이 조금 편해졌다. 끝이 없는 날들, 몇 주와 몇 달과 몇 해를 견디지 않아도 된다는 상상……. 이대로 모든 것이 사라져 버릴 수도 있다는 생각.

고통이 없다.

불안도 없다.

배가 눌리는 느낌도 없다.

더 이상 아무것도 느끼지 못한다.

아무것도 없다.

끝이다.

나는 자리에서 일어나 옷을 털고는 자전거에 올라탔다. 집으로 돌아왔을 때 엄마는 보이지 않았다. 엄마가 남긴 메모지에는 오후 늦게까지 해야 할 일이 있어 늦을 거라고 적혀 있었다.

냉장고에서 먹을 걸 꺼내 컴퓨터 앞에 앉았다. 아까보다는 상태가 확실히 나아졌다. 딱히 좋은 상태도 아니었지만, 그렇다고 나쁘지도 않았다. 내적인 평온함……. 지극히 평화로워 도리어 이상하게 느껴질 정도였다. 이제 와서 돌이켜 보면 소름이 끼친다. 내 상태는 정상이 아니었으니까. 그때는 그런 생각을 하지 못했다.

카페 게시판에 새 글이 올라와 있었다. 나에 대한 글…….

강철 심장 왕자 : 음탕한 스베트라나의 새 사진을 다운로드하시라! 우리의 새로운 포르노 스타 스베트라나! 더 볼 사람은 '여기'를 클릭!

나는 이미 그 아이들 손아귀에 들어가 있었다. 도무지 나 자신을 지켜 낼 수 없었다. 맞을 것을 알면서도 주인에게 끊임없이 다가가는 개처럼, 나는 또다시 수렁 속으로 걸어 들어가고 있었다.

사진이 보였다.

나였다. 조작이 아니었다. 정말 나였다.

헛간에 있는 나를 찍은 것이다.

내가 옷을 벗고 있다.

너덜너덜하게 낡은 스포츠 브래지어의 고리를 풀고, 보기 흉한 면 팬티를 벗는다.

나는 이제 완전히 알몸이다. 그 아래 글씨가 쓰여 있다.

일 나갈 준비를 하는 스베트라나!

다음 사진에서는 티 팬티를 입고 있다. 알몸보다 더 끔찍하다. 그 아래에도 글씨가 쓰여 있다.

작업복을 입은 스베트라나!

내가 폭이 엄청나게 좁은 치마를 입는다. 좁은 치마에 몸을 집어넣으려고 뱀장어처럼 엉덩이와 허리를 꿈틀거린다. 그다음에는 새 브래지어를 입는다. 검은 레이스가 달린 브래지어다. 옷 매무새를 가다듬으려고 브래지어 속으로 손을 넣어 젖가슴을 이리저리 밀고 있다.

더 이상 견디기 힘들었다. 그런데도 계속 보고 있어야 했다.

모두 내 사진들이었다. 사진을 찍을 때 나는 알아채지 못했다. 길어야 겨우 나흘 전에 찍은 사진들이었다. 내가 브래지어를 훔친 게 그때였으니까. 옷걸이에 걸린 브래지어의 치수를 살피지도 않고 슬쩍해서 사이즈가 맞는지조차 몰랐다.

그날 아이들은 헛간 근처에서 나를 기다렸다가 따라온 모양이었다. 그러고는 내가 헛간 안으로 들어가 새 옷들을 입어 보는 모습을 관찰했다! 바깥에 서서 킥킥거리며 사진을 찍었다!

학교에서 가장 못생긴 여자아이가 이제 포르노 스타가 되었다. 정말 우습지 않은가. 빌어먹을! 휴대전화를 들고 있는 나델이 눈앞에 떠오른다. 나델은 널빤지 벽에 뚫린 작은 구멍에 휴대전화를 대고 버튼을 계속 눌러 댄다. 아이들이 집으로 가면서 나지막하게 킥킥거린다. 그러고는 컴퓨터 앞에 앉아 사진의 제목을 '포르노 스타 스베트라나!'라고 쓴 뒤 저장한다.

언뜻 보기에 이 사진들은 전에 올라왔던 것들보다 더 끔찍하지는 않았다. 안나와 내 사진을 합성한 것보다 더 교활하지도 않았다. 사진 자체만으로는 그다지 소름 끼치지 않았다. 내가 정말 끔찍했던 것은, 그 아이들이 나의 마지막 은신처를 찾아내어 파괴했다는 사실이다. 이제 그 아이들을 피해 달아날 곳은 이 세상에 한 군데도 없었다. 단 한 군데도…….

그 아이들은 내가 갈아입을 옷들을 왜 집에 두지 않고 그곳에 두는지 의아해했을까? 내가 도둑이라는 걸 아이들은 언제 알게 될까?

라비가 전화를 걸었다.

"너, 어디 아파?"

"아니, 왜?"

"오늘 결석했잖아."

내가 결석한 걸 알았구나.

"아빠하고의 저녁 식사는 어땠어?"

나는 라비가 약속을 취소한 게 아무렇지도 않다는 듯이 용감하게 말을 쥐어짜 내어 물었다.

대답이 없었다. 잘못 물은 건가?

"그래, 알았어. 나랑은 상관없는 일이지?"

라비는 내 말에 말려들지 않고 다른 말을 꺼냈다.

"너희 반 오늘 프랑스어 쪽지 시험을 봤다던데."

모르는 게 없군!

"누구한테 들었어?"

순간 미심쩍은 생각이 들어 물었다.

"펠리키타스가 그러더라."

펠리키타스! 하필이면 에르메스 실크 스카프를 두르고 잘난 체하며 돌아다니는 골 빈 멍청이에게서 듣다니!

"그 애는 보나 마나 훌륭한 점수를 받았을 거야."

내 말에 라비가 물었다.

"왜 그렇게 생각해?"

"그 아이 부모님이 남부 프랑스에 별장을 가지고 있어."

"아, 그래? 몰랐네."

거봐, 내가 너에게 가르쳐 주는 것도 있잖아.

"걔는 거기 가면 아침마다 빵집에 갈 거 아냐?"

나는 이렇게 말하고는 우울한 목소리로 덧붙였다.

"이 야 틸 뒤 팽 프레?"

라비가 웃음을 터뜨렸다. 정말 멋진 농담이라도 들었다는 듯이 계속 웃다가 물었다.

"어떻게 그런 생각을 하게 되었지?"

나는 대답하지 않았다. 이 통화 자체가 농담처럼 느껴졌다.

"이 말을 너한테 해야 할지 모르겠지만……."

라비가 말을 이었다.

"우리 아빠한테 네 이야기를 했어."

어제저녁 이야기를 꺼내긴 꺼내는군. 내 얼굴은 빨갛게 달아올랐다.

"내 이야기를 할 게 뭐 있다고."

"이것 봐!"

라비의 목소리가 커졌다.

"우리가 전에 무슨 이야기를 했지?"

라비와 무슨 이야기를 나누었는지 기억이 나지 않았다. 아무것도 기억나지 않았다. 바보 같은 생각이긴 하지만, 어제저녁에 게이샤(일본의 기생)처럼 화장을 한 펠리키타스가 나 대신 라비와 라비 아빠와 함께 고급 레스토랑에 앉아 있는 광경을 상상했다. 수족관 물고기들이 툭 튀어나온 눈으로 칵테일을 홀짝거리는 그 아이를 바라보는 모습, 펠리키타스가 식탁 아래에서 페디큐어를 받은 발가락으로 라비의 다리를 간질이며 더듬어 올라가는 모습. 펠리키타스는 탁자 앞에 앉으면 언제나 신발을 벗었다. 그 아이가 굽 높은 샌들을 살 때 언제나 한 치수 작게 사는 이유는 아마 허영심에서 비롯된 거겠지.

"아빠 말씀이, 그건 아주 사악한 사건이래."

"뭐가?"

나는 대화의 맥락을 놓쳐서 되물었다.

"네가 지금 겪는 일 말이야. 사이버 불링."

"무슨 소리야?"

나는 또 물었다.

"사이버 불링."

라비가 다시 말했다.

"다른 나라에서는 그렇게 말해. 이미 널리 퍼진 일이야. 아빠 말씀으로는, 휴대전화나 인터넷으로 하도 심한 고통을 당해서 자살하려는 학생들도 많대."

"참 괜찮은 대화로군."

나는 눈을 감고 대꾸했다. 몹시 피곤했다.

갑자기 분별력이 사라졌다. 아직 현실로 남아 있는 것은 뭘까? 더 이상 알 수 없었다. 나는 라비와 펠리키타스가 함께 있었다는 상상에 완전히 사로잡혀 버렸다. 펠리키타스와 라비……. 갑자기 주변이 빙빙 돌기 시작했다. 아무 생각도 할 수 없었다.

펠리키타스가 혹시라도 라비를 좋아한다면, 그건 오로지 나를 죽일 결정타를 날리기 위해서야. 확실해. 나를 완전히 끝장내려는 짓이야.

"무슨 옷을 입고 있었지?"

나는 몽롱한 상태로 물었다.

"누가?"

"누구긴, 펠리키타스 말이야."

"무슨 뜻이지? 정말로 궁금해서 묻는 거야?"

나는 아무 말도 하지 않았다.

"그러니까……."

시간이 잠깐 흐른 뒤 라비가 말을 이었다.

"우리 아빠 말씀으로는, 네가 그걸 신고해야 한대."

"뭘?"

"스베트라나! 도대체 내 말을 듣고 있기는 한 거야? 아빠는 믿을 만한 선생님이나 교장 선생님께 그 일을 말씀드려야 한다고 하셨어. 학교에서 무슨 일이 벌어지고 있는지 선생님들이 아셔야 해! 그래야 그런 일을 막을 수 있어."

그러자 사진들이 다시 생각났다. 헛간에서 찍힌 사진들.

"네 생각은 어때?"

라비가 물었지만 나는 대답하지 않았다.

"스베트라나!"

라비가 소리를 질렀다.

"아직 전화 안 끊었지?"

"응."

"그 아이들이 또 뭔가 일을 벌였어?"

나는 다시 입을 다물었다.

아무 말도 해서는 안 돼, 아무 말도. 사이버 불링 이야기를 하면 안 돼. 구역질 나는 옛날 사진들에 대해서도 말하지 마. 그리고 새 사진에 대해서도.

"시모니스 선생님께 말씀드려."

라비가 재촉했다.

"그 선생님은 문제가 있는 학생을 내버려 두신 적이 단 한 번도 없었어. 너희 반에서 무슨 일이 벌어지고 있는지 그 선생님이 아셔야 해!"

"말하기 싫어."

"왜 싫지?"

"더 이상 버틸 수 없으니까."

그러고는 통화 종료 버튼을 눌러 버렸다.

라비는 그 뒤에 두 번 더 전화를 했지만 나는 일부러 받지 않았다.

한없이 피곤했다. 팔과 어깨와 발에 무거운 추가 매달려 있는 듯했다. 이대로 바닥에 드러누워 다시는 일어나고 싶지 않았다.

•

다음 날 아침, 자전거를 타고 다시 학교로 향했다. 무더운 날씨였다. 하늘에 먹구름이 몰려들고 있었다. 돌풍이 불 거라는 일기 예보가 있었지만 공기는 숨이 막힐 정도로 무거웠다. 바람 한 점 없었다. 어디로 가야 할지 몰라서 무작정 학교로 갔다.

셋째 시간은 물리였다. 예켈 선생님은 우리에게 전기학의 개요를 쉽게 설명하려고 애를 쓰고 있었다. 교실은 숨이 막힐 정도로 무더웠다. 파리들이 십 초 간격으로 한 마리씩 유리창에 부딪혔다. 나는 버뮤다 바지를 입고 있었는데, 무릎 뒤가 땀에 젖어 축축했다.

교실 분위기가 터질 듯 팽팽했다. 나는 이제 곧 무슨 일인가 벌어지리라고 생각했다. 왜 그런 생각을 했는지 모르겠다. 그냥 그런 예감이 들었다. 그래서 하르트만 부인이 갑자기 교실로 들어와, 나지막하게 예켈 선생님과 이야기를 나눌 때도 별로 놀라지 않았다.

선생님이 고개를 끄덕였다. 선생님과 하르트만 부인은 나에게 눈길 한번 주지 않았지만, 나는 두 사람이 내 이야기를 하고 있다는 것을 알아챘다. 나는 아무도 모르게 휴지로 무릎 뒤의 땀을 닦고는 무슨 일이 벌어질지 기다렸다.

하르트만 부인이 교실을 나가자 예켈 선생님이 말했다.

"스베트라나, 교장 선생님이 찾으신다는구나. 교장실로 가 봐."

나는 자리에서 일어났다. 다리가 후들거렸다. 아이들이 자기들끼리 귓속말로 속닥거리는 소리가 들렸다.

선생님이 미소를 지었다.

"너무 오래 걸리지 않아야 할 텐데. 얘기가 끝나는 대로 얼른 돌아와. 오늘은 우리가 매우 흥미진진한 문제를 풀어야 하거든."

나는 고개를 끄덕였다. 하지만 무슨 말인지 제대로 알아들을 수 없었다.

나는 교장실로 걸어가던 그 길을 평생 잊지 못할 것이다. 복도를 걸어가는 내 발자국 소리, 걸을 때마다 신발 밑창이 내는 찌익 소리……. 나는 값비싼 운동화를 신고 있었다. 그 신발이 내는 소리가 사방으로

울려 퍼졌다. 깊은 정적 속에서 유일하게 들리는 소리였다.

이 세상에서 다른 세상으로 건너가는 터널 속을 걷는 기분이었다. 이제 내가 곧 발을 들여놓을 세상은 어떤 곳일까?

사형 선고를 받은 남자 이야기를 그린 영화 〈데드 맨 워킹〉이 떠올랐다. 사형대로 걸어가는 남자. 적어도 그 남자는 혼자가 아니었다. 그에게 연민을 느끼는 두 사람이 동행했다. 그 두 사람은 이 남자의 사형 집행을 막아 내지 못했다는 죄책감에 휩싸여 있었다. 그런 일이 벌어져도 되는 사회에 살고 있다는 사실과 한 사람의 삶이 더 이상 가치를 지닐 수 없게 된 사실에 당황해했던 듯싶다.

내 옆에는 죄책감을 느끼거나 내 어깨에 손을 얹어 줄 사람, 또는 나를 진정시키거나 위로의 말을 건넬 사람이 아무도 없었다.

나는 태엽을 감은 인형처럼 무감각하게 걸었다. 내 발은 내가 걸으라는 명령을 내리지 않아도 저절로 움직였다.

'모두 알고 있어. 선생님들이 모두 알고 있어.'

교장실 앞 접견실에 앉아 있던 하르트만 부인이 자리에서 일어나 나에게 미소를 보냈다. 그러고는 따뜻하고 부드러운, 어딘지 모르게 동정이 담긴 목소리로 말했다.

"그분들이 너를 기다리고 있어."

나는 고개를 끄덕였다. 부인의 눈을 마주 볼 수가 없었다.

"힘내. 이제 곧 괜찮아질 거야."

"예."

그 반대의 상황을 생각하면서도 그렇게 대답했다.

하르트만 부인은 문을 열고 나를 교장실로 가볍게 밀었다. 시모니스 선생님과 교장 선생님이 보였다. 두 선생님은 커다란 책상 앞에 서서 컴퓨터 화면을 들여다보고 있었다.

내가 들어서자 두 선생님이 고개를 들었다. 교장 선생님이 친근한 목소리로 말했다.

"사랑하는 우리 스베트라나가 왔구나!"

교장 선생님은 책상을 돌아 나와 나를 향해 두 팔을 벌렸다.

시모니스 선생님은 그 자리에 서서 진지한 표정으로 고개를 끄덕였다. 선생님은 미소를 지어 보이려고 했지만 잘 되지 않는 듯했다.

'도대체 무슨 일이지?'

교장 선생님이 나를 품에 안았다. 나는 뻣뻣하게 굳은 채 그대로 서 있었다. 머릿속에서 경련이 일었다.

'나한테 왜 이러지?'

교장 선생님이 나를 놓아주면서 진지한 표정으로 말했다.

"이제 모든 게 밝혀졌으니 얼마나 다행이냐?"

시모니스 선생님이 헛기침을 하며 끼어들었다.

"라비가 아니었더라면……."

나는 그제야 라비를 보았다. 왜 라비를 금방 알아보지 못했는지 모르겠다. 언제나 그렇듯이 라비는 새하얀 셔츠와 밝은 색깔의 바지를 입고 있었다. 어두운 책장 앞에서 정말이지 반짝반짝 빛을 내고 있었는데, 왜 보지 못한 걸까?

"안녕?"

나는 주저하며 인사를 건넸다. 내가 마치 나무토막처럼 느껴졌다. 눈꺼풀이 가늘게 떨렸다.

시모니스 선생님이 따뜻한 목소리로 내 이름을 불렀다.

"스베트라나……."

교장 선생님은 다시 책상 앞으로 가서 자리를 잡으며 말했다.

"사랑하는 우리 스베트라나, 우리 모두가 자랑스러워하는 스베트라나……."

흠, 자랑스러워한다고? 나는 전혀 눈치채지 못했는데…….

라비는 아무 말도 하지 않았다. 당혹감과 긴장감이 잔뜩 배인 표정이었다. 이윽고 본론이 시작되었다. 교장 선생님이 입을 열었다.

"라비가 우리 눈을 뜨게 해 주었단다."

"우린 정말 심한 충격을 받았어."

시모니스 선생님이 덧붙였다.

"내가 받은 느낌을 뭐라고 표현해야 할지 모르겠구나."

교장 선생님이 다시 말했다.

"도저히 이해할 수 없는 일이다. 용서할 수도 없고. 우린 무슨 일이 있더라도 이에 대한 조처를 반드시 취할 거야."

시모니스 선생님이 말을 받았다.

"네가 알고 있는 일을 우리에게 전부 말해야 해! 우리 학교가 지금껏 쌓아 온 명성을 하루아침에 무너뜨릴 수는 없어."

라비는 계속 입을 다물고 있었다. 나도 침묵했다.

"라비가 우리에게 이…… 카페를 보여 주었단다."

교장 선생님이 말했다.

"한 시간 전부터 우린 말도 안 되는 이 글들을 보고 있었어. 라비 말로는, 이것과 비슷한 문자 메시지도 휴대전화로 온다고?"

나는 고개를 끄덕였다. 갑자기 너무나 추웠다. 혹시 에어컨이 켜져 있는 게 아닌지 교장실을 둘러보았다. 그렇지는 않았다.

'그런데 왜 이렇게 춥지?'

시모니스 선생님과 교장 선생님이 번갈아 이야기했다. 두 선생님은 당황해서 어쩔 줄 몰라 했다. 이 학교에서 이렇게 끔찍한 사이버 스토킹이 벌어지고 있는 줄은 상상도 못 했다며 참담한 심정을 가누지 못했다.

"라비 말로는, 어제 합성 사진이 새로 올라왔다더구나. 혹시 어떻게 합성되었는지 짐작 가는 일이라도 있니? 다 얘기해 봐. 누가 그런 짓을 했는지 알아낼 실마리가 될 수도 있으니까."

교장 선생님은 말을 마치고 나를 바라보았다.

나는 교장 선생님의 널따란 책상 앞에 멍하니 서 있었다. 나폴레옹의 책상도 이렇게 컸겠지? 갑자기 머릿속에 이런 생각이 떠올랐다. 그가 작전 계획을 세우던 책상, 나폴레옹과 러시아 원정, 동상에 걸리지 않으려고 발에 누더기를 둘렀던 병사들이 그때 왜 갑자기 생각났는지 모르겠다. 아마도 얼마 전에 텔레비전에서, 나폴레옹의 러시아 원정을 다룬 영화의 예고편을 보았기 때문이리라.

눈 덮인 들판이 보였다. 엄마는 기차에서 나를 낳았다. 시베리아를 떠나 우크라이나로 향하는 기차의 차가운 바닥에서. 그때 엄마를 도와준 두 여자의 이름은 스베트라나와 올가였다. 그 기차가 눈이 잔뜩 쌓인 그곳에 이틀 이상 머물렀더라면 나는 아마 얼어 죽었겠지. 그랬다면 지금 여기 서 있을 필요도 없을 텐데…….

"맞아요, 그 합성 사진은 어제 처음 나타났어요."

라비가 이렇게 말하며 한 걸음 앞으로 나섰다. 그러고는 멈칫거리며 모니터 앞으로 다가갔다. 화면에 새 사진이 떠 있는 모양이었다. 내 쪽에서는 모니터의 뒷면만 보였다. 모니터의 환한 빛이 라비의 얼굴에 투영되었다. 왠지 나에게는 내 사진들이 라비의 얼굴에 투영되는 것처럼 보였다. 벌거벗은 스베트라나가 보이는 듯했다. 나는 뭔가에 홀린 듯 라비를 뚫어지게 바라보았다.

"라비 말로는, 그 아이들이 다른 사진에 네 얼굴을 붙여서 합성했다

더구나. 너무 힘들면 말하지 않아도 돼."

교장 선생님의 말에 나는 아무 대답도 하지 않았다.

시모니스 선생님이 마른침을 삼키며 끼어들었다.

"지난 몇 달간 네가 얼마나 끔찍한 생활을 했을지 상상이 되는구나."

"하지만 이제 모두 끝났어. 이렇게 다 밝혀졌으니까."

교장 선생님이 말을 받았다.

온몸이 떨리기 시작했다. 아무 말도 꺼낼 수 없을 것 같았다. 그저 그 자리를 빨리 벗어나고만 싶었다. 교장 선생님과 시모니스 선생님, 라비는 여전히 사진을 보고 있었다. 그러나 그 사진은 합성된 게 아니었다. 바로 나였다. 갑자기 복받쳐 오르는 감정의 물결을 막을 수가 없었다. 이제 끝내야 했다. 드디어 끝을 낼 때가 왔다. 이 학교에 온 후로 반 아이들이 나에게 가한 모든 고문, 그리고 내가 스스로 가한 고문들을 끝내야 했다. 그동안 너무나 고통스러웠다.

"그건 저예요."

내가 입을 열었다. 시모니스 선생님의 입술이 벌어지며 쩝 소리가 났다. 공기가 그 안으로 빨려 들어갔다.

"뭐라고?"

선생님이 의아해하는 표정으로 물었다.

"사진에 있는 사람은 저라고요. 합성 사진이 아니에요. 아이들이 헛간에 있는 저를 몰래 찍은 거예요."

시모니스 선생님과 교장 선생님은 서로 시선을 주고받았다. 나는 두 선생님을 똑바로 바라보았다. 라비의 얼굴을 보고 싶지 않아서였다.

"자세히 설명해 봐."

교장 선생님의 목소리가 갑자기 갈라졌다. 순간 아기 염소 일곱 마리를 잡아먹은 늑대가 나오는 동화가 떠올랐다. 동화 속 늑대는 분필을 삼켜서 거친 목소리를 부드럽게 바꾸었다는데…….

"어느 헛간?"

시모니스 선생님이 물었다.

"거대한 말 목장 뒤편, 밀밭이 시작되기 전에 있는 헛간 말이에요. 숲 건너편에 있어요. 학교를 오갈 때 저는 매일 그곳에 들러요."

"무슨 말인지 모르겠구나."

교장 선생님은 이렇게 말하고는 시모니스 선생님을 흘깃 보았다.

밖에서 천둥소리가 요란하게 들렸다. 천둥은 온 하늘을 후려치다가 메아리처럼 서서히 사라졌다. 나는 번개가 에를렌호프 김나지움을 내리치는 상상을 했다. 그것도 정확하게 바로 이 교장실을.

"항상 헛간에서 옷을 갈아입었어요. 수업이 시작되기 전과 수업이 끝난 뒤에."

"거기서 옷을 갈아입었다고?"

시모니스 선생님이 깜짝 놀라 소리쳤다. 사진 아래에 쓰여 있던 글이 생각난 모양이었다.

‘우리의 새로운 포르노 스타 스베트라나!’

나는 선생님의 말을 못 들은 척하고 계속 말을 이어 갔다.

“옷을 귀리 통 안에 보관해요, 여기에.”

나는 책상을 돌아가서 화면 속 사진을 가리켰다.

“여기 뚜껑이 열린 게 보이죠? 귀리 냄새가 배지 않도록 모든 물건을 비닐봉지에 담아 두었어요.”

“어떤 물건?”

교장 선생님이 절망적인 표정으로 소리쳤다.

“네 물건들을 왜 집에 두지 않은 거지? 정말…… 이상하잖아. 물론 그게…….”

‘물론 그게 금지된 일은 아니지만.’

나는 교장 선생님의 말을 속으로 이렇게 보태고 큰 소리로 말했다.

“슬쩍한 물건들이니까요! 엄마가 눈치채면 안 되니까요!”

“슬쩍했다고?”

라비가 낮은 목소리로 물었다.

나는 아주 잠깐 동안 라비의 눈을 마주 보며 고개를 끄덕였다.

“이해가 안 돼!”

시모니스 선생님이 소리를 지르며 자기 머리카락을 쥐어뜯었다. 머리카락이 마구 헝클어졌다. 무척 우스워 보였지만 웃을 수가 없었다.

교장 선생님이 감정을 억누르며 물었다.

"그러니까…… 네가 옷을 훔쳤다는 거냐?"

"슬쩍하든 훔치든…… 그게 그거죠."

내가 대꾸했다.

"옷뿐만이 아니에요. 향수와 화장품……. 필요한 것은 뭐든지 훔쳤어요."

라비가 소리쳤다.

"왜 그랬어!"

나는 라비의 눈을 똑바로 바라보았다. 나는 라비가 내 얼굴에서 내 생각을 읽어 내길 바랐다.

너를 위해서 그랬어. 아니, 우리를 위해서. 나 때문에 네가 창피하지 않도록. 점심시간에 너와 한 탁자에 앉을 수 있도록. 학교에서 가장 못생긴 여학생과 같이 다니는 너를 아무도 비웃지 못하도록…….

나는 몸을 꼿꼿이 펴고 숨을 들이마신 다음, 교장 선생님을 똑바로 바라보았다.

"죄송합니다. 교장 선생님과 다른 선생님들께 씻을 수 없는 죄를 지었어요. 저를 퇴학시켜야 한다는 걸 잘 알고 있어요. 저는 괜찮아요. 그럴 만한 짓을 했으니까요. 제가 여기에 다녔던 흔적을 없애 주세요. 그러면 이 김나지움의 명예를 더럽히지 않은 셈이 되겠죠. 이곳은 곧 예전의 평화롭던 시절로 돌아갈 거예요."

나는 교장 선생님에게 악수를 청했다. 교장 선생님은 멍한 표정으로 내 손을 잡았다. 시모니스 선생님과도 악수를 하려고 했다. 하지만 선생님은 거절의 뜻으로 고개를 가만히 저었다. 라비는 나를 뚫어지게 노려보며 유령처럼 꿈쩍도 하지 않고 서 있었다.

나는 라비의 목에 팔을 감고 입술에 키스를 했다. 지금 와서 생각해도 라비가 고개를 돌리지 않은 것은 정말 기적 같은 일이었다. 눈을 감으면 지금도 라비의 부드러운 입술이 느껴진다.

고마워, 라비. 넌 참 좋은 사람이야.

철로에 누가 누워 있어

아슬란 위츠귈은 몹시 화가 났다. 그래서 큰 소리로 욕을 퍼부으며 철둑을 걸어갔다.

아슬란은 재단사인데, 원래는 부드럽고 친절한 성격이었다. 그의 가게를 찾는 손님들은 그를 무척 좋아했다. 바짓단을 줄이거나 치맛단을 꿰매는 데 드는 수선비가 길 건너편에 있는 수선집보다 저렴할 뿐 아니라, 누구에게나 싹싹하게 말을 건네기 때문이었다. 추운 날에는 손님들이 몸을 녹일 수 있도록 따뜻한 차를 대접할 만큼 서비스 정신도 좋았다.

하지만 그날은 평소와 달랐다. 그동안 참았던 분노가 터진 것이었다. 이게 다 아내 때문이었다! 아내는 아들 메메트가 태어날 때부터 지금까지 쭉 너무나 버릇없게 키웠다. 아들이 원하는 것이라면 뭐든지

다 사 주었다. 버릇없는 아들 녀석은 그토록 애지중지 키워 준 보답으로 새로 산 책가방을 창문 밖으로 휙 던졌다. 그것도 달리는 기차 안에서! 그러고는 아무 일도 없었다는 듯이 다시 자리에 앉았다.

이제 겨우 여덟 살 난 꼬마가 어떻게 그런 짓을 할 수 있는지……. 책가방을 다시 사려면 아빠가 얼마나 많은 일을 해야 하는지 헤아리지도 않고, 단지 받아쓰기에서 빵점을 받았다는 이유로 그런 짓을 했다.

아슬란은 "공부나 좀 더 열심히 할 것이지. 잠만 자고도 똑똑해지는 사람이 어디 있어? 게으른 놈!" 하고 투덜거렸다.

메메트는 철둑 어디쯤에 가방을 던졌는지도 기억하지 못했다. 철둑 끝 부분이었을까? 아니면 중간, 그것도 아니면 역 바로 뒤?

아슬란은 얼마나 걸어왔는지 보려고 철로 위에서 몸을 돌려 뒤를 바라보았다. 철로는 곡선을 이루며 크게 휘어져 있었는데, 햇빛을 받아 반짝반짝 빛이 났다. 철로 오른쪽은 소 떼가 풀을 뜯는 광활한 풀밭이었고, 왼쪽은 넝쿨들이 촘촘하게 우거져 있어서 시야를 가렸다.

개암나무 줄기를 하나 꺾어 들고는, 철둑 가에 무릎 높이로 자란 쐐기풀을 내려치며 걸어갔다. 책가방이 멀리까지 날아가지는 않았을 테니 철로 근처에서 찾아야 했다.

오후 1시가 조금 안 되었을 때였다. 멀리 바닷가에서 천둥소리가 희미하게 들려왔다. 폭우가 물러가고 있는 모양이었다. 아슬란은 조금 안심이 되었다.

책가방 가격은 69유로였다. 그 안에 들어 있던 물건들의 가격까지는 생각하고 싶지도 않았다. 책과 공책, 부활절에 선물 받은 값비싼 만년필……. 하여간 요즘 애들은 정말로 못 말린다니까! 쐐기풀과 나무딸기 덤불을 옆으로 밀쳤다. 덤불이 발에 밟히며 복사뼈를 할퀴었다. 아들 녀석의 버릇없는 행동 때문에 바지까지 찢어지게 생겼다.

철로 아래로 좁은 들길이 보였다. 그 들길로 건초를 잔뜩 실은 트랙터가 털털거리며 지나갔다. 트랙터 운전사가 철로 근처에 있는 아슬란을 보고는 손을 들어 인사를 했다. 아마 아슬란을 역무원으로 착각한 듯했다.

아슬란은 갑자기 한참 동안 기차가 지나가지 않았다는 생각이 들었다. 철로 위로 올라서서 앞뒤를 살폈다. 해는 폭풍이 남긴 구름 떼 뒤로 숨었다. 철로는 이제 검은 자갈돌 위에 놓인 기다란 잿빛 띠 같았다. 그때 철로 아랫부분이 가볍게 떨리기 시작했다. 무언가 움직인다는 신호였다. 엄청난 힘이 다가오고 있었다.

기차는 아직 멀리 떨어진 곳에 있을 테지만, 침목과 철로는 이미 기차를 맞을 준비를 하고 있었다. 침목은 자갈돌 속으로 더 깊이 파고드는 듯했고, 철로는 이제 곧 싣게 될 무게를 대비해 팽팽하게 긴장하는 것처럼 보였다. 그때 이상한 것이 눈에 들어왔다.

'철로에 뭔가 놓여 있네?'

백 미터쯤 떨어진 곳에 뭔가가 있었는데, 전혀 움직이지 않았다. 아슬란은 눈을 가늘게 뜨고 그게 무엇인지 유심히 살폈다. 철로에 있을 만한 물건은 아닌 듯했다. 아들의 책가방이라고 보기에는 너무 컸다. 금색이 반짝 빛났다.

'저게 뭐지?'

아슬란은 심장이 쪼그라드는 것 같았다. 갑자기 불안한 생각이 들었다. 아슬란은 그 불안감이 사실로 나타나지 않길 바라며 그쪽으로 황급히 달려갔다. 침목을 건너 뾰족하고 예리한 자갈돌 위를 마구 달렸다. 침목들이 아까보다 더 세차게 떨리는 것을 느꼈다.

'여자아이다! 여자아이가 철로 위에 누워 있어!'

금색으로 빛났던 것은 철로 위에 넓게 펴진 머리카락이었다. 아슬란은 계속 달렸다. 심장이 갈비뼈에 부딪히는 듯했다.

그때 기차 소리가 으르렁거리듯 울렸다. 아슬란은 달리면서 뒤를 돌아보았다. 기차가 눈에 들어왔다. 작고 어둡게 보였다. 아직은 여유가 있었다. 하지만 곧 이곳을 지나갈 터였다.

'기관사가 철로에 있는 나를 알아볼 수 있을까? 반짝이는 금발을 볼 수 있을까?'

아슬란은 스스로에게 물었다. 하지만 그럴 확률은 거의 없어 보였다. 아슬란은 기관사의 눈에 잘 띄도록 팔을 들어 올리고 더 힘껏 달렸다. 그는 맹수에게 쫓기듯이 침목에서 침목으로 재빨리 건너뛰었다. 여자아이와 거리가 가까워지자 짧은 반바지와 하얀 다리가 눈에 들어왔다.

등 뒤에서 기적 소리가 크게 들려왔다. 아슬란은 팔을 마구 휘저으며 소리쳤다.

"안 돼! 안 돼!"

그러고는 다시 달렸다. 달리고 또 달렸다. 이제 몇 발자국만 가면 되었다. 뒤에서는 기차가 달려오고, 앞에는 죽으려고 작정한 아이가 철로 위에 누워 있었다. 아슬란은 그 몇 발자국이 한없이 멀게만 느껴졌다. 그때 기적이 울렸다. 아슬란은 팔을 높이 들어 올렸다. 드디어 아이에게 다다랐다. 아이는 죽은 듯이 누워 있었다.

아슬란은 아이의 어깨를 잡아 일으키며 소리쳤다.

"기차! 기차!"

그러고는 아이를 비탈 아래로 굴리고는 자기도 곧바로 몸을 던졌다. 아슬란은 온몸으로 아이를 감싸안았다. 아이를 보호하기 위한 본능적인 행동이었다. 아이의 피부가 얼음처럼 차가웠다.

이 초 뒤에 화물차가 굉음을 내며 두 사람 옆을 지나갔다. 아슬란은 숨을 헐떡이며 일어났다. 여자아이가 고개를 들고 아슬란을 바라보았다. 열네 살이나 열다섯 살 정도로 보였다.

"기차에 치일 뻔했잖아!"

아슬란이 버럭 소리를 질렀다.

아슬란은 여자아이의 어깨를 잡고 흔들었다. 조금 전까지 억눌렀던 불안이 이제야 분노로 터져 나왔다.

아이는 아무런 저항도 하지 않고 가만히 있었다.

"왜 그랬어?"

아슬란이 다시 소리쳤다. 아이는 철둑을 올려다보고는 입술을 깨물었다. 입술에서 피가 흘러나왔다.

"왜 죽으려고 했냐고!"

그가 또 소리를 질렀다.

아이는 아무 말도 하지 않고 오한이라도 나는 듯 온몸을 떨었다. 너무 떨어서 이가 맞부딪치는 소리가 났다.

'그래, 화를 낸다고 달라질 건 없어. 이 아이하고 부드럽게 이야기를 해 봐야겠군.'

아슬란은 아이의 마음이 진정될 때까지 기다렸다.

"난 아슬란이야. 아들 녀석이 기차에서 내던진 책가방을 찾으러 다니던 중이었어. 놀랍지 않아? 하필이면 오늘 우리 아들이 기차 밖으로 책가방을 던지다니……. 그 바람에 내가 철로 근처를 훑다가 너를 발견했잖아. 기차가 오기 딱 이 초 전에 말이야! 알라신은 네가 살길 바랐던 거야."

아이가 그의 눈을 마주 보았다. 아슬란은 미소를 지어 보였다. 갑자기 행복하고 고마워서 아이에게 입맞춤이라도 하고 싶었다.

"너, 어디 사니? 어디로 데려다줄까? 병원에 갈래?"

아슬란이 물었다.

아이는 아무 말 없이 아슬란 옆에 앉았다. 긴 머리카락을 얼굴로 내리고는, 철로에 쓰러지면서 묻은 이끼와 가시나무 가지와 풀을 떼어 내기 시작했다.

"이름이 뭐지?"

아슬란이 또 물었다. 아이는 머리카락을 계속 만지작거리다가 그의 질문을 듣지 못한 듯이 말했다.

"혹시 빗 있어요?"

아슬란은 고개를 끄덕였다.

"그래, 있어. 하지만 네 이름부터 먼저 말해. 그래야 줄 거야."

아이는 얼굴을 가린 머리카락을 양옆으로 쓸어 넘겼다.

아슬란은 아이의 눈을 보았다. 하지만 아이는 그를 바라보지 않고, 고개를 들어 하늘을 쳐다보았다.

"스베트라나 올가 아이트마토바예요."

인생이란 '앞으로'만 살 수 있는 것

사흘 전에 비데만 선생님에게 내 글을 넘겼다. 끼적거리다 보니 어느새 공책 세 권을 가득 채웠다.

선생님은 몇 장 넘겨 보더니 내 글씨체를 지적했다. 맞다, 내 글씨는 악필이다. 컴퓨터로 쓰고 싶었지만, 비데만 선생님이 굳이 손으로 쓰기를 권했다. 손으로 글씨를 쓰다 보면 마비 상태가 서서히 풀릴 거라고 했다. 글쎄, 잘 모르겠다. 난 마비되었다고 느끼지 않는데…….

선생님은 글을 쓰는 동안 나 자신에 대해 새로이 알게 된 게 있는지 물었다. 그런 건 생각해 보지 않았다. 하지만 상관없다. 글쓰기를 마친 다음부터 기분이 나아졌기 때문이다. 비데만 선생님은 그게 제일 중요하다고 했다.

선생님은 내 글을 다 읽고 나서 이렇게 말했다.

"영혼에서 우러나와 쓴 글이야. 이제 마음이 가벼워졌지. 안 그래?"

정말 그랬다. 오늘 아침에 정원에서 돌이 깔린 길을 걷노라니 외발뛰기 놀이가 생각났다. 어릴 때 하던 놀이였다. 나는 곧바로 뛰기 시작했다. 오른쪽 다리, 왼쪽 다리, 양쪽 다리. 그러고는 돌을 하나 내려놓고 다시 오른쪽 다리, 왼쪽 다리…….

갑자기 내가 뭘 하고 있는지 깨닫고는, 혹시 누군가 나를 보고 있는 게 아닌지 주변을 둘러보았다. 체스 파트너인 말테 말고는 아무도 없었다. 말테가 빙긋이 웃었다. 그 아이는 이제 면장갑을 끼지 않았다. 손가락 끝이 모두 아물었다. 그래서 기쁜 모양이었다. 스스로 노력하여 얻은 성공이라고 생각하기 때문이었다. 말테는 난생처음 스스로 뭔가를 이루어 냈다는 게 자랑스럽다고 말했다.

글쎄, 나는 잘 모르겠다. 확신이 가지 않는다. 비데만 선생님이 아니었더라면 우리는 아직도 제자리였을 것 같기는 하다. 그러니까 우리가 이 병원에 입원했을 때와 똑같은 상태 말이다.

학교는 지난주에 개학을 했다. 아이들은 갖가지 시험과 숙제로 정신없이 바쁠 텐데, 나만 이곳에서 게으름을 피우며 뒹굴거리고 있다.

계속 이렇게 지낼 수는 없다. 이러다가는 공부하는 습관마저 잃어버릴 것 같다. 나는 엄마에게 전화하여 수학과 프랑스어 교과서를 가져다 달라고 부탁했다. 프랑스어 실력을 더 키우고 싶다. 프랑스어는 아름답고 우아한 언어다. 엄마가 가장 좋아하는 언어이기도 하고. 프랑스에는 구석구석 아름다운 곳이 참 많다. 음식도 정말 맛있다!

요즘 나는 음식 이야기를 자주 한다. 특별한 음식을 먹고 싶을 때가 많다. 엄마는 내가 다시 집에 오면 일주일 내내 내가 좋아하는 음식만 만들어 주겠단다. 어쩌면 우리는 조만간 프랑스 남쪽 해안으로 여행을 갈지도 모른다. 아빠 회사—지금은 엄마도 그 회사에 다닌다.—동료가 그곳 어딘가에 자그마한 별장을 가지고 있는데, 우리에게 얼마 동안 빌려 주겠다고 했다나.

엄마는 잔뜩 들떠서 그 이야기를 나에게 전했다. 아빠는 그저 미소만 짓고 있었다. 엄마가 기뻐하면 아빠도 기뻐한다. 아빠는 엄마 마음에 드는 곳이라면 어디든 갈 것 같다. 엄마를 따라 독일까지 온 걸 보면 알 수 있다. 아빠는 그 정도로 엄마를 사랑한다.

비데만 선생님이 인생이란 '앞으로'만 살 수 있다고 했다. 처음에는 그게 무슨 뜻인지 이해할 수 없었다. 나더러 뒤로 살라고 요구하지 않았던가? 지난 몇 달 동안 무슨 일이 있었는지 모두 꺼내어 적어 보라고 했으니까. 하지만 내가 글을 건넨 다음부터는 앞으로의 일에 대해 자주 이야기한다.

선생님은 늘 나에게 질문한다. 무슨 일을 하고 싶은지, 내년 또는 그 후의 계획은 어떠한지, 어느 도시에서 어떤 공부를 하고 싶은지, 아이를 낳고 싶은지, 내 아이들에게 가르쳐 주고 싶은 건 무엇인지, 여행을 자주 다니고 싶은지, 어떤 나라를 좋아하는지…….

나는 프랑스로 여행을 가고 싶다고 말했다. 제일 먼저 떠오른 나라가 바로 프랑스였다. 비데만 선생님은 좋은 생각이라고 말하고는, 두 학기 동안 그곳에서 보낸 학창 시절 이야기를 해 주었다. 의사와 환자 사이의 대화가 아니라 친구들끼리 하는 이야기처럼 느껴졌다.

오늘 새벽에는 우리 가족이 코트다쥐르에 있는 꿈을 꾸었다. 나는 향기로운 로즈메리와 활짝 핀 금작화 옆을 지나, 거대한 터키석처럼 반짝이는 바다를 향해 계속 모페드(모터와 페달을 갖춘 자전거)를 타고 달렸다. 해변 옆에 있는 산 위로 해가 막 떠올랐다.

자그마한 도시에 도착해서 시장—시장은 프랑스어 교과서에 있는 것과 똑같은 모습이었다.—으로 가서는 모페드를 세우고, 붉은색 차양에 '파티셰리'라고 적힌 빵집으로 들어갔다. 인도에는 철제 탁자 몇 개와 편안한 등나무 의자가 놓여 있었다. 손님들은 그곳에 앉아 카페라테를 마시며 신문을 읽고 있었다.

나는 짧은 반바지와 민소매 티셔츠 차림이었다. 피부에 닿은 햇살의 감촉이 보드랍게 느껴졌다. 정말 황홀했다.

판매대 뒤에 있던 종업원이 미소를 지었다.

"봉주르, 마드무아젤(Bonjour, Mademoiselle)!"

등나무로 엮은 바구니 속에 갓 구운 바게트 빵이 들어 있었다. 빵 냄새가 내 코를 자극했다.

나는 미소를 지으며 갓 구운 빵이 있는지 물었다.

"봉주르(Bonjour). 주 부드레 비앵 사부아르 실 이 야 뒤 팽 프레(Je voudrais bien savoir s'il y a du pain frais)?"

"메 비앵 쉬르(Mais bien sûr)."

종업원은 고개를 끄덕이고는 기다란 빵을 건네주었다. (종업원도 프랑스어 교과서에 있는 것과 똑같이 생겼다.) 빵을 손으로 만져 보니 아직 따뜻했다.

나는 빵을 겨드랑이에 끼고 다시 모페드에 올라탔다. 그러고는 향기로운 로즈메리와 활짝 핀 금작화를 지나 별장으로 돌아왔다. 바람이 내 머리카락을 간질였다. 고개를 들어 하늘을 보았다. 하늘이 온통 파랗게 물들어 있었다.

기숙 학교 아이들

첫판 1쇄 펴낸날 2022년 1월 24일
2쇄 펴낸날 2022년 5월 20일

지은이 브리기테 블로벨 **옮긴이** 전은경
펴낸이 박창희
편집 김수진 **디자인** 정진희
마케팅 최창호 **회계** 양여진

펴낸곳 (주)라임
출판등록 2013년 8월 8일 제2013-000091호
주소 경기도 파주시 심학산로 10, 우편번호 10881
전화 031) 955-9020, 9021 **팩스** 031) 955-9022
이메일 lime@limebook.co.kr **인스타그램** @lime_pub

ISBN 979-11-89208-95-0 44850
979-11-951893-0-4 (세트)

* 잘못된 책은 구입하신 서점에서 바꾸어 드립니다.
* 본서의 반품 기한은 2027년 5월 31일까지입니다.